我吃西红柿 著

典藏版
16

# 盘龙

黄河出版传媒集团
阳光出版社

**图书在版编目（CIP）数据**

盘龙：典藏版. 16 / 我吃西红柿著. —— 银川：阳
光出版社，2023.12

ISBN 978-7-5525-7117-2

Ⅰ.①盘… Ⅱ.①我… Ⅲ.①长篇小说－中国－当代
Ⅳ.①I247.5

中国国家版本馆CIP数据核字(2023)第243299号

PAN LONG DIANCANG BAN 16

# 盘龙 典藏版 16

我吃西红柿　著

责任编辑　谢　瑞　陈建琼
装帧设计　曹希予　佘彦潼　周艳芳
责任印制　岳建宁

黄河出版传媒集团
阳光出版社　出版发行

出 版 人　薛文斌
地　　址　宁夏银川市北京东路139号出版大厦（750001）
网上书店　https://shop129132959.taobao.com
电子信箱　yangguangchubanshe@163.com
邮购电话　0951-5047283
经　　销　全国新华书店
印刷装订　北京盛通印刷股份有限公司
印刷委托书号　（宁）0028346

开　　本　710 mm×1000 mm　1/16
印　　张　18
字　　数　262千字
版　　次　2023年12月第1版
印　　次　2023年12月第1次印刷
书　　号　ISBN 978-7-5525-7117-2
定　　价　36.80元

# 目录

CONTENTS

## 第678章

# 一对四

论名气，拜厄早在贝鲁特之前就已经名震各大位面，而且早已达到了大圆满境界。无数年来，他一直站在巅峰，又岂会畏惧贝鲁特？

其实，拜厄在心底深处是有些瞧不起贝鲁特的，毕竟贝鲁特还没有达到大圆满境界。在他看来，贝鲁特只是因为天生身体强悍，天赋神通逆天，才会让许多统领忌惮。只是他没有想到那些统领会这么忌惮贝鲁特。

"贝鲁特也就靠着天赋罢了。"拜厄心想。

高山山腹洞府内。

拜厄独自一人面对雷斯晶、林雷等四人，气势明显占据了上风。

"麻烦了。"林雷心中焦急万分。

"老大，打不过就逃，或许能逃掉呢。"贝贝灵魂传音，"达到了大圆满境界的上位神很可怕，你就别逞能了，保住自己的性命要紧。"

林雷看了贝贝一眼。他八岁那年贝贝就和他在一起了，他就是死也不可能不顾贝贝。

"拜厄。"

林雷看着眼前的拜厄，眼底尽是不甘，他如果有贝鲁特的实力，今天就不会这么束手无策了。

"奥卡罗威尔搞什么？在位面战场上被人灭了最强神分身，还找人报仇！"雷斯晶嘴里骂着，那泛着紫光的眼眸死死地看着拜厄，声音变得高亢，"拜厄，你给我听清楚了，你要对付的人是我们小队的人。奥卡罗威尔是我们小队的人一起解决的，你要对付就对付我们四个！"

拜厄微皱眉头，那两道倒竖的白眉仿佛利刃一般，充满煞气。

"雷斯晶，你别在这里纠缠。"拜厄冷漠地说道。

对付这支小队？灭了这四人？即使给拜厄十个胆子，他也不敢解决雷斯晶，毕竟雷斯晶是紫荆主神唯一的孩子。若他解决了雷斯晶，令紫荆主神暴怒，那他就只能逃往普通的物质位面了，因为主神不能进入普通的物质位面。不过这样一来，他就只能龟缩在物质位面了，他可不想面对这种情况。

"奥卡罗威尔的最强神分身是被这只噬神鼠所杀的，我今天来，也只解决他，你们三个一边去。"拜厄冷冷地说道，目光冷厉。

哧哧——林雷体表浮现出青金色鳞甲，身体一移，瞬间就挡在了贝贝的身前，死死地看着拜厄。

"老大！"贝贝却笑了。他想让林雷走，可是林雷的反应在贝贝的意料之中。无数年来，每一次面对生死危机，他们两人从来没有谁独自逃离过。

雷斯晶、雷洪也身影一晃，挡在了贝贝的身前。

"谢了。"贝贝笑道。

"谢什么，咱们可是好兄弟。你我配合可是最强组合，少了你怎么行？"雷斯晶嘿嘿笑道。

拜厄不禁眉头一皱，眼前这三人已经用行动做出了回答，显然不愿意丢下贝贝。

"我总是听说达到了大圆满境界的上位神很了不起，可还从来没跟这样的人比试过呢。"雷斯晶笑道。

其他三人也时刻准备着出手。

"很好。"拜厄淡漠地说道，嘴唇一抿，整个人更显阴冷了。

林雷紧紧地盯着拜厄，可突然觉得眼前一花，还在数十米外的拜厄竟然变得虚幻起来。

林雷、雷斯晶、雷洪还没有反应过来时，拜厄已经冲向他们了。

拜厄的速度，绝对是林雷有生以来见过的最快的。拜厄本来就是靠修炼风系元素法则成神的，速度自然不会慢，更何况他在这方面已经达到了大圆满境界，其速度可想而知。

"太快了，根本看不清身影。"林雷脸色一变，连对方的动作都看不清，他该怎么阻拦，怎么斗？

"黑石牢狱！"林雷没有其他办法，唯一能做的就是施展黑石牢狱。瞬间，一个土黄色光罩出现了。

与此同时，雷斯晶被拜厄的速度吓得连忙施展了紫晶空间，一个紫色光罩出现了。

两个光罩重叠在一起，里面的引力并没有叠加，而是以紫色光罩中的引力为主。

"嗯？"

在光罩中引力的作用下，拜厄的速度陡然变慢了，但是他已经到了贝贝的身前。

他一皱眉头，举起右手朝贝贝劈去。

"贝贝！"林雷、雷斯晶、雷洪此刻根本来不及出手相救。

贝贝吓得脸色大变："老大，我动不了了！好强大的束缚力！"

贝贝的声音在林雷的脑海中响起，令林雷十分震惊。

现在，贝贝无法大幅度移动，只能勉强拿起那柄神格匕首，但即使他举起了神格匕首，也无法抵抗那股束缚力。

看着那记掌刀，贝贝只能施展天赋神通噬神。顿时，一道巨大的噬神鼠幻象出现在贝贝的身后。

贝贝愤愤地想："即使解决不了你，也要让你受受罪。"

这时，拜厄的掌刀已经落下来，劈在了贝贝的胸膛上。

噗的一声，一个低沉的声音猛然响起，就好像水泡爆裂一般，空间竟然爆裂开来，一道足有数米长的裂缝出现了。

砰！贝贝被劈得飞了出去，撞击在远处的山石上。

轰的一声，山石壁上出现了一个直径足有一米的大深坑，山石壁龟裂，大量的碎石迸溅。

"快出去！"雷斯晶连忙神识传音。

嗖——

林雷、雷洪、雷斯晶几乎同时飞向外面。

拜厄没有阻拦，淡漠一笑，身影一晃，消失在山腹内。


林雷他们三人在外面看到了靠在山石壁上的贝贝，贝贝靠神力形成的衣服早就破烂不堪了，胸膛上出现了一道清晰可见的痕迹。

林雷见状不禁松了一口气："贝贝的物质防御果然逆天，拜厄虽然强，但还是没有主神厉害。"

当初在幽冥山，幽冥果树（生命主神）的树枝随意一抽，就令贝贝皮开肉绽。显然，拜厄与主神相比还是差了些。不过，拜厄刚才那一掌令贝贝动弹不得，还令位面空间裂开了那么大一道裂缝，其攻击力可想而知。若是其他人，肯定承受不了这一掌。

"我们挡不住那个人，还是赶紧逃吧。"雷斯晶神识传音。

他过去只听说过达到了大圆满境界上位神的厉害，没亲眼看过，可现在，看到拜厄这简单的一招，他就没了战斗信心，他的物质防御没有贝贝厉害。

"噬神鼠的防御果然逆天。"一个淡漠的声音响起。

林雷他们四人一怔，而后注意到了空中的拜厄。

林雷在心中暗道："即使靠主神之力，我们的速度恐怕也只是和他相当，根本逃不出他的手掌心。"

拜厄的速度让林雷他们四人感受到了极大的压力。

"我修炼风系元素法则和毁灭规则，在物质攻击方面已然处在巅峰。"拜厄淡漠地扫了一眼下方四人，缓缓说道，"没想到，我这一掌还是破不掉噬神鼠的防御。也好，噬神鼠小子，我很少使用主神器。今日，我便用主神器送你上路，我不信你的防御能挡住我的最强一剑。"

闻言，林雷、贝贝、雷斯晶、雷洪不禁一怔。

拜厄手一翻，一柄薄如蝉翼，泛着淡青色光晕的长剑出现了。

林雷心里咯噔一下。

拜厄虽然不是神兽，身体强度一般，但是因为达到了大圆满境界，一记掌刀就如此可怕了，如果配合主神器施展最强攻击，贝贝抵挡得住吗？

"主神器？"雷斯晶的眼睛一下子瞪得滚圆，而后连忙神识传音，"逃！快逃！"

雷斯晶的身上弥散出紫色光晕，正好覆盖了林雷、贝贝、雷洪。片刻后，一个耀眼的紫色光罩出现了。被紫色光罩笼罩住的这支四人小队不顾一切地朝星河方向疯狂逃跑。

"逃？"拜厄满不在乎地笑了。他们想靠速度逃掉，根本不可能。

嗖——

拜厄身影一晃，追了过去。

"雷斯晶，我们就这么逃？"林雷神识传音，十分焦急。

"我们现在唯一的办法就是逃到星河，然后通过安全的线路快速进入星河中央，躲在某块悬浮的巨石上。到时候，如果拜厄追来，我们想办法把他打入空间乱流中。解决不了他，就让他去空间乱流。"雷斯晶迟疑了一下，"不过，我不知道我们能不能逃到星河。"

目前看来，他们只能用雷斯晶这个办法，因为没想到其他办法。

"哈哈，雷斯晶，在我面前使用你那紫晶空间是没用的。"狂傲自信的声音在林雷他们四人的脑海中响起。

这时，林雷他们四人发现拜厄已经飞到了他们的前方。

一股狂暴的气流以拜厄为中心爆发开来，方圆千米之内，空间瞬间扭曲。林雷他们四人只感觉到一股强大的束缚力作用在了他们的身上。

"怎么可能？"林雷也修炼风系元素法则，知道拜厄这一招运用了风系元素法则中的风之空间奥义。

一般来说，风之空间奥义对上位神的束缚力几乎可以忽略。没承想，达到了大圆满境界的上位神运用这一奥义施展出的招式，威力这么大。

在紫色光罩内，拜厄速度锐减，但还是比林雷他们四人的速度要快上一大截。

拜厄朝贝贝飞去，目光却看向手中那件主神器——那柄薄如蝉翼的泛着淡青色光晕的长剑，就好像在看深爱的人一般。

随即，拜厄很随意地挥动手中的长剑，瞬间就划破了已经扭曲的空间，就好像划破一块布一样轻松。

一道足有百米长、一指宽的空间裂缝出现了，剑刃直指贝贝。同时，长剑迸发的强势气息令四周出现了一道道细微的裂缝。

扑哧一声，一道细微裂缝划过躲闪不及的林雷，轻易破掉了林雷的鳞甲防御，使得林雷的手臂受伤了。

不过，林雷的注意力都在贝贝的身上。看到贝贝被长剑正面击中，林雷脸色大变："贝贝！"

## 第679章

# 一壶?

"好可怕的家伙!"贝贝吓得胆战心惊,毕竟之前那一记掌刀就让他感受到了危险。

贝贝很清楚,如果是贝鲁特爷爷面对这最强一剑,能靠着对奥义的领悟空手接这一招,可是他不行。

"在奥义的领悟程度上,我和贝鲁特爷爷相差太远,不能逞能。"贝贝思考着。最终,贝贝使用了一滴毁灭主神之力。

其实,贝贝有两个身体,一个是黑暗系神分身,一个是圣域级本尊,但是神分身只有一个。圣域级本尊依旧是噬神鼠的形态。这就和贝鲁特的三个儿子一样,他们三个的本体都是紫金色鼠王。

平常,贝贝的圣域级本尊融合在他的神分身中,因此,如果他的黑暗系神分身殒命,那他就真的完蛋了。

砰!全身冒着黑色光晕的贝贝被劈得飞了出去,狠狠地撞击在地上,甚至令地上出现一条深沟,但是他的身上没一丝伤痕。

"幸好。"林雷松了一口气。

雷斯晶、雷洪和林雷疾速飞向贝贝。

"贝贝。"林雷连忙扶起贝贝。

"老大，我没事，他都有没伤到我呢。"贝贝嘿嘿一笑。

不过，林雷他们三人并没有放松，他们知道贝贝是靠主神之力才躲过一劫的。

林雷转头看向远处的拜厄。拜厄站在原地没动，饶有兴味地看着贝贝。

"使用了主神之力？"拜厄丝毫不怒，"噬神鼠的确是天地间难得的神兽，值得我消耗一滴主神之力。"

轰——

淡青色气流仿佛火焰一样从拜厄身上爆发开来，随即又迅速进入他体内，没有弥散出一丝光芒。显然，拜厄身为达到了大圆满境界的上位神，可以完美地掌控主神之力。

这一幕令林雷他们四人心底发怵。

"他还用了主神之力！"林雷在心底惊呼。

"他不但用了主神器，还用了主神之力！"雷斯晶气得要骂人了。

拜厄这样做简直是欺负人。

拜厄的脸上有着一丝笑容，他看向贝贝："你让我使用了主神器，还让我使用了主神之力，你即使殒命也值得自豪了。"

说完，他身影一晃，在紫色光罩内快速移动起来，林雷他们三人根本无法阻拦。

"他也使用了主神之力，贝贝挡不住的。"林雷急了。

顿时，一道巨大的青龙幻象出现在林雷的身后。

天赋神通——龙吟！

拜厄的灵魂瞬间就受到了龙吟的影响，不过只被影响了片刻，很快拜厄就恢复了正常。

林雷感到苦涩："达到了大圆满境界的上位神面对贝贝的天赋神通，没感觉；面对我的天赋神通，几乎也没感觉。"

他此刻有一种蚍蜉撼树的感觉。

"贝贝！"林雷感到痛苦无力，只能在心底呐喊。

啊——刺耳至极的尖啸声猛然响起，令空间扭曲，出现道道裂缝。

砰的一声，贝贝被劈得再次飞了出去。

见状，林雷的脸色顿时变得煞白，但是他没有绝望，因为他感知到贝贝还活着。

"哈哈，贝鲁特爷爷说得没错，我们噬神鼠的防御力很强！我不使用主神之力，身体本来就如神格一般坚硬；我使用了主神之力，也没有上位神能解决我！"贝贝有些疯癫地喊道。

林雷震惊地发现，虽然贝贝胸膛上的伤口在流血，但是伤口只是在表面。

"怎么可能？"拜厄看着贝贝，一脸难以置信，他的最强一剑竟然都不能解决贝贝。

"哼！我的皮肤和肌肉一样坚韧，最坚硬的是骨头，凝聚了大量的神格精华。当初幽冥果树（生命主神）随意一挥树枝就让我受了重伤，我还以为你使用了主神之力、主神器，攻击力就能赶得上主神呢。"贝贝叫嚷道。

其实，贝鲁特早就和贝贝说过噬神鼠的物质防御何等强大，贝贝之前也一直自信得很。不过，在被幽冥果树重伤后，他没有那么自信了。他认为达到了大圆满境界的上位神使用了主神之力和主神器后，攻击力应该比得上主神的随手一击。

现在看来，达到了大圆满境界的上位神的攻击力虽然强，但是和主神一比，还是差得远。

"哈哈，厉害，厉害！"雷斯晶开心得大笑起来，"贝贝，你以为他使用了主神之力和主神器，攻击力就能赶得上主神？那你就错得太离谱了。在主神的面前，上位神太弱小了。贝贝，主神最厉害的不是主神器也不是主神之力，而是主神意念，蕴含主神意念的攻击才是最可怕的。"

林雷、贝贝一怔，主神意念？意念这虚幻的东西会很强吗？

"面对达到大圆满境界的上位神之外的对手，主神根本不需要出手，动一个念头就可以解决对方。这就是主神意念！"雷斯晶大笑着说道，"使用了主神之力的上位神与主神相比，两者攻击的威力相差了不止万倍。"

林雷恍然大悟。他早就听说过主神动一个念头就能让上位神殒命，即使是达到了大圆满境界的上位神也只能勉强抵抗。他当时一直不明白为什么动一个念头就能让上位神殒命，现在他明白了。

那主神意念为什么这么厉害呢？林雷不理解，可现在他也没时间询问雷斯晶。

此刻，拜厄的表情变得严肃起来，他冷漠地看着贝贝："噬神鼠炼化的神格精华凝聚在自己的身上，在神兽中，噬神鼠的物质防御确实排名第一。我承认我的物质攻击伤不了你，那就听我一曲吧。"

拜厄的绝招——灵魂寂灭！

话音刚落，林雷、雷斯晶、贝贝、雷洪的脑海中响起了一首曲子。

这首曲子蕴含一股奇异的力量，令林雷他们有些浑浑噩噩。

林雷赶紧使用一滴水系主神之力努力抵抗这股力量。他原本有一滴地系主神之力和两滴水系主神之力，不过，地系主神之力早就被他用掉了。现在，他用了一滴水系主神之力，还剩一滴水系主神之力。

林雷他们四人中，最先清醒过来的是雷斯晶，毕竟他在灵魂方面的成就极高，接着便是使用了一滴水系主神之力的林雷。雷洪还没有清醒过来，不过没有关系，因为拜厄要对付的不是他。至于贝贝，在变得浑浑噩噩时，他遭到了奇异的灵魂攻击，但是没事。

"拜厄，够了！"雷斯晶喝道，对拜厄发出了一招灵魂攻击。

"怎么可能？"拜厄暂停下来，十分惊讶。

拜厄一停下来，贝贝和雷洪就清醒了。

"怎么可能？你……你有灵魂防御主神器？"拜厄看向贝贝。

"嗯……"贝贝纳闷地摇了摇头，"我就一件灵魂防御神器。"

"不可能！灵魂防御神器绝对挡不住我的灵魂寂灭。你绝对有一件灵魂防御主神器！"拜厄摇着头，一脸难以置信，没有之前那么自信了，他看着贝贝，"你怎么会有灵魂防御主神器？你是主神使者？"

贝贝摇头。

"灵魂防御主神器？贝鲁特爷爷说是灵魂防御神器啊。"贝贝有些不解。

林雷却彻底放松下来，不管是灵魂防御神器还是灵魂防御主神器，显然，拜厄拿贝贝没办法。

诚然，拜厄很可怕，可以轻易对付林雷、雷斯晶、雷洪中的任何一个，却不能轻易对付贝贝。贝贝不仅物质防御厉害，连灵魂防御也很厉害。

"传说血峰主神赐予贝鲁特的是灵魂防御主神器，没想到贝鲁特竟然给了你。"拜厄冷笑起来。

人人都说贝鲁特有灵魂防御主神器，可是拜厄现在认为贝鲁特将灵魂防御主神器给了贝贝。

"喂，你还要干什么？对付不了贝贝还不走？"雷斯晶哼了一声，说道。

拜厄深吸了一口气，逐渐平静下来。

"对付不了他，那我就将他弄去空间乱流中。"拜厄冷漠地说道，同时，他飘浮在半空，伸出了双手。以他为起点，上百条百米长的淡青色能量丝带朝贝贝卷去。

"他要把贝贝弄去空间乱流中！"林雷十分震惊。

"啊——"

雷斯晶陡然发出愤怒的吼声，身后浮现出一道巨大怪物的幻象，巨大怪物的背后有一百零八根尖刺。

这个幻象的模样，林雷十分熟悉，正是当初他们在紫晶山脉中遇到的那只紫晶巨兽的模样，这也是雷斯晶本尊的模样。

顿时，一百零八股散发着紫色光芒的毁灭主神之力气息从雷斯晶的体内弥散开来，将林雷、贝贝、雷洪包裹住，形成了一个黑色的蚕茧，上面还有紫光流转。

"紫晶壁障！"拜厄眉头一皱。

在很多人看来，紫晶空间是雷斯晶的天赋神通，林雷也是这么认为的。但对雷斯晶而言，这只是他很普通的一个招式。其实，紫晶壁障才是他的天赋神通。

一时间，拜厄也劈不开这个蚕茧。

片刻后，蚕茧消散了。看样子，紫晶壁障这一招坚持不了多久。

"雷斯晶，看来你是硬要保护这只噬神鼠了。"拜厄冷漠地说道，"我承认这噬神鼠使用主神之力时，我没办法解决他。不过，等主神之力的能量消失，我就不信他能躲得过我这一剑。以我这一剑的速度，你根本就拦不住。"

林雷眉头一皱。

拜厄说得很有道理。贝贝虽然使用了一滴主神之力，但是不能完美控制主神之力，因此他的身上会弥散主神之力的光芒。当没有光芒的时候，那就说明主神之力的能量已经消耗掉了。届时，拜厄还能继续使用主神之力，但贝贝的主神之力用完了，能挡得住拜厄的一剑吗？

"老大，这么多年来，我吞噬的神格的数量还不够多，骨头的坚硬程度远不及贝鲁特爷爷。如果我的主神之力的能量用完了，我恐怕扛不住那一剑。"贝贝灵魂传音，十分急切。

林雷也急了。

"哼！"雷斯晶一瞪眼，"怎么，你跟我比谁的主神之力多？"

闻言，拜厄一愣。

雷斯晶转头朝林雷、贝贝一笑："林雷、贝贝，你们加入我的小队，我十分高兴，高兴得都忘记了一件事情。既然你们是我小队的成员，我这个做队长的也要一视同仁。"

说着，雷斯晶手一甩，两道紫光分别飞向林雷和贝贝。

林雷和贝贝立即伸手接住。

林雷低头一看，手中是一个由紫晶雕刻而成的壶。对这种壶，林雷还是比较熟悉的。在玉兰大陆的时候，普通士兵作战的时候通常会带着这种壶。不过，这个紫晶壶显然更精致。

林雷展开神识去感知紫晶壶内的东西，却吓了一大跳，里面竟然盛满了液态的毁灭主神之力！

"啊，毁灭主神之力，一壶！"贝贝的惊呼声响起。

"你们收着吧，少爷也给了我一壶。"雷洪开口说道。

林雷、贝贝怔怔地看向雷斯晶。

雷斯晶笑着挥手说道："你们收着吧。不就是毁灭主神之力嘛，我母亲那里多的是，整整一水潭呢，我也就装了几壶而已。你们是我小队的成员，也应该有这个。"

作为主神的儿子，雷斯晶当然不在乎主神之力。

"一壶？"林雷还是有些蒙。平时主神之力是以滴为单位的，现在却是以壶为单位。

拜厄此时感到头疼。他达到了大圆满境界，他的主神确实对他不错，给了他一些主神之力，但他毕竟不是主神的儿子，不可能得到一壶主神之力。

"比主神之力的多少，还是和主神的儿子比？"拜厄感到无奈。

雷斯晶摸着鼻子说道："拜厄，我的神分身已经将这边的情况告诉我母亲了。我母亲虽然不能立即赶到这里来，但是已经安排人过来了。估计再过一段时间，我母亲安排的人就能赶到这里。"

一般来说，主神不插手上位神之间的事情，可若是子女遇险，那就不一定了。像紫荆主神，只有雷斯晶这么一个儿子，若是她的儿子遇险了，她肯定会出手。而那些有一大堆子女的主神碰上子女遇险的事，就不一定会出手。

拜厄只能摇头苦笑。

"噬神鼠的防御的确强，我解决不了他不算丢脸，至少我尽力了，估计奥卡罗威尔也不会多说什么。"拜厄看了雷斯晶他们四人一眼，身体一晃，朝远处飞去。

林雷、贝贝握着紫晶壶，看着拜厄离去。

"啊，总算走了！"雷斯晶舒了一口气，"达到了大圆满境界的上位神啊，我就怕这家伙发疯，幸亏被我吓走了。"

雷斯晶其实很担心拜厄发疯解决他们，若真是那样，他后悔都来不及。如果真到了那一步，拜厄可以躲藏到普通物质位面，而主神受天地法则的制约，不能进入普通物质位面。

## 第680章

# 第一家族

林雷看着拜厄离去，也舒了一口气。

"和达到了大圆满境界的上位神战斗，我恐怕得有物质防御主神器、灵魂防御主神器才能保命。"林雷在心中暗道。

遇到达到了大圆满境界的上位神，即使像贝贝那样有强悍的身体，有灵魂防御主神器，也还需要使用一滴主神之力才能保命。

"不对，就算我的物质防御和灵魂防御都厉害，恐怕拜厄也能将我弄去空间乱流中。"林雷想到这里，愈加觉得达到了大圆满境界的上位神十分可怕。他本以为达到了大圆满境界的上位神就算厉害，也不会厉害得太离谱。在见识过拜厄的几招后，他才知道自己之前想得太简单了。

达到了大圆满境界的上位神已经将某种元素法则或是规则里面的所有奥义都融合了，与没有将所有奥义融合的上位神相比，可谓是天壤之别。

"拜厄不会再来了吧？"雷洪声音低沉。

贝贝灰头土脸的，连忙说道："当然不会来了。他好歹是一名达到了大圆满境界的上位神，既然已经走了，怎么会回头？不过，就算他回头了，我也不怕。"

贝贝此话一出，林雷、雷斯晶、雷洪都看向他。

"你不怕？"雷斯晶一副不相信的样子。

不管贝贝怕不怕，雷斯晶是害怕的，林雷、雷洪也同样害怕。面对拜厄，他们都有一种无力感。

贝贝真的不怕吗？

贝贝被三人看得尴尬一笑，说道："老实说，我当然害怕。在拜厄的面前，我只有挨打的份，没有一丝反抗能力。他那首诡异的曲子听得我都没有意识了。好了，反正他已经走了，事情结束了，希望以后不要碰到他。"

林雷听了不禁一笑，随即看向雷斯晶，眼中满是感激。

"雷斯晶，幸好你用主神震慑住了他。"林雷笑着感叹道。

"我就是说说罢了。"雷斯晶撇嘴说道，"幸好拜厄没有拼命一战。"

林雷微微点头，估计拜厄和奥卡罗威尔的交情不是很深。若是他们交情深，拜厄多半会拼命一战，不会就这样放弃。

这时候，林雷想起了手中的紫晶壶。这可是一壶毁灭主神之力，不是一滴。

"雷斯晶，现在事情结束了，这壶主神之力太珍贵了，你收回去吧。"林雷将手中的紫晶壶递给雷斯晶。

如果是一两滴主神之力，林雷就收下了，可这是满满一壶主神之力，林雷拿着就觉得手发烫。况且，无功不受禄，林雷觉得自己在这支小队中没有做过大贡献，拿着这壶主神之力，心里难安。

"给你。"贝贝也这么做。

雷斯晶瞪了林雷、贝贝一眼，不高兴地说道："林雷、贝贝，你们这是怎么回事？如果这样矫情，那我们这支小队干脆解散算了，反正你们也没有把我当朋友。我雷斯晶送出去的东西就从来没有收回来过！至于这壶主神之力，如果你们不要，那干脆扔掉！"

林雷不禁感到无奈。

"哈哈，老大，雷斯晶不是那种小气的人。"贝贝笑着把手搭在雷斯晶的背上，"你就收下吧。"

贝贝原本还有些舍不得，现在听雷斯晶这么一说，赶紧帮雷斯晶说话。

"听到了吧。"雷斯晶得意地扬眉，"你要么扔掉这壶主神之力自己走，要么收下这壶主神之力和我们一起走。"

林雷本不是矫情的人，只是因为这壶主神之力太过贵重才会那么说。既然现在雷斯晶都这么说了，他便不再犹豫，一翻手，将这个装满主神之力的紫晶壶收到了空间戒指内。

"这才对嘛。"雷斯晶眉开眼笑，"说实话，如果是在我刚达到上位神境界的时候你求我给你，我也不会给你。"

"为什么？"贝贝连忙问道。

"按照我母亲的话说，为了磨炼我。"雷斯晶笑着说道，"当时我实力不够，若给我大量主神之力，我就会经常使用主神之力，那样会很难突破自我。因此，在我融合五种奥义之前，母亲没有给我那么多的主神之力。而在我融合了五种奥义，实力提升后，母亲就没有再限制我了。"

贝贝和雷斯晶就这么一边走着一边说着，他们两个都是一副少年模样，眼睛都炯炯有神的，就像一对兄弟。

林雷和雷洪则是一边走着，一边听着。

林雷听着贝贝和雷斯晶的对话，时不时点点头，他完全能理解紫荆主神的做法。修炼者若没有危机感，确实很难提升。

"不过，你的主神之力好多啊。在老大他们四神兽家族中，要获得一滴主神之力很难呢。"贝贝感叹道。

雷斯晶哈哈笑了起来，说道："四神兽家族怎么和我比？在四神兽家族兴盛时，各大位面都有四神兽家族的人，数量更是以百万计。当时，四大主神赐予了他们大量的主神之力，可他们知道珍惜吗？他们不知道。恐怕那四位族长都没想过他们的四位主神会陨落。

"四位主神还在的时候，他们毫无节制地使用主神之力去对付其他家族，后来四位主神陨落了，他们便傻眼了。四位主神一陨落，他们就无法再获得主神之力，只能省着用主神之力。因此，四神兽家族只能把主神之力一滴一滴赐予族人。"

林雷听得直点头，感慨四大主神的陨落对家族的打击的确很大。

"名震各大位面的庞大家族说衰落就衰落了。"林雷低叹一声。他刚进入四神兽家族的青龙一族时还感叹有那么多主神之力，现在才明白那时家族已经是在节约使用主神之力了。估计四大主神在世时，他们不是这样一滴一滴使用主神之力的。

"四神兽家族当初很强，不过在无数位面中，还算不上第一家族。"雷斯晶说道。

"嗯？还有比当年的四神兽家族更强的？"林雷有些惊异。

"第一家族是光明系神位面的奥古斯塔家族。"雷斯晶淡笑着说道。

林雷对地狱、冥界有所了解，但对其他位面知道得很少。

"奥古斯塔家族？"林雷喃喃道，脑海中不禁浮现出三个名字。

这三个名字是林雷在贝鲁特给他的那一堆资料中看到的。那三人都是位面战场的统领，他们完整的名字里面都有"奥古斯塔"这几个字，显然，他们都是奥古斯塔家族的成员。

林雷当时没在意，因为出现同姓的统领并不奇怪。

"奥古斯塔家族的创始人是光明主宰。"雷斯晶撇嘴说道。

林雷恍然大悟："难怪奥古斯塔家族那么强，原来是光明主宰的后代。"

在光明系七位主神中，光明主宰居于首位，实力之强不言而喻。

"光明主宰有很多后代，单是第二代成员就有一百八十二个。"雷斯晶感叹道。

林雷、贝贝听得都傻眼了。

"雷斯晶，奥古斯塔家族第二代成员不会都是光明主宰的子女吧？"林雷不敢相信。

在四神兽家族中，青龙的子女只有两个，朱雀的子女只有一个，白虎的子女只有一个，玄武的子女只有两个。难不成奥古斯塔家族的第二代成员有一百八十二个？

"对。"雷斯晶点头说道，"光明主宰原本只是一个普通人，通过修炼成为光明系主神中最厉害的光明主宰。一般来说，普通人的子女比神兽的子女多，即使普通人成了主神，他们的子女也比神兽多。因此，光明主宰的子女不像神兽的子女那般稀少。奥古斯塔家族繁衍速度快，人口数量众多，又有足够的培养条件，自然会出现不少强者。不过奥古斯塔家族只在光明系神位面发展，不像当初四神兽家族那样分布在各大位面。"

"奥古斯塔家族的人很狂傲。"原本沉默的雷洪陡然开口说道。

"嗯？"林雷看向雷洪，感受到了雷洪话中的怨气。

雷斯晶低叹一声，说道："我母亲曾有一名主神使者，是雷洪的好兄弟布斯里，他的最强神分身就是被奥古斯塔家族的人解决了。现在，布斯里只剩下弱小的神分身了。这一场位面战争，奥古斯塔家族的人也来了。如果碰到了这个家族的人……算了，不提那个浑蛋家族了，提了扫兴。"

林雷他们四人离开了原先战斗的地方，随意地行走在位面战场上。在这里，除了拜厄那种达到了大圆满境界的上位神，这支小队不惧其他人。

之前，他们与拜厄一战的动静太大，吸引了不少人在远处围观。其中，有五个人是一块儿来的。为首的青年身穿一件华美的银色长袍，有一头耀眼的金色长发。

"哦，紫晶壁障……咦？那是拜厄！"金发青年眼睛一亮。

他们五人远远地就看到了犹如天神般悬浮在半空的拜厄，不过不敢靠近。他们观看片刻，发现拜厄竟然离开了。

"少爷，这可是好机会。"一名穿着金色长袍的银色短发壮汉低沉地说道。

金发青年眯起了眼睛。

就在这时，金发青年倏地转头朝不远处看去，看到两男一女朝他走来。

"蒙特罗，好久不见。"一名黑发银袍女人笑着说道。

"拉娜莎。"蒙特罗也笑着打招呼。

"刚才那一战看到了吧？拜厄出马对付雷斯晶的人，不知道战况如何。"黑发银袍女人拉娜莎笑着说道，"不过，我肯定雷斯晶还活着。"

"这个我也清楚。"蒙特罗淡笑道，随即眼睛一亮，"拉娜莎，你我联手去教训雷斯晶一顿，如何？"

"教训他？"拉娜莎眉头微微一皱，"我知道雷斯晶和你们家族有些矛盾，可……"

拉娜莎清楚蒙特罗的身份，蒙特罗是奥古斯塔家族的第三代成员，而第三代成员数量过千。

蒙特罗因为自身的天赋和实力，在家族中略有一些地位，不过光明主宰子女太多，他还是孙子辈，受到的关注还是有限的。在这方面，他可比不上雷斯晶，毕竟紫荆主神就雷斯晶一个儿子。

"放心，我们不解决雷斯晶。"蒙特罗笑着说道，"我负责缠住雷斯晶，你们三人和我这边的四人，一共七人，一起对付雷斯晶的伙伴，能解决一个是一个，最好全部解决！哼，不能解决雷斯晶，解决他的伙伴也好。"蒙特罗目光冷厉。

拉娜莎和身旁的两名青年商量了一会儿，随即笑了。主神们高高在上，只要不触及其底线就不会有问题。在战斗中，即使雷斯晶受了重伤，紫荆主神也不会发怒的，因为紫荆主神肯定希望自己的孩子在经历一番挫折后变得更强大。至于雷斯晶伙伴的生死，他们认为紫荆主神没有那个时间来管，也不会自降身份来管，毕竟神级强者的世界有自己的规矩，主神一般不会轻易插手低等级存在之间的事情。

"好，不过，身份徽章得归我。"拉娜莎说道。

"好。"蒙特罗一口答应。

"那走吧，估计雷斯晶他们都快走远了。"拉娜莎开口说道。

于是，这群人悄然疾速前进。

## 第681章
# 勉强抵御

位面战场上此时狂风大作，沙砾乱飞。

林雷、贝贝、雷斯晶、雷洪一边走，一边环顾四周，打算找个地方好好休息一下。

"嗯？"雷斯晶猛然转头朝后面看去。

"怎么了？"贝贝疑惑地问道。

见状，林雷也转头朝后面看去，可后面是一片杂草，没有一个人影。

雷斯晶皱着眉说道："好像有人。"

话音刚落，林雷就感知到了后方远处有两道和他同一阵营的徽章气息。他凝神一看，杂草丛生之地陡然飞射出八道身影，朝林雷他们四人飞来。其中有两人是黑暗系神位面一方的，有六人是光明系神位面一方的。不过此刻的战斗没有派别之分。

"蒙特罗。"雷洪低沉的声音响起。

"蒙特罗！"雷斯晶脸色一变，第一时间使用了主神之力，身上瞬间爆发出黑色光芒，同时，他的手中出现了那柄骑士枪。接着，他弓起身体，然后猛然将手中的那柄骑士枪投掷了出去。

这是在使用了主神之力的情况下发出的最强一击。

哧哧——

紫色的骑士枪黑光流传，所过之处，空间出现裂缝，目标直指蒙特罗身侧一名孤傲的中年人。

"哼！"一名娇小的绿发女子全身陡然冒出白色的光芒，犹如旋风一样，瞬间就到了那名孤傲的中年人身前，她那戴着黑色手套的右手挥向那柄骑士枪枪尖。

砰——

拳头和骑士枪枪尖撞击，产生了一股强大的反弹力。绿发女子被反弹得往后退，紫色骑士枪也被反弹得朝雷斯晶飞去。

"雷斯晶，你过去解决了我们奥古斯塔家族那么多人，今天就还些债吧！"蒙特罗大喝一声，立即使用了主神之力，全身爆发出白色光芒，整个人犹如一只大鸟飞向雷斯晶。同时，他的身上竟然射出一根根白色的丝线，缠绕向雷斯晶。

雷斯晶大怒，立即神识传音："大家都给我听着，使用主神之力，上！"

雷洪猛然踏向地面，轰隆隆的声音响起，敌方脚下的大地向上凸起，形成一个大土块，直接压向其他七人，也挡住了对方的视线。

"上！"雷洪目光冷厉，冲了出去。

"一个是来自奥古斯塔家族的成员，一个是雷斯晶，一上来就使用主神之力，一点都不懂得节约。"拉娜莎嘀咕道，但随后也使用了主神之力，身上爆发出了青色光芒。

战斗瞬间爆发。

林雷变为龙化形态，手中握着留影剑，直接使用了一滴毁灭主神之力。他在心底感慨道："有一壶主神之力就是不一样，可以放心使用。"

如果只有两三滴主神之力，他可能像现在这样，在战斗一开始就用主神之力吗？

林雷有些明白为什么当初四神兽家族分布在各大位面还那么兴盛了。估计当初四神兽家族在战斗时就像现在的他一样，毫无顾忌地使用主神之力。

"乌曼，你对付那个青龙一族的，你刚好能克制他。"蒙特罗下令。

"放心！"银色短发壮汉乌曼脚下一动，瞬间就到了林雷的身前。

其实不需要蒙特罗下令，因为雷斯晶一方只有四个人，其中蒙特罗已经缠住了雷斯晶，其他七个人可以轻松地对付林雷等三人。

不过在乌曼动手之前，拉娜莎一方一名持着长鞭的青年已经袭向林雷了。那挥出去的长鞭竟然变长了，犹如一条大蟒蛇甩尾，抽向林雷。

砰！留影剑挡下了这一鞭。

林雷立即后退，身上瞬间弥散出土黄色光芒，以他为中心，一个巨大的光罩出现了，上面还有黑色光晕流转。

黑石牢狱！

在使用毁灭主神之力的情况下，这一招的威力比平时大了很多倍。当然，若是在使用地系主神之力的情况下，这一招的威力会更大。

在林雷挡下这一鞭后，乌曼从天而降。

"嗯？"林雷震惊地看着乌曼手持一柄三米长的狼牙棒朝他砸来。

咻咻——

狼牙棒所过之处，空间出现了道道裂缝。

"不好。"林雷打算改变光罩内的引力方向。之前，光罩内的引力是向下的，这使得乌曼的进攻速度更快了。

不过，林雷现在想改变也已经迟了，因为乌曼已经到了他的跟前。他还感受到了强大的引力场，明白对方是一名修炼地系元素法则的强者。

感受到威胁后，林雷将手中蕴含毁灭主神之力的留影剑一翻，爆发出最强威力，朝着狼牙棒挥去。

锵！撞击声响起，林雷感觉到一股可怕的力量通过留影剑传递到他的掌心，以致他手掌上的鳞甲碎裂，鲜血渗透了出来。

留影剑被那股力量砸得弹向林雷的肩膀，而那狼牙棒隔着留影剑，重重地砸在了林雷的肩膀上。还好留影剑挡住了，否则那狼牙棒就砸到林雷的脑袋了。

"是主神器。"林雷完全肯定那狼牙棒是一件主神器。

砰！鳞甲爆裂，林雷的左臂断了。他被砸得犹如一颗陨石轰入地面，在地上留下了一个大窟窿。

持着狼牙棒的乌曼毫不犹豫地进入那个大窟窿。

"老大！"贝贝见到这一幕，脸色大变。

虽然林雷现在是一名统领，但是实力在统领中算是垫底的。若是遇到一个持有主神器且实力极强的地系强者，他几乎毫无反抗之力。

砰！贝贝被攻击得飞了起来，但是毫发无损。他顾不得施展天赋神通去报复攻击他的人，而是猛地飞入林雷砸入地面形成的那个大窟窿中。

"老大，你可千万不能有事！"贝贝十分担忧。

其实从战斗开始到现在，蒙特罗一方还不知道贝贝就是那只在位面战场上被人们议论的噬神鼠。之前和拜厄战斗的时候，贝贝是在山腹内施展的天赋神通，外面的人自然看不到那道巨大的噬神鼠幻象；而象征贝贝是噬神鼠的那顶草帽早就在战斗中被毁掉了。贝贝可以用神力再变一顶草帽出来，但他现在没有这个心情。

如果蒙特罗他们知道贝贝是噬神鼠，或许会改变作战方案，即使他们这边有人有灵魂防御主神器。

地底。

砰——

那柄巨大的狼牙棒与留影剑再次相撞。

林雷被砸得再次往下一沉。幸亏他在地系元素法则方面进步了，已经到了四种奥义融合的瓶颈，虽然还未突破，但实力已经提升了不少，因此才没有被乌曼这一棒当场砸死。

就这样，林雷靠着留影剑，一次次勉强保住了自己的性命。

砰！又是一棒。林雷用留影剑勉强抵御住了，可是身体撞碎了土石，又向地底深入了一些。

"不能再往下深入了，再这么下去，就会遇到空间裂缝。"林雷明白位面战场的地底很危险，往下深入到一定程度就会碰到空间裂缝，越往下，空间裂缝越密集，最后会碰到空间乱流。

"哈哈，你的抵抗能力不错啊！解决不了你，就把你送进空间乱流吧。"一个声音在林雷的脑海中响起。

砰！又是一棒。林雷奋力抵抗，手掌鳞甲碎裂，鲜血直流，他的身上也有血迹。

林雷陷入地底的速度非常快，也就是一眨眼的工夫，毕竟乌曼不断用狼牙棒攻击林雷，根本不给林雷喘息的机会。

林雷身后陡然浮现出一道巨大的青龙幻象，青龙的金色眼眸看着乌曼。

天赋神通——龙吟！

就在林雷施展天赋神通的时候，乌曼又狠狠地一棒砸下。

砰的一声，林雷被迫又向地底深入了一些。以林雷的实力，他此刻只能勉强保命，但无法阻止自己不往地底深入。

嗤嗤声响起，一道数米长、半米宽的空间裂缝划过林雷的身侧，一旁的泥土瞬间消失了一部分，而后这道空间裂缝也消失了。

林雷不禁吓出了一身冷汗："再往下就更危险了。"

他明白，越深入地底，空间裂缝会越来越多，到时候就会碰到空间乱流。乌曼一挥狼牙棒，那冲击力就会让他深入地底数十米甚至上百米。再这么下去，恐怕他真的会被打入空间乱流中。

"你还真能扛，不过下去吧！"乌曼已经摆脱了林雷的天赋神通龙吟的影响，再次朝林雷挥出狼牙棒。

嗡——一股奇特的能量瞬间席卷乌曼，一道巨大的噬神鼠幻象出现了。

天赋神通——噬神！

关键时刻，贝贝终于赶到了，他愤怒地咆哮道："该死！"同时，他一脚狠狠地踢向乌曼。

乌曼反手一棒砸向后面冲上来的人，砰的一声，贝贝被砸得陷入了一旁的土壤中。

"贝贝！"林雷连忙朝贝贝飞去。

"什么攻击，"乌曼很不屑，"一点感觉都没有。"

乌曼原本一直盯着林雷，自然没有注意到施展天赋神通噬神的贝贝，也没有注意到那道噬神鼠幻象。

不过，乌曼有灵魂防御主神器，噬神这一招对他没有用，他以为这是很普通的攻击。

嗖——林雷已经飞到了贝贝的身旁。

"老大，这人不受我天赋神通的影响。"贝贝灵魂传音。

"哈哈，你们两个就一起走吧。"一个声音在林雷、贝贝的脑海中响起，其身影已经出现在他们的面前。

哧哧，一道足有十米长、一米宽的空间裂缝突然出现在林雷、贝贝和乌曼的中央，将乌曼吓得一时间不敢靠近，唯恐被空间裂缝击中。

诡异的是，从这道空间裂缝中竟然飞出了一道很小的黑影，径直朝林雷、贝贝飞来。

林雷条件反射般地伸手接住了它，还没有看清是什么便感觉到一股奇特的能量进入了他的体内。一旁的贝贝倒是看清楚了这黑影是什么——一顶残破的皇冠。

这顶皇冠上原本镶嵌着晶石，但此时凹槽空荡荡的。虽然这顶皇冠早就失去了光泽，但还是可以想象出它曾经的美丽。

如果这顶残破的皇冠出现在地上，林雷估计不会多看一眼。

在接触这顶残破的皇冠之前，林雷没有感知它的气息。乍一看，它就是普通物质位面上的一顶普通皇冠罢了。

如果这顶皇冠是神器或是主神器，一般会有特殊的气息。要知道，就是墨石和冥石也有特殊的气息。

然而，握着这顶残破的皇冠时，林雷感知到一股奇异的能量进入了他体内。这股能量很特殊，在快速修复他身上的伤口以及断了的左臂。

一眨眼的工夫，林雷除了胸口上还留有一道小伤口外，其他的伤，包括断臂，已经完全被治愈了。

"怎么可能？"贝贝感到不可思议。

对神级强者而言，身体愈强，伤愈难修复。龙化形态下，林雷的身体强度虽然不如贝贝，但是远超上位神器，因此他身上的伤不是那么容易就能治好的。

"老大，怎么回事？你的伤怎么这么快就好了？"贝贝神识传音，"是不是和这顶残破的皇冠有关？"

林雷也十分震惊。

"贝贝，我也不太清楚，只知道这顶残破皇冠内的一股奇特能量进入了我的体内。不过，那股能量还没来得及治愈我胸口上的伤就消耗光了。"林雷灵魂传音。

在传递完这一股能量后，这顶残破的皇冠就没有特殊之处了。

林雷看着手上这顶残破的皇冠，在心中暗道："它是从空间裂缝中飞出来的，说明它之前一直在空间乱流中。它没有变成碎片，说明制作这顶皇冠的材料比上位神器还坚硬。"

林雷知道上位神器若进入空间乱流中就会变成碎片，然而这顶皇冠没有，显然，这顶残破的皇冠不寻常。

"那是什么？"乌曼也注意到了林雷手中那顶残破的皇冠，随即冷笑道，"你们运气还算不错，竟然能得到这顶皇冠。这顶皇冠在空间乱流中没有变成碎片，应该是一件主神器，估计是当年统领们战斗时不慎掉入空间乱流中的。不过，即使这顶皇冠是主神器，也是残破的。"

林雷一翻手，将这顶残破的皇冠收入空间戒指中，现在还不是研究它的时候。

"贝贝，抓住机会我们赶紧逃，别和这家伙纠缠。"林雷灵魂传音，同时施展黑石牢狱。一个土黄色光罩出现，笼罩住了乌曼，一股强大的斥力作用在乌曼的身上。

"这个人真难对付，连我的天赋神通也伤不了他。"贝贝也不愿和乌曼战斗。

林雷、贝贝赶紧在地底逃跑，中途，林雷将光罩内的斥力变为向上的引力。在这股引力的作用下，乌曼不禁向上移动，但他很快就适应了。

"想逃？"乌曼说道。他看着眼前的空间裂缝，朝上飞行，想从空间裂缝的上方飞过去。

面对这道空间裂缝，即使是乌曼这个境界的强者也必须小心，一旦进入了空间乱流中，那就完了。

当乌曼飞到空间裂缝的上方时，林雷陡然将光罩内向上的引力变为向下的引力。

原本为了抵抗光罩内向上的引力，乌曼体内便有了一股向下的力。现在，那向上的引力变为向下的引力，再加上他体内那股向下的力，即使他是光明主宰麾下一名强大的主神使者，他的身体也不禁猛地往下一沉。

下面是什么？是一道足有十米长、一米宽的空间裂缝！

乌曼脸色一变，瞬间就感受到了那道空间裂缝中惊人的吸力。他的身上猛然爆发白色光芒，挥动着狼牙棒，让周围的空间扭曲起来。他趁机远离了空间裂缝。

"这两个浑蛋！"乌曼愤愤地喊道。

就这一会儿的工夫，林雷、贝贝已经在地底前行了两三百米。

"你们别想逃！"乌曼愤怒地咆哮一声，连忙追过去。

林雷和贝贝暂且逃过了一劫，可是，雷斯晶、雷洪的情况糟糕透顶。

"哈哈！"

蒙特罗的笑声在苍茫的位面战场上回荡，他的身体如同蜘蛛一样射出千万根坚韧的细丝，缠向雷斯晶。这些细丝不仅坚韧，射出去的速度还非常快。

"蒙特罗，你有本事和我光明正大地战斗一场，别使用这种恶心的招数！"雷斯晶愤愤地说道，挥舞着手中的骑士枪斩断那些细丝。

不过，即使雷斯晶毁掉了千根细丝，又会有万根细丝从蒙特罗的体内射出来。只要蒙特罗的主神之力没有用完，他就可以一直使用这一招。

蒙特罗虽然不像雷斯晶一样是主神的子女，拥有那么多的主神之力，但他来自第一家族奥古斯塔家族，是家族中少有的天才，拥有的主神之力并不少。

"我可没那个本事解决你。"蒙特罗悬浮在高空，揶揄道，"我们如果和你们一对一战斗，乌曼对你的威胁最大。不过，我们不打算解决你，只打算解决你的三个伙伴。哈哈，我想，你那两个在地底的伙伴快没命了吧。"

雷斯晶气得脸色发白，因为他很清楚蒙特罗身边那几个人的实力。

奥古斯塔家族分为奥古斯塔的本族子弟和光明主宰的主神使者两派。主神使者通常会帮助奥古斯塔家族的本族子弟。乌曼便是光明主宰麾下的一名主神使者，实力极强。

"啊——"一声怒吼陡然响起。

地面开始翻滚起来，大量的巨石从地底冒出，向四周射去。

"雷洪！"雷斯晶脸色一变。

乌曼去追林雷、贝贝了，蒙特罗在纠缠雷斯晶，那么对付雷洪的便有六人。虽然这六人不是统领，但是实力不差。若是被六人围攻，就是雷斯晶也扛不住。

"你这伙伴的实力不错啊。"蒙特罗笑道。

"想解决雷洪，没那么简单。"雷斯晶虽然担忧，但还是抱有一丝期望，因为雷洪是他母亲紫荆主神麾下最强的主神使者。虽然雷洪平时很沉默，但可不能小看他的实力。

此刻，雷洪进入了战斗状态。

"啊——"又是一声低吼，雷洪的身体竟然变大了，变成了一名足有十米高，宛如钢铁铸造的巨人。他的拳头好像两块巨石，朝四周疯狂地挥去，每一下都携带着可怕至极的力量，所过之处，空间扭曲，出现了道道裂缝。

围攻他的六人都不敢轻易触碰他的拳头。

不一会儿，雷洪的身上更是浮现出了诡异的金黄色纹路。从远处看，会发现这些金黄色纹路组成了一个拳头的图案。

无数位面中有各种奇特的生命，如金属生命、植物生命等，还有赤炎魔、大地巨人这种数量极少却实力极强的族群。赤炎魔一族的强者就是火焰君王，林雷他们一行人当年在闯众神墓地时就遇到过。雷洪则是大地巨人一族中极为少见的王者，被称为大地君王，能控制与地系元素相关的一切，如土壤、石块等，还能吸收各种矿石精华来增强身体。

雷洪平时不显山露水，因此很少有人知道还有这么一名强者。在他的朋友布斯里的最强神分身殒命后，他才陪雷斯晶来这位面战场。除了雷洪身边的人，没有人知道雷洪到底有怎样的实力。

此时，雷洪双眸泛着耀眼的黄色光芒，巨大的拳头重重地砸向敌人，拳头所过之处，空间扭曲，裂缝出现。他天生力大无穷，已经融合了地系元素法则中的五种奥义，又拥有灵魂防御主神器，实力不容小觑。

围攻雷洪的六人被雷洪展露的这一手惊到了，但没有退缩，不管怎么说，他们也是各自位面中的强大人物。

"哈哈，各位，看我们谁先解决他。"拉娜莎大笑起来。

"哼！"跟随蒙特罗的那名娇小绿发女子哼了一声，身体一晃，避开了雷洪的一拳。

没承想，雷洪右臂一弯，肘部重重砸向绿发女子。情急之下，绿发女子只能用拳头抵挡。

戴着黑色手套的娇小拳头和如钢铁铸造般的肘部撞击。砰！绿发女子被撞得砸向地面，令地上又多了一个大窟窿。

雷洪的肘部出现了一道伤口，看起来吓人却没有流血。一眨眼的工夫，伤口就没了。

嗖——那名绿发女子从大窟窿中飞了出来。

"这个大家伙的身体很强，连我这件主神器黑色手套也几乎无法对他造成伤害，大家小心点。"绿发女子神识传音。

闻言，其他五人开始疯狂地施展物质攻击对付雷洪，在雷洪的身体上留下一道道伤口，然而，这些伤口瞬间就愈合了。

见物质攻击对雷洪没有用，这六人开始施展灵魂攻击。

片刻后，一名白袍中年人神识传音："灵魂攻击对他也没用，估计他有灵魂防御主神器。"

一时间，这六人不知道该怎么做了。

"各位，我会尽量束缚住他，其他的就交给你们五位了。"拉娜莎神识传音。她的脸上露出一丝冷笑，身后瞬间浮现出一道巨大的章鱼幻象。

天赋神通攻击！

"啊——"雷洪发出一声怒吼，感觉全身被无比结实的绳子捆住了一般，四周空间在压迫他。他怒吼着，肌肉猛然膨胀，想挣脱束缚。

嗖嗖——

两道身影几乎同时飞到了雷洪的身前，分别是那名绿发女子和一名穿着青色长袍的青年。

绿发女子全力挥出那只戴着黑色手套的手，青袍青年则挥出一柄战刀，上面散发出水系主神之力的气息。两道攻击令空间出现裂缝，目标直指雷洪。

"啊——"雷洪猛然怒吼。

拳头、战刀落在雷洪的脑袋上，砰的一声发出巨响。在两大主神器的全力攻击下，雷洪的脑袋爆裂开来，却没有神格掉落下来。

"小心！"一声疾呼在绿发女子他们两人的脑海中响起。只见雷洪那可怕的拳头已经朝他们两人袭来。

## 第683章
# 以后再相聚

绿发女子和青袍青年来不及避开，赶紧用各自的主神器抵挡。

两只硕大的拳头挥过来，就如两座小山压过来。

砰——

绿发女子、青袍青年被狠狠地砸向地面，地上再次出现了大窟窿。紧接着，他们两人从大窟窿中飞了出来，飞向其他四人，六人又聚在一起了。

"我们弄错了，"拉娜莎神识传音，"这大块头是大地君王，不是人类。人类形态的他，脑袋的确是要害，但现在他是大地君王的形态，要害是体内的一块透明石头，也就是心核。他的灵魂在心核中，神格也在心核中。"

这大地君王就如同林雷和贝贝当年在众神墓地中遇到的那个火焰君王。当时，在突厉雷等三大圣域级极限强者的攻击下，火焰君王已经变得粉碎，但是还没死。火焰君王的要害是那块透明石头，也就是心核。

像火焰君王、大地君王这种生命体，体内都会有一块透明石头——心核，他们的灵魂就在心核中。当他们从圣域级强者蜕变为神级强者后，天地法则根据他们的修炼属性凝聚的神格也在心核中。只要毁掉心核，他们就会彻底消失在这个世上。

"哈哈，原来如此！"青袍青年大笑起来，"既然知道了他的要害，解决他就简单了。"

"我再施展一次天赋神通，其他的还是靠各位了。"拉娜莎神识传音。

其实，拉娜莎不施展天赋神通，他们六人也能解决雷洪，毕竟雷洪是一个人，不可能同时对付六个人。不过，这样要花费一番精力和时间。有了拉娜莎的天赋神通，他们对付雷洪就相对轻松一些。


"你的伙伴竟然是大地君王，厉害。他对法则奥义的运用能到如此地步，难得啊！"蒙特罗显得很惬意。他信心十足，相信自己这一方的人马能轻易解决雷洪，刚才只是一时失误罢了。

"不好！"雷斯晶意识到情况不妙。

那六人之前攻击雷洪的脑袋，下回肯定会攻击雷洪的心核。

"嗷——"雷斯晶不禁发出一声怒吼，身后浮现出一道紫晶巨兽的幻象。

天赋神通——紫晶壁障！

泛着紫色光芒的毁灭主神之力的气息弥散开来，形成了一个黑色的大蚕茧，将蒙特罗重重包裹了起来。

紫晶壁障呈现的形状，完全由雷斯晶控制。

一时间，蒙特罗无法从这个黑色的大蚕茧里冲出来。

"雷洪，快逃！"雷斯晶连忙神识传音，同时，他犹如一支利箭朝雷洪飞去，右手猛然投掷出那柄骑士枪。

一道紫色光芒以惊人的速度袭向拉娜莎，拉娜莎只能用双臂抵挡。

锵的一声，拉娜莎被震得飞了出去。

拉娜莎敢用双臂抵挡，是因为她有一件物质防御主神器。她虽然没事，但一时半会儿施展不了天赋神通。

"雷洪，快走！"雷斯晶焦急地神识传音。

"让开！"一声呵斥响起，那名绿发女子一闪就到了雷斯晶的身前，趁机袭击雷斯晶。

雷斯晶的那件攻击主神器——骑士枪，还在飞回来的途中。他低吼一声，猛然用手掌拍击过去。

雷斯晶的手掌泛着黑光，看似随意拍出，却携带着一股毁天灭地的能量。

泛着黑光的手掌和戴着黑色手套的拳头相撞，砰的一声，雷斯晶被震得往后退，咔嚓一声，骨头断裂的声音响起。

哧哧声响起，雷洪的身体急剧缩小，恢复成人类形态。

这时，紫色光芒从雷斯晶的身上弥散开来，以雷斯晶为中心，一个直径千米的紫色光罩出现，笼罩住了拉娜莎他们六人。

紫晶空间！

在这个光罩内，强大的引力作用在拉娜莎他们六人的身上，令他们浑身一颤。

"别让他们跑了，上！"拉娜莎顿时反应过来，神识传音。

"我们快走。"雷斯晶顾不得其他了，带着雷洪一起疯狂逃跑。

啪！一根长鞭抽在了雷洪的身上。

"别想逃！"蒙特罗这时候冲出了黑色的大蚕茧，身上射出一根根白色的丝线，缠绕向雷斯晶。

"嗷——"

雷斯晶掉头怒吼一声，毁灭主神之力的气息弥散开来，形成了一张泛着紫色光芒的巨网。

天赋神通——紫晶壁障！

这个巨网罩向后面冲过来的七人，但是只罩住了四人，还有三人逃脱了，蒙特罗就是其中一个。

嗖嗖——

雷斯晶、雷洪继续逃。

"追！"蒙特罗喊道。

雷斯晶一边逃，一边在心中暗道："林雷和贝贝正在被乌曼追杀。虽然乌曼实力强大，但是贝贝的防御很厉害，而且贝贝和林雷还各有一壶主神之力，定不会有生命危险。"

想到这里，雷斯晶陡然仰天大吼道："林雷，你们两个赶紧逃命吧！若有机会，我们以后再相聚！"

声音在天地间回荡。


地底。

林雷和贝贝逃得很狼狈。虽然他们两人靠着黑石牢狱这一招与乌曼拉开了数百米距离，但是乌曼显然是修炼地系元素法则的强者，即使是在地底也能快速感知到他们的方位，一直在后面穷追不舍。

"林雷，你们两个赶紧逃命吧！若有机会，我们以后再相聚！"

这句话传入了地底，林雷和贝贝都听到了。

"老大，看来雷斯晶他们的情况也不妙啊。"贝贝灵魂传音。

"只有一人追杀我们，却有七人追杀他们。那七人或许不敢解决雷斯晶，但是敢解决雷洪。我们别在这地底瞎跑了，出去吧。"林雷原本还想和雷斯晶他们两人会和，现在看来估计不可能了，大家只能分散逃了。

嗖嗖——林雷和贝贝从地底飞了出来。

"你们两人别想逃掉！"乌曼紧跟着冲了出来。

林雷、贝贝回头看了一眼，乌曼距离他们只有数百米远。对统领们而言，跨越数百米的距离只需要眨眼的时间。

在地底，因为有土壤、石块等，乌曼或许要靠地系元素感知林雷、贝贝的方位；而在地上，乌曼用眼睛就能看到林雷和贝贝。

贝贝咆哮道："乌曼，你就这样追着我们，你累不累啊?!"

"在这位面战场上，我大部分时间闲得慌。反正没什么要紧的事要做，我就是再追个两三天也不会觉得累。"乌曼说得很轻松，嗤笑道，"论速度，你们两个比我慢得多，只是靠着类似于雷斯晶紫晶空间的那一招才与我拉开了一定的距离。"

话音刚落，乌曼已经和林雷他们两人并排前行了，只是中间相隔数百米。

"你这样永远抓不到我们！"贝贝大声喊道。

"等你们的主神之力消耗殆尽，即使有这光罩也阻挡不了我。"乌曼嗤笑道。

若没了主神之力，黑石牢狱的威力就没那么大了，而乌曼靠着主神之力完全能抵抗黑石牢狱的威力，并追上林雷他们两人。

"哈哈，主神之力消耗殆尽？"林雷不禁大笑一声，"乌曼先生，你就慢慢追吧！"

林雷不急，依旧往前逃，与原先的战场越来越远。

片刻后，林雷那一滴主神之力消耗完了，他之前身上弥散的黑色光晕彻底消散了。

"哈哈！"乌曼大笑着，如闪电般飞入光罩中。果然，光罩中的引力没有之前那么强了。

"你们准备受死吧！"乌曼此刻兴奋至极，他终于能解决这两个难缠的小子了。

可就在这时，轰的一声，林雷的身上再次弥散出黑色光晕，黑石牢狱的威力再次大涨，林雷、贝贝的速度再次变快了。

乌曼一怔，速度变慢了，喃喃道："又是主神之力。"

"乌曼，比主神之力吗？"贝贝嗤笑道，"尽管来，我们奉陪到底。"

谈话间，光罩的覆盖范围缩小到只有方圆百米，但足以保障林雷和贝贝的安全，也能减少主神之力的损耗。

"你们的主神之力似乎有很多啊。"乌曼有些踟蹰了。

"当然，我兄弟雷斯晶可是紫荆主神的儿子。"贝贝笑道，"来吧，让我看看那光明主宰赐予了你多少主神之力。"

乌曼一怔。他知道雷斯晶有很多主神之力，毕竟雷斯晶是紫荆主神唯一的儿子。

在主神看来，如果是一般的主神使者，只需赐予他们几滴主神之力，若这样的主神使者殒命了，完全可以再找一个。如果主神使者是达到了大圆满境界的上位神，或者是像贝鲁特那样逆天的存在，他们被赐予的主神之力就会多一些，但一般也就数十滴。不过，若是对自家子女，主神就慷慨多了。

作为光明主神中实力最强的光明主宰的后代，奥古斯塔家族的第二代、第三代的每个成员都有许多主神之力，即使其总人数已经上千了。紫荆主神却只有雷斯晶这一个儿子，她的主神之力当然主要是给她儿子。

许多统领十分眼馋雷斯晶的主神之力，在他们看来，雷斯晶就是一个大财主，因此有时候会刻意讨好雷斯晶。不过雷斯晶不傻，不会随便把主神之力给外人，除非是他认定的朋友。

"难道雷斯晶分给了他们两个很多主神之力？"乌曼猜测。

他之前没有想到这一点，是因为对他而言主神之力很珍贵。不过对雷斯晶而言，主神之力很普通。

"这么跟他们纠缠下去，纯粹是浪费主神之力。"乌曼眉头一皱，"不能再这样下去了！"乌曼当即身影一动，掉头就走。一眨眼的工夫，他就消失了。

见乌曼消失了，林雷、贝贝这才停下来。

"走了！"贝贝笑了起来。

"他是舍不得使用主神之力。"林雷感慨道。和乌曼比起来，他和贝贝拥有很多主神之力，不必担心主神之力不够。

"一壶主神之力才用了两三滴，还有那么多。"林雷在心中暗道。

贝贝皱着眉说道："老大，我们现在和雷斯晶他们分散了啊。"

林雷不禁环顾周围，一片寂静。

"只能看运气了，碰上再说吧。"林雷说道，"现在，我们先找个地方休息一会儿，那顶残破的皇冠我还没有仔细研究呢，走吧！"

林雷、贝贝身影一动，瞬间消失在荒野上。

## 第684章
# 再遇地系强者

位面战场上一处荒凉地。

两道身影一闪而过，后面紧跟着七道身影。不过，这七道身影是间隔开的。

"雷斯晶速度太快，也就少爷你和我能勉强跟上，其他人都跟不上，怎么办？"一名银发老者对离他不远的蒙特罗神识传音，有些焦急。

这名银发老者和蒙特罗都是修炼光明系元素法则的，在速度这方面很突出。其他人，有修炼水系元素法则的，有修炼命运规则的，在速度这方面并不突出。

"追！"蒙特罗死死地看着前面的两道身影。

轰隆隆，大地猛然翻滚起来，大量的巨石朝蒙特罗他们七人飞射而来。每一块巨石上面都有黑色光晕流转，显然蕴含了毁灭主神之力。

蒙特罗他们不在乎巨石，但是不敢小看毁灭主神之力。

砰砰——

蒙特罗他们七人或是轰碎巨石，或是闪避巨石，速度受到了影响。

"距离又拉开了！"蒙特罗眯起眼睛，怒气冲冲地说道，"雷斯晶有这么一个帮手就算了，竟然也舍得给他那么多主神之力。"

片刻后，蒙特罗感知体内的主神之力快要用完了，在心中暗道："算了，这次能让雷斯晶这么狼狈，也够了。"

"停下！"蒙特罗大声喊道。他停了下来，其他六人也跟着停了下来。

蒙特罗的那滴主神之力快消耗完了，其他六人的却还可以再坚持一会儿，毕竟蒙特罗一见到雷斯晶就使用主神之力施展了自己的绝招。

"不追了，这样下去纯粹是浪费主神之力，我可不像雷斯晶有那么多主神之力。"蒙特罗嗤笑一声，"雷斯晶那小子总是那么嚣张，这次能让他如丧家之犬一般逃跑，够了！"

拉娜莎哼了一声，说道："你是够了，可我们三个却没有得到一枚统领徽章。"

蒙特罗看了一眼拉娜莎，呵呵笑道："拉娜莎，以后有的是机会。对了，乌曼肯定解决了那两人，得到了统领徽章。等会儿，他回来就把统领徽章给你，如何？"

"一言为定。"拉娜莎这才露出一丝笑容。

就在这时候——

"蒙特罗，这次的事我记住了！"雷斯晶的咆哮声从远处响起。

听到这不甘、愤怒的咆哮声，蒙特罗不但毫不在意，还大笑起来，向周围六人说道："哈哈，各位听到了吗？雷斯晶已经气急败坏了！上次我们解决了那个布斯里的最强神分身，他不能拿我怎么样；这次我教训他一顿，他依旧不能拿我怎么样。"

"少爷，雷斯晶也只能喊喊罢了，对你无可奈何。难道他的母亲紫荆主神会因为这种小事出手吗？"绿发女子笑着说道。

其实，蒙特罗、雷斯晶都拿对方束手无策。不过，这次蒙特罗的帮手明显比雷斯晶多，雷斯晶会吃瘪也就不奇怪了。

"嗯，乌曼来了。"蒙特罗忽然转过头说道。

乌曼之前为了追杀林雷和贝贝，其实已经远离了蒙特罗他们，但是蒙特罗他们这群人中有六人使用了主神之力，他们身上散发出的主神之力的气息十分明显，乌曼便循着这主神之力的气息赶过来了。

"蒙特罗，记得你答应过我的。"拉娜莎说道。

"一定。"蒙特罗点头。

"乌曼。"蒙特罗微笑着迎上去。乌曼虽然跟着他，却是一名主神使者，拥有两件主神器，实力极强。

乌曼从空中降落下来，恭敬地说道："少爷。"

"我和拉娜莎小姐之前就约定好了，若是你解决了雷斯晶的人，得到的徽章就给拉娜莎小姐，你将那两枚徽章给我吧。"蒙特罗笑着说道。

乌曼摇头说道："我没有得到徽章。"

闻言，蒙特罗神情一滞，旁边的拉娜莎则脸一沉，冷冷地说道："乌曼先生的实力我们是很清楚的，那两个小子你解决不掉？恐怕是解决了，舍不得将徽章拿出来吧！"

"哼！"乌曼哼了一声，随即看向拉娜莎，"你说什么？你认为我在说谎？"

拉娜莎眉毛一扬，说道："怎么？乌曼先生要以势压人吗？"

"我说没有得到就是没有得到，别太过分了。"乌曼的语气也冷了下来，这种事情他根本无法证明。

拉娜莎之前在位面战场上从来没有见过林雷和贝贝，对他们两人不了解，但是她知道乌曼是一名实力了得的统领，因此她认为乌曼应该能轻易解决林雷、贝贝。

拉娜莎淡笑一声，说道："既然乌曼先生都这么说了，那我们自然相信乌曼先生。我们走！"

既然得不到好处，拉娜莎就不在这里浪费时间了，当即飞离开去，跟她一起来的两名青年也跟着飞走了。

"他们走了。"蒙特罗看向乌曼，"乌曼，你现在告诉我吧，你到底有没有解决那两人？"

蒙特罗也认为乌曼之前没有说真话。

"没有，"乌曼摇头说道，"那两人实力不弱。那个青龙一族的青年硬是扛住了我的多番进攻。另外那个少年的身体也十分强悍，受我主神器一击，竟然没死。我追他们时，青龙一族的青年施展了类似于雷斯晶的紫晶空间的招数，还使用了主神之力。若是他们的主神之力消耗完了，我肯定可以追上他们，但他们不止一滴主神之力，似乎有很多，于是我放弃了。"

闻言，蒙特罗眉头一皱："那少年用身体硬扛主神器的攻击？看来，他有防御主神器。那青龙一族的青年施展了类似于紫晶空间的招数？看来，他和雷斯晶的关系不浅……算了，我们先找个地方休息休息。"

蒙特罗当即带着自己的人迅速离开了。


林雷、贝贝此时一边快速前进，一边留意着周围的动静。

他们之前战斗时使用了主神之力，主神之力散发出的气息绝对引起了位面战场上其他统领的注意。若是那些统领想对付他们，循着主神之力散发出的气息很快就能找来。因此，他们只能快速前进。

"老大，我们之后干什么？"贝贝灵魂传音。

"我们先找个地方修炼吧。这场位面战争再过三百年就会结束。在这之前，我希望能突破瓶颈，将地系元素法则中那四种奥义融合。"林雷知道自己的实力还不够，"等我融合了那四种奥义，实力提升了，到时候我们就能在位面战场上自由行走，不需要再躲躲藏藏了。"

不过林雷知道，即使他的实力提升了，也还是会遇到比他厉害的强者。像黑默斯，他的本体是地系神位面诞生的一座金山，无数年后有了自己的意识。他的本体坚不可摧，在融合奥义之前，他的一拳就能令空间裂开；在融合了四种奥义后，他的拳头，林雷根本不敢直接抵挡。

现在，黑默斯还只融合了四种奥义，若是他融合了地系元素法则中的所有奥义呢？

"不管怎样，先把自己的实力提升上去再说。"林雷在心中暗道。

当林雷、贝贝在寻找休息处时，距离他们不足百米的地上有一块石头在晃动。在位面战场上，这样的石头有很多，谁会在意？

"终于又有人路过这里了。看样子这两人以那个青年为主，先解决实力强的，再解决弱的。"

嗖的一声，这块石头突然飞向林雷。

林雷很快就注意到了这块石头，顿时变为龙化形态，同时施展黑石牢狱，一个光罩出现，笼罩住了方圆五百米范围。

光罩内，在引力的作用下，那块石头往下坠落。

轰的一声，石头消散，一道人影出现。

"原来是一名修炼地系元素法则的强者。"林雷一惊。

林雷原本以为那块石头是被人扔过来的，现在才知道那块石头竟然是一名修炼地系元素法则的强者变化而来的。他不得不佩服这个偷袭他的人，其隐匿气息的本领堪比雷斯晶。

一道亮得刺眼的光芒从林雷的眼前划过，原来是一把锋利的战刀，刀锋寒光闪闪，距离林雷不足十米。

一刀出，空间顿时扭曲。

锵！撞击声突然响起。

"嗯？"偷袭者一惊，"透明的剑！"

他之前没有注意到，此刻展开神识，发现林雷手中握着一柄透明的剑。

嗖的一声，偷袭者见计划失败，竟然掉头逃跑。

"罗普，偷袭不成功就打算逃吗？"林雷爽朗的大笑声响起，"你还是留下吧！"

见识到对方那一刀后，林雷便认出对方是地系神位面的强者罗普。其实，林雷有些后怕，若不是施展黑石牢狱让罗普受到了影响，恐怕他就有危险了。

突然，光罩内的引力的方向改变了，从向下的引力变为朝向林雷的引力。

"嗯？"罗普一惊，立即降低了速度。

根据贝鲁特的那堆资料，林雷知道了罗普的能力。罗普的实力在统领中属于中下水平，最擅长隐匿、逃跑，速度极快。不过在林雷的光罩中，罗普擅长的这些东西都帮不了他。

罗普在见到林雷的龙化形态后就有些后悔了，他知道林雷是青龙一族的，肯定会青龙一族的天赋神通。

"和这个青龙一族的强者战斗我都不一定能赢，更何况他旁边还有一个帮手，情况不妙。"罗普在心中暗道。

思忖片刻，罗普一咬牙，使用了一滴主神之力，他的身上开始弥散土黄色光晕。

见状，林雷毫不犹豫地使用了一滴主神之力，他的身上也开始弥散黑色光晕。

"什么？这个青龙一族的小子也使用了一滴主神之力！"罗普心一颤。

另一边——

林雷灵魂传音："贝贝，你现在不必出手。罗普的攻击力和我相当，不过他融合的奥义比我多，与他对战或许能让我有所领悟。"

贝贝笑着说道："好，老大，我在旁边看着。"贝贝退到了百米外，留了足够的空间给林雷、罗普。

贝贝在知道对方是罗普后，也不担心了。

罗普不禁有些生气，他看出来了，对方没有把他放在眼里。

"若没有那个光罩，你根本碰不到我。"罗普此刻感受到光罩内的引力变大了，他知道自己逃不掉了，既然逃不掉，那就一战。

## 第685章

# 先修炼再说

在地系元素法则方面，罗普已经融合了五种奥义。

地系元素法则中的六大奥义（土之元素奥义、力量奥义、地行术奥义、生之力奥义、重力空间奥义、大地脉动奥义），他只剩重力空间奥义没有融合了。

在融合那五种奥义后，生之力奥义能让灵魂能量在他的体内不断循环，也让他能更好地运用地行术奥义施展隐匿、逃跑等招式。不过，他在用战刀进攻时，只能发挥出四种奥义的力量，地行术奥义不知为何融入不进去。

此时，靠着那融合的五种奥义，罗普在光罩中犹如一条滑溜的鱼儿一般迅速地移动，攻击林雷。林雷则轻松地避开了罗普的攻击。

罗普挥出手中的战刀，目标直指林雷。

砰的一声，林雷的留影剑与罗普的战刀相撞。

罗普的战刀能量爆发，林雷被这股能量震得往后一退，却大笑道："哈哈，好！"

林雷依旧挥舞着留影剑冲了过去。

罗普察觉到了林雷武器的不凡之处，顿时目光冷厉，左手食指、中指一并，猛然指向林雷。只见一道半透明的土黄色光芒射向林雷，速度极快，很快就进入了林雷的大脑中。

灵魂攻击！

"罗普，你这一招灵魂攻击还是别拿出来了。"林雷根本不在乎这一招。他知道修炼地系元素法则的强者本来就不擅长灵魂攻击，他仅仅靠着体内的灵魂能量便击溃了罗普这一招。

"是吗？"罗普冷笑道，攻势愈加疯狂了。

林雷则开心地迎了上去。

锵！锵！

显然，林雷和罗普斗得不分上下。其实，罗普的实力略高于林雷，但是林雷那一招黑石牢狱正好克制罗普。

"或许是因为罗普没有主神器，所以他才会钻研隐匿、逃跑的手段。不过，他这手段有可学之处。"林雷知道他那隐匿、逃跑的手段至少蕴含了地行术奥义。

"他那一刀，不错。"林雷知道那一刀至少蕴含了生之力奥义。

与罗普对战，林雷希望自己能有所领悟，因此出手并不狠。罗普不知道林雷的念头，以为林雷一定要解决他，因此出手越来越狠。

林雷挥出留影剑，罗普挥出战刀，砰的一声，撞击声响起。罗普继续发力，战刀顺势划过留影剑，袭向林雷。

关键时刻，嗖的一声，一道青金色幻影闪过，林雷那泛着金属光泽的龙尾狠狠地抽在了那柄战刀上。这龙尾的一击堪比上位神器的一击，威力不小。

罗普的战刀被打歪了，落在了林雷的胸膛上，让林雷胸膛上的部分鳞甲破碎，渗出了一点血。

此时，林雷的留影剑也划向罗普，刺中了罗普。

"你融合了地系元素法则中的五种奥义，确实厉害。不过，你注定失败。"林雷冷冷地说道。

"若我有主神器，结果定会不同！"罗普咆哮道。

林雷再次挥出留影剑，剑光一闪，罗普的声音戛然而止，他的额头上出现了一道红色印记。

一眨眼的工夫，罗普的身体消散了，一件上位神器、一枚空间戒指和一枚金色徽章从半空跌落下来。

"有主神器结果就会不同，"贝贝飞过来嗤笑道，"这话谁不会说？我老大如果有灵魂防御主神器、物质防御主神器、攻击主神器，除了达到了大圆满境界的上位神，谁能对付他？"

林雷在一旁摇头叹息："这世界弱肉强食，有实力的修炼者才会有主神器。"

实力强的修炼者有机会成为主神使者，那就有机会得到主神赐予的主神器。实力不强的修炼者成不了主神使者，那就没有机会从主神那里得到主神器。他们若想得到主神器，就得去位面战场上战斗，获取军功，换取主神器。

"罗普的偷袭能力不错，可战斗能力一般。"林雷感慨道，"看样子即使融合了五种奥义，也要看是哪五种。"

地系元素法则包含六种奥义，其中任意五种奥义融合，就会出现六种情况。不同的五种奥义融合，发挥的威力也不同。

"这一枚统领徽章得来容易。"林雷一挥手，将这枚金色徽章收入空间戒指中，心中高兴，"如今我已经拥有三枚金色徽章，还需一枚就行了。贝贝，我们走。"

于是，林雷、贝贝迅速离开了这片区域。

这就是位面战场，战斗随时可能发生，生死难料。

林雷、贝贝在一座大山的山腹内弄了一个洞窟，暂时居住在里面。

这个洞窟距离外面有数百米，统领们若展开神识探察这里，一般是探察不到林雷他们的。

不过，有三种情况例外：

一是对方使用主神之力，然后用神识探察；

二是对方达到了大圆满境界，神识探察的范围极大；

三是对方为灵魂变异的上位神，神识探察的能力本就强于常人。

灵魂变异的上位神最特殊的便是灵魂，他们的灵魂比一般的上位神强大得多。其实，他们本是一般的上位神，因为受到了外界的某种刺激，灵魂发生了变异。灵魂变异对上位神而言是一件很痛苦的事情，大多数上位神因为忍受不了这个过程而殒命了。若是熬过来了，他们就成了灵魂变异的上位神，拥有强大的灵魂。

即使是灵魂变异的上位神，他们之间也是有区别的。有的灵魂变异的上位神体内有两种属性的神力，有的灵魂变异的上位神体内有三种属性的神力。大多数灵魂变异的上位神体内有两种属性的神力。奥利维亚就是体内有两种属性神力的灵魂变异的上位神。

一般来说，灵魂变异的上位神体内不同属性的神力越多，实力就越强大。在无数位面中，拥有两种属性神力的灵魂变异的上位神是较为常见的；拥有三种属性神力的灵魂变异的上位神并不多；至于拥有四种属性神力的灵魂变异的上位神，还没有出现过。


洞窟内。

林雷捧着那顶残破的皇冠仔细地观察着。这顶残破的皇冠没有一丝光泽，如果出现在地上，估计不会有人注意到它。

旁边的贝贝也在观察，许久后他咂嘴说道："老大，这顶破皇冠有什么特殊的？我感觉它跟普通物品一样。"

"不一样，"林雷摇头说道，"不过我也看不出来它哪里特殊。"

在之前林雷与乌曼交战时，这顶残破的皇冠是从空间裂缝中飞出来的，它里面蕴含的一股奇特能量传到了林雷的身上，治疗好了林雷的伤。因此，林雷认为这顶残破的皇冠不普通。

"它是从空间裂缝中出来的，说明它之前就在空间乱流中。乌曼之前也说过，它应该是一件主神器。"贝贝仔细地看着这顶残破的皇冠，"看它的样子，或许是一件灵魂防御主神器。"

"如果真是一件灵魂防御主神器，即使是残破的，那也有用。"林雷笑着说道。

如果这件主神器的主人还活着，那它不可能是残破的；而现在它是残破的，说明这件主神器的主人已经殒命了。

"现在只有一个办法了。"林雷缓缓说道。

"老大，快试试啊！"贝贝催促道。

这唯一的办法就是滴血让它认主。

林雷伸出食指，心念一动，将自己的一滴血落在了那顶残破的皇冠上。

"嗯？"贝贝瞪大了眼睛。

"嗯？"林雷皱起了眉头。

那滴血竟然在那顶残破的皇冠边沿滚动起来，然后滴落在了地上。

"没吸收？"林雷感到疑惑。

"怎么回事？这东西的主人还在？"贝贝皱着眉说道。

林雷沉思片刻，点头说道："还有一种可能，这顶残破皇冠的主人在位面战场上只是失去了最强的神分身，还有其他神分身在外面。"

"有道理……不对，老大，"贝贝忽然说道，"这顶皇冠可是残破的，即使是在空间乱流中，主神器也不可能受损吧？"

林雷一愣，然后微微点头。

确实，拥有主神器的上位神殒命后，其主神器一般不会受损，毕竟主神器是主神花费精力制造出来的。

"难道这顶皇冠的主人是主神？"林雷猜测，"这顶皇冠是在主神战斗时损坏的，就像我的盘龙戒指一样……"

"如果是主神，那这位主神的最强神分身肯定陨落了。"贝贝说道，"如果这位主神的最强神分身陨落了，那解决这位主神的另外一位主神肯定不会放过这位主神的其他神分身，一定会斩草除根。这样一来，那这顶残破的皇冠也应该是无主之物，应该可以滴血让它认主。"

对此，林雷也迷惑不解。盘龙戒指可以通过滴血认主，可这顶残破的皇冠不行。

不过，这一切都是他和贝贝的猜测而已。

"算了，"林雷摇头说道，"贝贝。想不通就别想了，或许这顶残破的皇冠不是主神器。"

"能在空间乱流中保存下来的不是主神器是什么？"贝贝还在嘀咕。

在林雷和贝贝的认知里，能在空间乱流中留存下来的东西不是主神器就是神格兵器，其他普通的矿石物质等是无法在空间乱流中留存下来的。

林雷这一时半会儿也研究不明白这顶残破的皇冠是什么，便将其收入空间戒指中，而后按照计划认真修炼起来。

这场位面战争再过三百年就结束了，林雷希望自己在这之前能有所突破。

"黑默斯那一拳携带毁天灭地的气势；乌曼的狼牙棒攻击快速有力；罗普的那一刀气息收敛到了极致，爆发后那般惊艳……"

林雷的脑海中浮现出之前一场场战斗的情景，他在分析那些招式。

这些年来，林雷还遇到过一些修炼地系元素法则的强者，如前任赤岩领主、伯勒雷等，他们都有自己的绝招。不过，这些绝招是他们的，不是林雷的。林雷打算通过研究分析这些强者的招式，从里面发现一些奥秘，突破目前的瓶颈。


洞窟内。

贝贝半眯着眼睛，吃着水果，用神识操控大山外的一个死神傀儡："都三年了，只碰到过一个人，这个人还不好惹。实力弱的，一个个胆小如鼠……不对，我也是鼠（贝贝的本体是噬神鼠）。"

贝贝瞥了一眼林雷，然后皱起了眉头。

只见林雷周围的地系元素竟然汇集起来，渐渐地，以林雷为中心形成一个直径三米的土黄色圆球。

"老大怎么了？"贝贝不解。

嗡——

土黄色圆球骤然收缩，竟然令空间震荡起来，出现了空间波纹，而这空间波纹令洞窟一侧的石壁顿时化为粉末，整个洞窟又大了一些。

这时，林雷睁开了眼睛，脸上有着笑容。

"老大，你突破了？"贝贝猜测道。

林雷看向贝贝，微微点头。

## 第686章
# 研究招式

贝贝一怔，随即狂喜，将手中吃到一半的水果往地上一扔："哈哈，老大，我就知道你一定会在三百年内突破的。看，我说得对吧！这才三年，你就突破瓶颈了！"

"是突破了，终于在大决战之前突破了！"林雷也激动得很。从融合三种奥义到融合四种奥义，他的实力提升了很多。这样一来，他的实力在位面战场上的一群统领中不是垫底的了。即使遇到实力强的统领，他也能够一战。

真正厉害的统领没有明显弱点。过去林雷的灵魂防御弱，现在他的灵魂防御不再是他的弱项。如今，他已经融合了地系元素法则中的四种奥义，会青龙一族的天赋神通，还有已经修补好了的灵魂防御主神器。现在的他，不会再畏惧雷斯晶、蒙特罗这种强者的灵魂攻击了。

不过若是遇到达到了大圆满境界的上位神，林雷还是得逃。别说林雷，就是雷斯晶他们面对达到了大圆满境界的上位神，也毫无反抗能力。

"我早就想出去大战一场了。老大，你现在突破了，那我们出去吧！"贝贝兴奋地说道，"我们在洞窟里待了这么久，也该出去活动活动了！"

林雷却笑着摇头说道："不急。"

"怎么不急？我急！"贝贝撇嘴说道，"老大，你的实力提升了，难道还要继续待在这儿？"

"我虽然已经融合了那四种奥义，但是还没有研究出相应的绝招。"林雷解释道。

融合的奥义不同，施展的招式就会不一样。因此，有人擅长灵魂攻击，有人擅长物质攻击，总之，在融合奥义后，修炼者还要研究自己的绝招。

过去，林雷的绝招是黑石牢狱和圆空裂，现在，林雷的实力提升了，绝招自然会改变。

"研究绝招？"贝贝笑着坐在一旁，"老大，你尽管研究，我就在旁边看着，不说话。对了，研究绝招花费的时间不会太长吧？"

"我心中已有雏形，应该会比较快。"林雷笑着说道。

为了试验，林雷特意弄了一个黑色的小型立方体。原本，黑石牢狱的真正形态是一个黑色的巨型立方体，不过平时都是以一个土黄色光罩的形态出现在众人面前的。为了适应洞窟，他把黑色巨型立方体缩小了。他在这个黑色的小型立方体内不断研究，即使有强大的能量散发出去，也不会破坏洞窟。


黑色的小型立方体内一片黑暗，林雷站在里面，脑海中浮现出一幕幕场景。

"在物质防御方面，应该在原先的脉动铠甲上进行改变……"林雷之前不重视物质防御，那是因为他认为自己龙化形态的身体的防御力够强。现在，他融合了四种奥义，一旦使用主神之力施展防御绝招，人类形态的身体的防御力就赶得上龙化形态的身体了。多一道物质防御相当于多一分生存的机会，他自然愿意研究。

于是，林雷就这么研究着。

哧哧——

地属性神力在林雷的身上不断翻滚。一旦脑海中浮现出他施展某种招式的情景，他身上的地属性神力就会随之发生变化。

林雷的本尊和地系上位神神分身齐心协力，九天时间就研究出了满意的防御绝招。

"这铠甲若只靠地属性神力，防御力不及龙化形态的身体；若是靠主神之力，防御力就超过龙化形态的身体了。嗯，由地属性神力构成的铠甲，就称大地铠甲吧。"

林雷在想出这个名字后，又开始研究灵魂防御了。林雷很重视灵魂防御，毕竟灵魂是一个人的根本。

现在，林雷是地系上位神，地系元素法则中包含的六种奥义他都练至大成了。如果只是这样，地系元素法则的威力他只能展示出一点皮毛。好在林雷融合了其中四种奥义，地系元素法则的威力能展现得多一些。若是他能将六种奥义全部融合，届时就能真正展现出地系元素法则的威力。

当初林雷研究大地脉动这一招时，先是研究到了大地脉动二百五十六重，之后又不断两两融合直至归一。这种研究方法，同样适用于研究地系元素法则中的其他奥义。虽然他现在只融合了四种奥义，但他的灵魂防御和物质防御的能力都得到了大幅度提升。

林雷耗费十一天时间让他的灵魂防御达到了极限。除非他能再融合奥义，否则他灵魂防御的能力不会提升。

"二十天时间，搞定了物质防御和灵魂防御，现在最重要的是研究物质攻击。"林雷在心中暗道。

林雷融合的是大地脉动、土之元素、力量奥义、重力空间这四大奥义。这四大奥义都适合用来进行物质攻击。

很快，林雷就沉浸在对物质攻击的研究中。

他之前研究物质防御时，不用考虑重力空间奥义；研究灵魂防御时，不用考虑土之元素奥义。因为不用同时考虑四种奥义，所以研究起来没有那么复杂。研究物质攻击却不同，因为需要同时考虑已经融合的四种奥义，所以十分复杂。

时间如流水般流逝。一转眼，林雷已经在黑色的小型立方体中待了整整两个月。


洞窟内。

贝贝皱着鼻子瞥了一眼黑色的小型立方体："老大还说很快，这都六十一天了还没出来。"

突然，黑色的小型立方体消散了，一袭蓝色长袍的林雷闭着眼睛出现了，手中还握着一把剑。显然，林雷没把神力灌入留影剑中，所以留影剑的剑身还是透明的。

"哈哈！"贝贝跳了起来。

林雷睁开眼睛看过来，脸上有着笑容。

"老大，成功了吧？"贝贝笑着问道。

"对，成功了。"林雷笑着点头。

"威力怎么样？"贝贝问道。

"比圆空裂那一招强很多。"林雷淡笑道，"当时，我是在融合了大地脉动奥义和力量奥义的前提下创出圆空裂这一招的。现在，我在原来的基础上融入了重力空间奥义和土之元素奥义，一剑挥出去，威力比过去强了数十倍。"

过去，龙化形态的林雷挥剑才能威胁到统领；现在，人类形态的林雷挥剑就能威胁到统领。若是他用龙化形态挥剑，估计能解决好几个统领。

"老大，演示一下，演示一下！"贝贝欢呼起来。

林雷笑着点头。

"战斗的时候，我先施展黑石牢狱，然后挥出留影剑。"林雷笑着施展黑石牢狱，一个土黄色光罩出现了。当他准备挥出留影剑时，看到了光罩上流转的土黄色光晕，然后就愣住了。

贝贝一怔，旋即喊道："老大，你在干什么？"

林雷却仿佛没听见一样。

"老大，你怎么了？不是说演示给我看吗？"贝贝有些不解。

"哈哈！"林雷陡然大笑起来。

"老大，你怎么了？"贝贝连忙问道。

"原来，我也能做到，我也能做到啊！我太蠢了，太蠢了！"林雷脸上满是狂喜。

"老大？"贝贝一头雾水。

林雷这才想起贝贝，连忙说道："贝贝，我刚才突然有了一个想法，因此有些激动。"

"想法？"贝贝皱着眉。

"对！"林雷点头笑道，"你还记得达到了大圆满境界的拜厄攻击你时用的那一招吗？他当时束缚了你，对吗？"

"对。"贝贝一回忆起当初的情景就感到无力，"他的攻击过来，我感觉空间在束缚我，让我的速度变慢了。其实我是能行动的，只是速度比他慢了很多。在战斗中，速度比对手慢就是送死。"

林雷呵呵笑了起来："我刚才突然想到，或许我也能施展出相似的招数，让敌人速度大减。"

"嗯？"贝贝不解，"老大，你施展黑石牢狱，那个光罩里面的引力是朝一个方向的，最多只会让人在一个方向上有压迫感啊。"

的确，光罩里的引力或是斥力仅仅朝一个方向，而空间束缚就不同了。空间束缚会让人感受到从各个方向传来的压迫，就如同陷入了囚笼中。

"哈哈！"林雷笑了起来，"贝贝，那种被束缚的滋味，我在紫晶山脉时就尝过。"

当初林雷在尝试运用地行术奥义时，误入了还是紫色幼兽的雷斯晶的巢穴。那时他们互不认识，雷斯晶施展招式，让林雷感受到了恐怖的束缚力，甚至让林雷只能勉强站立。

"和其他地系强者一样，我现在挥出的一剑能带有简单的引力场。我现在要做的是在施展黑石牢狱时，让那个光罩不再以我为中心，而是能够融入这一剑中。"林雷说道，不过他知道这很难。

如果林雷不懂得雷斯晶那招紫晶空间的原理，而是照本宣科，那就只能靠灵魂海洋中的那颗黑石施展黑石牢狱，那么黑石牢狱这一招就只能以林雷为中心。

好在林雷对那颗黑石有所研究。在紫晶山脉的那五百年里，林雷已经对那颗黑石蕴含的一百零八股灵魂能量的运转方式有所了解，也能运用一些了。

"贝贝，你等着吧。若是这一招研究出来了，当我向对方挥出一剑时，对方就会感受到来自四面八方的束缚力。即使这一招的威力不及拜厄那一招，也不会相差太多。"林雷有些期待这一招了。

当即，林雷再次施展黑石牢狱，一个黑色的小型立方体出现了，林雷进入里面仔细研究起来。

这一次，林雷耗费的时间很长。贝贝总是看到那个黑色的小型立方体不断晃动，但是听不到任何声音，因为林雷刻意把声音隔绝开来了。

黑色的小型立方体内。

林雷沉浸在研究中忘却了时间。

林雷简简单单挥出一剑，留影剑瞬间射出土黄色光晕，剑尖所指处出现一个直径近三米的半透明的土黄色光球。

林雷再次挥出留影剑，半透明的土黄色光球急剧缩小。

砰的一声，半透明的土黄色光球爆裂开来，消失不见。

# 第687章
## 寸地尺天

"这束缚敌人的空间也能随心意变大变小,这一招终于成了!"林雷心底狂喜。

这一剑的穿透力与之前相当,但是多出来一种束缚感。这会令对手觉得束手束脚,甚至来不及抵挡林雷这一剑。

黑色的小型立方体消散,贝贝立即跑过来说道:"老大,研究这一招你可花费了近半年啊,快来试试看威力怎么样。"

"好,那就试试看。"林雷也有些期待。

"你别手下留情。我的防御连达到了大圆满境界的上位神都破不了,你尽管放马过来。"

贝贝昂首挺胸,还对林雷眨了眨眼睛。

林雷知道贝贝的防御强,点头说道:"那好,你试试看能否用武器挡住我这一剑。"

林雷说着,手中出现了那柄透明的留影剑;贝贝手中则出现了一柄神格匕首。

"来吧!"贝贝眼睛放光,集中注意力看着林雷的留影剑。

嗖——

林雷猛然挥出留影剑。

贝贝眉毛一扬，看到一百零八道土黄色光芒从林雷的留影剑剑身中射出，仿佛一百零八条黄龙呼啸着朝他袭来。他来不及做出反应，天地间的地系元素便迅速聚集，一百零八道土黄色光芒瞬间融入聚集的地系元素中，形成一个直径五米的半透明的土黄色光球，将他困在其中。

其实，这一招看上去和施展黑石牢狱后出现的那个土黄色光罩有些像，只是里面给人的感受完全不一样。

"这束缚力还真大。"贝贝感慨道，甚至觉得有些难受。

"嗯！"贝贝通过神识感知到留影剑朝他刺来，立即挥臂想用神格匕首阻挡，"这束缚力还真麻烦。"

贝贝感觉像有绳子捆住了他的臂膀一样，动起来很艰难。

哧哧——

留影剑刺中了贝贝的胸口，使得贝贝身体一震。

"怎么样，贝贝？"林雷笑着收剑。

"束缚力够大！"贝贝点头赞叹道，"虽然没有拜厄的那么恐怖，但也能束缚我，让我难以行动。"

林雷注意到贝贝刚刚挥臂想用神格匕首阻挡，但是没有成功，便用身体来阻挡。

统领交战，一般会用武器来抵挡对方的攻击，很少有用身体抵挡的，因为一般的统领身体防御不够强。

"不过这威力还不够，就像给我挠痒痒一样。"贝贝笑道。

林雷哭笑不得，说道："贝贝，我刚才是以人类形态施展的这一招，没用龙化形态。若是用龙化形态施展这一招，威力可就大多了。当然，就算是那样，也还是伤不到你。"

林雷有自知之明。

贝贝嘿嘿一笑："我开玩笑的。老大，你这一招叫什么？"

"将人束缚在一个小天地内，让他无法闪躲，只能承受我这一击……嗯，就叫寸地尺天吧。"

林雷定下了他如今最强一剑的名字。

寸地尺天！

如今在统领中，林雷在龙化形态下施展的一剑的威力算是中上水平，如果加上束缚力，算是上等。或许他这一剑的攻击力不及别人使用主神器的攻击力，但是他这一招会限制对手的行动，方便他进行攻击。

当初乌曼用狼牙棒攻击林雷，威力是很大，不过林雷能靠兵器抵挡一会儿。如果乌曼会林雷现在这一招，恐怕一棒就能解决林雷。

"贝贝，现在我们也该出去看看了。"林雷淡笑着说道。


位面战场依旧寂静、阴冷。这里终年没有阳光，让人感觉不到温暖，只有无尽寒风呼啸着。

林雷、贝贝悄然行走在位面战场上足足七天了，却没有见到一个人影。显然，位面战场上的人越来越少了。

"老大，你看，前面似乎有人。"贝贝忽然说道。

林雷仔细朝前面看去，那人距离他们足有数里，因为隔着被风吹得舞动起来的茂盛杂草，林雷看不清那人的模样。

片刻后，林雷看清了那人的模样，感慨道："是他！"

"竟然是黑默斯。"贝贝也一愣。

他们两人都还记得这个防御、攻击强得可怕，并且拥有灵魂防御主神器的逆天人物。黑默斯在下位神境界的时候，就成了主神使者。

"哈哈，是你们两个，别逃！"大笑声从远处传来。

林雷、贝贝却站在原地没动。

"贝贝，等会儿你就在旁边，让我和他切磋切磋，"林雷目光炽热，体内的血液宛如沸腾了一般，"看看我如今的实力如何。"

"好！"贝贝笑道，"老大，你别丢脸啊，别撑不了几招就逃了。"

林雷、贝贝都和黑默斯交过手，若他们想逃，都有把握逃掉。

远处，那个足有三米高，一头金发如雄狮的鬃毛一样杂乱，脸上有一个朝天鼻以及一张大嘴的人正朝林雷和贝贝赶来。他那双金黄的眼眸紧紧地看着林雷他们两人。他就是黑默斯。

黑默斯皱着眉，哼了一声，说道："你们两个倒是有胆。你们上次跑了，这次见到我竟然还敢留在原地。"

"黑默斯，这次我略有进步，还请你指点一番。"林雷微笑着说道。

"指点？"黑默斯摸了摸自己的朝天鼻，咧开大嘴露出一口金黄色的牙齿，"我指点你们，可会要你们的命。"

"不是指点我们两人，而是我一个。"林雷笑着说道，"黑默斯，如果你能要我的命，尽管来拿。"

黑默斯眉头一皱，在心中暗道："这小子来找死吗？管他呢，先战了再说。"

他不再废话，右脚猛地一蹬地面，大地一震。他全身泛着金黄色光晕，犹如一名战神朝林雷冲来。

林雷瞬间变为龙化形态，同时猛地一蹬地面，整个人闪躲开来。

"速度变快了！"黑默斯一下子就发现了林雷的变化。

"不过，还不够！"黑默斯低吼一声，双腿陡然亮起刺眼的金黄色光芒。

轰轰声响起，黑默斯用力地踩向大地，大地被他踩得龟裂开来，但也因此产生了强大的反弹力，令黑默斯的速度再次提升。

林雷回应他这一招的，便是覆盖下来的土黄色光罩——黑石牢狱！

黑默斯速度骤降。

林雷清楚自己解决不了黑默斯，此次和他交战，就是想借机会熟悉一下自己的绝招。

"黑默斯，尝尝我这一剑吧。"林雷的声音在黑默斯的脑海中响起，留影剑已然刺出。

黑默斯抬头，看到一百零八条黄龙朝他飞来，嗤笑道："你这柄剑倒是特殊，竟然是透明的。"

当黑默斯准备一拳挥过去时，突然感受到了强大的束缚力，一个直径五米的半透明的土黄色光球包裹住了他。

"好强的束缚力。"黑默斯眉头一皱。

即使光球里面的束缚力对他产生了影响，他也依旧挥拳砸向林雷的留影剑，毕竟他天赋异禀，力大无穷。

终于，带着金黄色光波的坚硬拳头和透明的留影剑相撞。

"爆！"林雷喝道。

最强一剑——寸地尺天！

咻——空间裂开了一道裂缝。

林雷被震得后退，黑默斯也身体一颤。

黑默斯惊讶地低头看了看自己的拳头，他的皮肤竟然裂开了，甚至渗出了鲜血。不过，他的伤很快就愈合了。

林雷站在不远处，心中十分欣喜。

他之前和黑默斯战斗时，黑默斯拳头上射出来的金黄色光波不仅让他受了重伤，还把他的留影剑给弹了出去。

"那次还没有碰到他的拳头我就受了重伤；这次和他的拳头直接撞击，我只是觉得手掌发麻。这一剑的威力果然大。如果下次再遇到乌曼，我应该可以抵挡乌曼的狼牙棒，不会像之前那么狼狈了。"林雷信心大增，"而且，我这一剑还让空间裂开了。"

黑默斯抬头，郑重地看着林雷："你的实力的确提升了很多，有能力伤到我了。"

他很清楚自己那一拳的威力。既然林雷这一剑可以伤到他的拳头，那么他身体的其他部位也会受到伤害。

闻言，林雷眼睛发亮："那我们继续！"

林雷瞬间消失在原地，只见一道残影朝黑默斯冲去。

砰砰声不断响起，林雷不断移动，或前进，或后退；黑默斯则站在原地，用自己的双拳和双腿来抵挡林雷的攻击。

每一次交手，林雷都被震得反弹回去。无论是黑默斯还是林雷，都没使用主神之力。

"老大，加油啊！"贝贝在旁边为林雷助威。

多番交手，林雷再次感受到了黑默斯的可怕之处，在心中暗道："黑默斯的力量实在太强了，在我的束缚下还能挡住我的一剑。"

"要解决青龙一族的这个小子，不太可能。"黑默斯在心底暗道，"除非我有攻击主神器。"

"啊！"黑默斯陡然怒吼一声，"小子，有本事用你那柄剑和我的拳头正面来一下，别用那束缚力影响我。"

在束缚力的影响下，黑默斯拳头的威力根本无法完全发挥出来。

"我可没那么傻。"林雷哈哈笑道。

"我看你们两人还是停手吧！"一个清朗的声音响起，同时，一股强大的能量疾速传递过来，直接轰击在林雷的留影剑和黑默斯的拳头上。

这股强大的力量震得林雷、黑默斯不禁后退了数十米。

林雷、黑默斯抬头看去，只见不远处正飘然飞来一名穿着白袍的黑发男子。

那名黑发男子有一对赤红色的眉毛，目光深邃。此时，他扫了一眼林雷、黑默斯。

"哪里来的强者？我认识的各大位面的超级强者中没有这个人！"黑默斯脸色大变，不敢相信自己刚才被震得后退了。

"雷林先生！"林雷惊喜地喊道。

"青火？"贝贝一脸难以置信，连眉毛都扬了起来。

此人正是青火雷林。

## 第688章

# 青火雷林

　　林雷虽然感到惊喜，但是也很疑惑。当年雷林在铜锣山指点过林雷，那时林雷觉得雷林很强。

　　"如今我的实力在统领中也算中上水平了，刚才竟然被雷林先生那一击弄得往后退，他的实力现在已经到了什么境界？"林雷有些惊讶。

　　若是林雷知道雷林刚才那一击不过是随手使出的，估计会更惊讶。

　　"林雷、贝贝，好久不见。"雷林笑着走过来。

　　"哈哈！"黑默斯陡然发出爽朗的大笑声，犹如连绵不绝的雷鸣声。

　　他那双金黄色的眼睛看着雷林，目光炽热，兴奋地说道："好一个高手！在这位面战场上，见到我黑默斯的人一般离我老远就溜走了。这个青龙一族的小子，和他打不痛快，束手束脚的！你的实力不错，来，咱们比试比试！"

　　林雷、贝贝不禁一怔。

　　片刻后，林雷眨巴两下眼睛："黑默斯发疯了吗？"

　　其实，黑默斯就是这样，性格直爽，喜欢和强者对战。

　　黑默斯没等雷林做出回答，直接猛地一蹬地面。砰的一声，大地龟裂开来，出现了密密麻麻的裂痕。他化为一道金黄色闪电，冲向雷林。

"好一个莽汉。"雷林轻轻笑道，赤红色眉毛一扬，站在原地不动，丝毫不躲避。

黑默斯闪烁着金黄色光芒的右腿踢向雷林，所过之处，空间扭曲，出现了数十道空间裂缝。

"好可怕的攻击。"林雷脸色一变。

"老大，刚才他还没这么厉害呢。"贝贝说道。

那是因为半透明的土黄色光球里的束缚力令黑默斯无法展现全部实力。黑默斯用那与生俱来的可怕力量发出的攻击，他不可能次次都挡得住。

"贝贝，仔细看雷林先生是如何接招的。"林雷认真地看着这场大战，不敢走神。

贝贝赶紧认真看起来。

黑默斯的腿从雷林的身上穿过，雷林身影瞬间消散，出现在三米外。

"不错！"雷林赞叹道。

"瞬移？"林雷脸色一变，"不，是速度，惊人的速度，堪比拜厄的速度！面对黑默斯全力踢出的一腿，最后才闪躲，这速度……"这是林雷第二次见识到这种可怕的速度。

黑默斯攻击落空，却依旧兴奋地喊道："好！"

同时，他扭转粗壮的腰，又快速地朝雷林踢出一腿。

雷林的脸上依旧挂着淡淡的笑容，没有一丝惊慌。

嗖嗖——

在林雷、贝贝、黑默斯看来，雷林就好像瞬移一般，几个残影出现，瞬间就到了百米外，平静地站立着。

"老大，雷林先生和那个拜厄的速度都这么快，有什么区别吗？"贝贝不解。

雷林修炼的是火系元素法则，拜厄修炼的是风系元素法则，而林雷将这两种元素法则都修炼了，因此他能看出一些名堂来。

林雷说道："火系元素法则和风系元素法则中都含有关于速度的奥义，但展示出来有所不同。拜厄的速度让人觉得他行动飘逸，像一阵无形的风。雷林先生不同，雷林先生的速度迅猛，就好像火山爆发一样。"

林雷惊叹不已：雷林单单靠这速度，实力在统领中就算是上等了。

"你这个人怎么回事？"黑默斯愤怒地咆哮道，"总是闪躲，实在太无趣了。我黑默斯是看得起你才和你动手的！"

显然，黑默斯知道自己的速度远不如眼前人。

其实，黑默斯也有些憋屈。他的攻击力和防御力都极强，可是速度不行，而且不擅长远程攻击。在位面战场上时间久了以后，大家都知道他这一点，因此很多人远远看到他便立即逃了。

战斗还没开始对手就跑了，这种事情不知道发生过多少次了。因此，黑默斯非常厌恶那些靠速度闪躲的人。

"你这人倒是有趣。"雷林笑着说道。

黑默斯低头愤愤地说道："小个子，有本事和我黑默斯正面对战！"

说着，他的双拳猛然相撞，砰的一声，空间裂缝出现。

"小个子，你敢吗？"黑默斯低头继续说道。

其实，雷林的身高很正常，只不过黑默斯身高三米，才会这么称呼雷林。

"哈哈！"雷林不禁笑了起来，"来位面战场这么久了，我还从来没有出过手。也好，今天就好好活动一下，来吧！"

说完，轰的一声，他身上燃起了火焰，赤红色眉毛之下的双眼爆发出火红色的光芒，犹如火中战神。

"好！"黑默斯哈哈大笑起来，朝雷林大步冲去，以至于地面震颤起来。

林雷、贝贝在一旁聚精会神地看着。

"老大，你说他们两个正面对战，谁会胜？"贝贝灵魂传音。

林雷摇头回复："不太确定。根据你贝鲁特爷爷的那一堆资料，黑默斯天赋异禀，攻击力堪比达到了大圆满境界的上位神。雷林先生如果和他硬碰硬，很难讲。"

全身被火焰环绕的雷林静静地看着黑默斯冲来。

"啊！"黑默斯低吼一声，右拳携带着无尽的力量朝雷林挥去，所过之处，空间震颤，嗡嗡声不断。

一瞬间，拳头就到了雷林的身前。

"好！"雷林大喝一声，赤红色眉毛一扬，右手如闪电般挥出。

林雷和贝贝只看到一道刺眼的火红色光芒与黑默斯的拳头撞击在一起——拳对拳！

砰的一声，空间犹如被砸碎的玻璃，裂开了数十道裂缝。

黑默斯、雷林都微微一震，接着黑默斯后退了三步，雷林后退了一步。

"嗯？"林雷、贝贝眼睛瞪得滚圆。

"可怕！雷林根本没使用任何神器、主神器。"林雷注意到了这一点，"黑默斯可是天生力大无穷，防御极强的啊！"

林雷十分震惊。

"好，黑默斯不愧是黑默斯。"雷林淡笑着赞叹一声。

黑默斯却震惊地看了看雷林，又看了看自己的拳头，一脸难以置信："怎么可能？怎么可能！和我正面对战，竟然略占上风?!"

刚才他的拳头与对方的拳头相撞时，他感受到一股强大的力量传递过来。这股力量犹如火山爆发一样，快速迅猛，令他发颤。

"你是谁？"黑默斯低沉地问道。

"我？你可以称呼我为青火。"雷林淡笑道。

黑默斯眯了眯眼睛，微微点头，说道："好，青火，我记住你了！当年，我与在水系元素法则方面达到了大圆满境界的上位神帕尔豪斯正面对抗都没有处于下风，你很强！"

说完，他掉头大步离去。

雷林微笑着看着黑默斯离去，不禁赞叹一声："不愧是在下位神境界就能成主神使者的强者。"

"雷林先生。"林雷走了过来。

"雷林先生，你好厉害啊！"贝贝眼睛发亮，连忙跑过来，"你怎么变得这么厉害了？戈巴达位面监狱五大王者之一的奥丁，实力比你差远了。对了，你的实力提升了这么多，是不是因为进入了众神墓地？"

青火雷林，本名扎克利亚斯·雷林，青火只是一个称号。外人知道称号就行，熟人之间，当然是称呼名字。

"众神墓地？"雷林笑了，"略有关联，不过不是全部。"

随即，雷林转头看向林雷，笑道："林雷，好久不见。在地系元素法则方面，你竟然已经融合四种奥义了。当年第一次遇到你时，我就知道你悟性不错。这才两千多年你就达到了这种境界，在上位神中是很厉害的存在了。"

相比于其他修炼者，林雷修炼时间短，但实力不容小觑，当然是上位神中很厉害的存在。

不过，达到了大圆满境界的上位神，也就是融合了某种元素法则中所有奥义的上位神，才是上位神中的巅峰存在。

"若没有当年雷林先生的指导，我修炼估计也没有这么快。"林雷谦虚地说道。

"好了，这么久没见，我们就坐下喝喝酒，好好聊聊吧。"雷林笑着说道。

林雷当然不会拒绝，这场位面战争还要两百多年才结束，时间充足得很，他很乐意陪陪雷林。不过，他很好奇：和黑默斯正面对战，雷林还略占上风，莫非雷林达到了大圆满境界？

达到了大圆满境界的上位神，那是可遇不可求的。无数年来，四大至高位面和七大神位面中出现过的达到了大圆满境界的上位神几乎屈指可数，更何况是在一个普通的物质位面中。

"难道我们玉兰大陆位面要出现一个达到了大圆满境界的上位神吗？"林雷有些期待。


一座大山的一个洞窟内。这个洞窟是雷林一拳轰出来的。

雷林从空间戒指中取出了桌椅、美酒、美食，然后大家围坐在一起，边吃边喝，随意地谈了起来。

"没想到，雷林先生也来了呢。"贝贝一边大口吃着手里的魔龙腿肉，一边说道，"雷林先生这些年肯定解决了不少统领吧？"

雷林端起酒杯饮了一口，笑着摇头，说道："一个都没有。"

"什么？一个都没有？"贝贝瞪眼，"雷林先生，就凭你之前展示的速度，还有那赶得上黑默斯的可怕攻击力，足以解决很多统领了。那些统领遇到你，逃都逃不掉！"

面对雷林，别人怎么逃？

"来位面战场就一定要战斗吗？"雷林摇头一笑，"我来这里，一是因为从未参加过位面战争，想来看看；二是因为……你们就别问了。"

贝贝知道雷林不想说，便不再追问。

林雷则忍不住问道："雷林先生，你刚才的速度这么快，在我的记忆中，只有那个达到了大圆满境界的上位神拜厄能和你一比，你的攻击力又赶得上黑默斯。我想问问，雷林先生，你是不是也达到了大圆满境界？"

雷林一怔。

"如果不想说也没关系。"林雷连忙说道。他知道一些达到了大圆满境界的上位神喜欢隐藏自己的实力，因此才会有人用"疑似达到了大圆满境界的上位神"评判别人。

"对你们也不必保密。"雷林微微点头，"的确，在千余年前，我达到了大圆满境界。"

"还真是达到了大圆满境界！"林雷即使心里有所准备，也还是忍不住倒吸了一口气。

达到了大圆满境界意味着什么？这意味着将某种元素法则中的所有奥义全部融合了，意味着已经彻底掌握了这种元素法则。

上位神想要达到大圆满境界，不仅本身要天赋好、悟性强、运气好，还要勤奋。

贝贝眼睛瞪得滚圆，看着雷林许久说不出话来。

"你们两个什么表情？不必如此吧。"雷林笑着说道。

"什么不必如此？大圆满境界啊！"贝贝反应过来后惊呼道，"雷林先生，就是加上你，无数位面中达到了大圆满境界的上位神加起来估计都不足三十个！我们玉兰大陆位面估计就你一个达到了大圆满境界！"

听贝贝这么说，雷林不禁感到自豪，脸上的笑容也越发灿烂了。达到大圆满境界的确是他这一生最自豪的事情了。

"雷林先生，佩服，真的佩服。"林雷心头一阵火热，他何时能达到那样的境界？

雷林不禁笑了笑。

贝贝突然说道："老大，贝鲁特爷爷不是说让你达到雷林先生的境界才让你去众神墓地吗？大圆满境界啊，老大，你啥时候才能达到大圆满境界？"

"贝鲁特这么说？"雷林有些吃惊。

"对，是这么说过。"林雷无奈地说道。

林雷之前还觉得自己有机会再进入众神墓地，现在知道雷林的境界了，感觉自己进入众神墓地的机会渺茫。

"难道我要达到大圆满境界才能进入众神墓地？那要到什么时候？"林雷很有自知之明，奥义融合越往后耗费的时间越多，他甚至怀疑自己即使耗费亿万年恐怕也难达到大圆满境界。

在他的认知里，修炼到一定程度就很难再提升境界了，如青龙一族的族长等人。

"哈哈！"雷林笑着摇头说道，"当年我进入众神墓地，只融合了火系元素法则中的五种奥义。我看贝鲁特的意思是，等你融合了五种奥义就让你进入众神墓地。他不可能让你达到大圆满境界再进入，那样太苛刻了。"

林雷听了不禁点头：是啊，雷林当年进去的时候还没有达到大圆满境界呢。

贝贝却嘀咕道："可是融合五种奥义也要很久啊，越往后越艰难呢。"

"急什么？"林雷淡笑道，"贝贝，我如今面对统领们已经有自保的能力了。等这次位面战争结束，我们便回地狱。到时候应该没什么重要事情，那就耗费亿万年慢慢修炼。"

雷林微笑着赞道："不错，不骄不躁，修炼才能水到渠成，越是着急越难成。"

"进入众神墓地的事情不必多想。"林雷笑着说道。

现在，林雷的确没什么负担。在位面战场这么多年，他已经得到了三枚统领徽章，只差最后一枚。他相信自己和贝贝联手，再得到一枚统领徽章不是难事。若能完成此事，他便真正轻松了，也能安心修炼。

"雷林先生，"林雷看着雷林，正色道，"我心底一直有一个疑惑。"

"说。"雷林饮了一口酒，淡笑着说道。

"对达到了大圆满境界的上位神，我十分不解。"林雷皱着眉说道，"统领中不少人天赋异禀，比如雷斯晶和雷洪，他们天生就有很强的力量，还都融合了五种奥义。按道理，他们的实力应该不会和达到了大圆满境界的上位神相差很大才对。不过，他们之前和拜厄交手，我发现双方的差距太大了。"

"对啊，那拜厄太强了，单单那空间束缚力就大得可怕。"贝贝说道。

"他的灵魂攻击也很可怕。他修炼风系元素法则，按道理，他擅长的应该是物质攻击，不是灵魂攻击。在风系元素法则中，声乐、声波两大奥义虽然对灵魂有影响，但是威力一般。可拜厄通过这两大奥义施展灵魂攻击时，我很快就陷入了浑浑噩噩的状态，还是靠一滴主神之力缓过来的。"林雷很不解。

在他看来，即使是达到了大圆满境界的上位神，修炼的元素法则不同，实力也应该有所不同。在风系元素法则方面，修炼者若达到了大圆满境界，物质攻击就会很强，灵魂攻击相对较弱；在水系元素法则方面，修炼者若达到了大圆满境界，物质防御就会很强，物质攻击相对较弱。

林雷他们之前碰到过的黑默斯说过，他与一位在水系元素法则方面达到了大圆满境界的上位神正面对战，对方的物质攻击就比他差一些。

拜厄修炼风系元素法则，达到了大圆满境界，灵魂攻击也那么厉害。对此，林雷很不解。

"哈哈！"雷林笑了起来。

"有什么好笑的？"贝贝嘀咕道，"达到了大圆满境界的上位神果然逆天，好像没有缺点似的。"

其实，对达到了大圆满境界的上位神而言，他们有各自擅长的方面，即使在某一方面实力偏弱，也比一般统领强。就像那个与黑默斯正面对战的达到了大圆满境界的上位神，他虽然物质攻击弱，但还是能和黑默斯对打。

"达到了大圆满境界的上位神是没有弱点的。"雷林淡笑道。

林雷、贝贝立即竖起耳朵仔细聆听。这种事情，雷林说的最有权威性。

"不管在哪方面，达到了大圆满境界的上位神都极强。不过，因为修炼者修炼的规则、元素法则不同，他们最擅长的方面才会有所不同，比如我，最强的就是灵魂攻击。其实，这里还牵扯一个秘密。"雷林说道。

"秘密？"林雷、贝贝一惊。

"对。"雷林说道，"这个秘密可以说给你们听，不过，不管是我达到了大圆满境界的事，还是达到了大圆满境界的上位神的秘密，你们都不要外传。"

"当然。"林雷、贝贝立即点头。

雷林说道："当年，我融合火系元素法则中的六大奥义，差一步就能达到大圆满境界。那时候，我的实力算很强了。当我跨出最后一步达到大圆满境界……你知道实力相差多少吗？"

林雷摇头说道："不清楚。一般说来，突破瓶颈后，实力不会提升得太离谱。"

"我跨出最后一步，明显感受到了一种蜕变！"雷林感慨道，"本质的蜕变，一个天一个地！"

"一个天一个地?!"林雷、贝贝一惊。

"相信你们也知道，一般的上位神就是再厉害，一旦惹怒了主神，主神只要动一个念头便可以解决他们。可是有一种上位神例外，那就是达到了大圆满境界的上位神。主神的一个意念难以解决达到了大圆满境界的上位神。"雷林笑道。

"你们知道为什么吗？"雷林继续说道，"这涉及达到了大圆满境界的上位神的秘密。"

林雷、贝贝都仔细地听着。

"在达到大圆满境界的一瞬间，"雷林似乎在回想当年的那种感觉，"天地法则包裹住了我的灵魂，但这与神格蜕变时被天地法则包裹住的感受不一样。同样是灵魂蜕变，但那一刻的灵魂蜕变与之前的感受完全不一样。等蜕变结束，我就知道了达到大圆满境界的厉害之处。"

雷林笑了起来。

林雷听得十分震惊。他知道从下位神境界到中位神境界再到上位神境界，灵魂都会蜕变一次，只是没想过达到大圆满境界，灵魂的蜕变会让人有完全不一样的感受。

"这次灵魂蜕变后，天地法则会赋予达到了大圆满境界的上位神一种权力。"雷林激动地说道，"那就是蕴含天地法则的意念。"

林雷十分震惊："达到大圆满境界的上位神拥有蕴含天地法则的意念？"

"对！"雷林笑道，"通过奥义施展出的招数，威力是有限的，可一旦拥有蕴含天地法则的意念，施展的招数的威力就会提升到一个可怕的地步。这就是一种权力，天地法则赋予的权力，也是我们能抵抗主神意念的依仗。"

林雷、贝贝明白了，他们之前就听说过主神的意念不可违抗。

"这就好比普通人与皇帝。对普通人而言，皇帝的意念不可违抗。"雷林说道，"一般上位神的意念没有攻击力，但是达到了大圆满境界的上位神的意念有攻击力，这是天地法则赋予的权力。"

林雷、贝贝豁然开朗。

在无数的上位神中，达到了大圆满境界的上位神就好像一位高高在上的皇帝，他们的意念蕴含天地法则，即使他们发出的招式是普通的一招，也蕴含强大的威力。

"难怪拜厄随意一招就令我们四个感受到了强大的空间束缚力。"贝贝感慨道，"那空手一击完全赶得上主神器发出的攻击。"

"那主神的意念，"贝贝又问道，"比达到了大圆满境界的上位神强多少？"

"强很多。"雷林笑道，"拥有主神神格的主神被天地法则赋予了很大的权力，他们的意念很强。在亿万里之外，如果主神用意念控制主神之力攻击我们，达到了大圆满境界的上位神还能勉强扛住。可如果主神亲自出手，那达到了大圆满境界的上位神是绝对扛不住的。"

林雷、贝贝明白了：天地法则赋予主神的权力远超赋予达到了大圆满境界的上位神。即使主神的一个意念解决不了达到了大圆满境界的上位神，只要主神动手了，达到了大圆满境界的上位神就会殒命。

林雷不得不感慨天地法则的神秘。

雷林和林雷他们在一起待了三天。其间，他们几乎就是喝酒聊天。

林雷将这些年的遭遇都说出来了，雷林在一旁听得感慨不已。

三天后，雷林与林雷、贝贝告别，毕竟雷林来位面战场的目的和林雷他们不一样。

"林雷，那我就祝你能得到第四枚统领徽章。"雷林淡笑道，"对了，你说之前是和雷斯晶他们在一起的。在遇到你们之前，我曾经在一个洞窟中看到过雷斯晶和雷洪。"

"嗯？"林雷、贝贝顿时大喜。

"他们在哪里？"林雷连忙问道。

雷林朝周围看了看，然后指向一处："你们沿着这个方向直线前进，大概行走十一万里就会发现一座羊角山。他们两人就在那里的一个洞窟内。不过，他们现在是否还在那里，我就不确定了。"

"谢谢雷林先生。"林雷真诚地说道。

一般而言，在位面战场上，一旦统领找到了一个落脚点，就会在那里待一段时间。雷林不久前遇到过雷斯晶他们，那雷斯晶他们应该还在那里。

"看来你们还是想和他们会合啊，那我们就在这里分别吧。"雷林笑道。

于是，林雷、贝贝当即与雷林告别，沿着雷林指定的方向疾速前进。

其实，当听到"羊角山"几个字时，林雷的心里就有谱了。他有位面战场的地图，自然知道羊角山的位置。

雷林看着林雷、贝贝的身影消失在荒野尽头，感叹一声："贝鲁特还真是用心良苦。林雷现在已经融合了地系元素法则中的四种奥义，贝鲁特的目的也算达到了。至于融合五种奥义，那还早得很。现在看来暂时没我什么事了，那就在这里等待最后的大决战吧，那精彩的一幕可不能错过。"

说着，雷林飘然离去。

# 第690章
## 终于会合

呼——寒风呼啸，沙石乱飞。

两道身影在荒凉的大地上行走着。

在他们前方不远处，有一座数千米高的大山。这座大山的山峰裂开了，直至山腰处，远远看上去就像一对羊角。

在地图上，这座羊角山是一个标志性地点。

"到了！"披着深青色长袍的林雷扫了一眼羊角山。

"没有看到洞窟呢。"贝贝嘀咕道。

"雷斯晶他们既然在这里，就不会让外人轻易察觉到他们的存在。我们就把这羊角山好好探查一遍。"

话音刚落，林雷和贝贝便化作两道幻影朝羊角山飞去。


只要有雷洪，就是再荒凉的山也能变成华丽的洞府。

羊角山山腹内，一座洞府大殿里，雷洪这个大块头正盘膝坐在一个角落里安静地修炼。

对这些拥有无限生命的超级强者而言，大多数时间都会用来修炼，不过也有例外。

雷斯晶坐在椅子上，把腿搭在桌上，桌上摆放着大量的食物。

"蒙特罗这浑蛋！"雷斯晶抓起一块熟肉狠狠咬了一口，"他那么嚣张，不就是仗着人多？"

雷斯晶想到三年前发生的事情，依旧愤愤不平。

他转头看了一眼在修炼的雷洪，喊道："嘿，雷洪，你就别修炼了，休息一会儿吧。修炼也不急在这一时，大圆满境界可不是那么好达到的。过来，陪我喝喝酒、聊聊天。"

雷洪猛地睁开眼睛，里面隐隐有土黄色光芒流转。

"是。"雷洪站了起来，走到雷斯晶的身边，与雷斯晶相对而坐。

"你怎么不说话？"雷斯晶无奈地说道，看到雷洪那副模样，他只能自言自语，"唉，早知道我就应该多带几个人过来，即使战斗的时候帮不了我，也可以给我解闷。说到战斗，如果我达到了大圆满境界，一定要让蒙特罗后悔！"

"他，该杀。"雷洪低沉地说道。

雷斯晶顿时笑了："对，该杀！"

"雷斯晶！"一个爽朗的声音在前方的廊道中响起。

"雷斯晶，我们来了！"另一个欢快的声音也在前方的廊道中响起。

紧接着轰的一声，廊道的山壁被轰破了。

雷斯晶、雷洪赶紧站了起来，对视一眼，眼中都是惊喜。

"林雷他们来了。"雷洪开口说道。

"哈哈，走，快去迎接他们！"雷斯晶立即飞向廊道，雷洪紧跟其后。

当雷斯晶和雷洪飞到廊道的时候，便看到了一袭深青色长袍的林雷和一袭黑衣的贝贝。

林雷和贝贝正并肩朝他们走来。

"雷斯晶！"贝贝欢快地喊道。

"贝贝！"雷斯晶兴奋地冲过来，给了贝贝一个大大的拥抱，"咱们这对最佳组合终于会合了！"

"林雷。"雷洪向林雷微笑示意，林雷也笑着点头回应。

忽然，雷斯晶转头看向林雷，一拳打在林雷的胸膛上，哼了一声，说道："林雷，你这小子可让我担心死了！当初你们被乌曼追杀，我不担心贝贝，就担心你。毕竟乌曼拿贝贝没办法，你就说不定喽。你可是我唯一的弟子啊，你若死了，我会很难过的。"

弟子？林雷只能在心里笑了笑。

"雷斯晶，咱们是兄弟。"贝贝搂着雷斯晶说道，"那咱们就是同辈分的，你怎么能当我老大的老师？"

"嗯……"雷斯晶一怔。

片刻后，雷斯晶看了林雷一眼："好吧，你能悟出紫晶空间的奥秘，其实和我母亲有关，这么说来，你算是我母亲的弟子，那你就和我同辈了。"

林雷听了心念一动："当初雷斯晶那么做原来是在教导我，还是主神安排的。可主神为什么要那么做呢？我从没见过紫荆主神啊。"

贝贝疑惑地问道："雷斯晶，那是你母亲紫荆主神安排的？"

"对啊，我母亲还将一颗魂石给了林雷呢。"雷斯晶嘀咕道，"当时我还不愿意呢。"

"魂石？你是说那颗黑石？"林雷问道。

"对。"雷斯晶点头说道，"你可是第一个从我母亲那里得到魂石的人，其他主神向我母亲讨要魂石，我母亲都不会给。"

"主神要？"林雷疑惑地问道，"这对主神有用？"

"对主神用处不大，"雷斯晶摇头说道，"但是对上位神的用处很大。"

贝贝不禁问道："雷斯晶，这魂石和冥界的幽冥果比，哪个更好？"

"幽冥果？"雷斯晶嗤笑道，"幽冥果的确是宝物，可十颗幽冥果也不及一颗魂石。林雷，你别用这种目光看我，将来你就会知道这颗魂石的珍贵之处。在无数位面中，只有母亲和我是紫晶巨兽中的两只紫晶神兽，也只有母亲和我有魂石。"

林雷、贝贝相视一眼。

这魂石听起来很了不得。在战斗的时候，林雷靠魂石能施展灵魂混乱，不过他感觉魂石没雷斯晶说的那么厉害。

"我母亲估计也是内疚，否则怎么可能给你一颗魂石？"雷斯晶感叹道。

"内疚？"林雷不解。

雷斯晶连忙捂住嘴巴，看了看四周，然后摇头说道，"别问了，就当我没说，你们也别问！"

林雷、贝贝感到错愕，可是雷斯晶连忙转移话题，说道："哈哈，林雷、贝贝，你们现在回来了，那我的机会就来了！这三年来我一直想去找蒙特罗算账，不过单靠我和雷洪，实力还远远不够。即使我们去了，也是被他们欺负。现在你们回来了，情况就不同了。"

贝贝眉毛一扬，说道："去找蒙特罗算账？"

"当然！"雷斯晶愤愤地说道，"这三年来我就想着怎么找蒙特罗算账，现在机会来了，怎么能不去？"

"对，去找蒙特罗他们。"雷洪目光冷厉。

林雷皱着眉头，心底有些疑虑，说道："雷斯晶，上次我们和他们交手，他们有八个人，我们只有四个人。和我交手的乌曼实力极强，就连贝贝施展的天赋神通对他都没有用。我们怎么去算账？"

"对，那乌曼很难缠。"贝贝赶紧说道。

"哈哈！"雷斯晶自信地笑道，"就八个人，怕什么？他们八个人中有灵魂防御主神器的只有两个，一个是乌曼，还有一个是夏斯威。其他六个人中五个有主神器，但是没有灵魂防御主神器。上次我们被攻击得那么狼狈，主要是没有准备好。这次我们提前准备好就行。到时候，贝贝你先施展天赋神通解决两个，等能量恢复再继续对付他们。哼，解决他们八个，应该不难！"

林雷皱着眉说道："解决这八人，有难度。"

"是啊，我不可能一直施展天赋神通。"贝贝无奈地说道。

林雷微微点头，毕竟施展天赋神通和施展灵魂攻击不一样。

施展灵魂攻击，消耗的主要是灵魂能量。即使灵魂能量一时没有了，也能靠灵魂金珠、紫晶等迅速恢复。或者在施展灵魂攻击时，不依靠灵魂能量，而是靠主神之力，这样就不必担心灵魂能量消耗殆尽。

可施展天赋神通不同，除了消耗灵魂能量，还要消耗天赋能量。比如林雷施展天赋神通龙吟，除了要消耗灵魂能量，还要消耗那天赋能量——青色光晕。他恢复这青色光晕也是需要时间的。

同理，贝贝在连续施展两次天赋神通噬神后，需要等上片刻，让天赋能量恢复到一定程度才能再次施展。对神级强者而言，片刻就可能改变战局。

雷斯晶闻言思考了一会儿，说道："既然这样，那战斗一开始就得先解决两个最麻烦的。贝贝，等我们遇到他们，你先对付那个银袍女子拉娜莎，之后再对付蒙特罗。若解决了他们两个，对我们有威胁的就只有两个了。"

敌方虽然有八人，但实力强的也就四人，其他四人实力偏弱。

"林雷、贝贝，你们两人现在疲惫吗？我们是休息一会儿再出发还是立即出发？"雷斯晶询问道。

"立即出发吧。"林雷笑道。之前和雷林在一起的时候，他和贝贝一直处于休息状态，一点儿都不累，反而很期待来一场大战。

"如果这场大战很轻松，到时候，我就能获得足够的统领徽章。"林雷在心中暗道。他现在只差一枚统领徽章了。

"那好，我们现在就出发！"雷斯晶眼睛发亮，说道，"蒙特罗，我看他还怎么嚣张！哼，他怎么也不会想到我还有贝贝这张王牌。"

在灵魂方面，蒙特罗和雷斯晶不相上下，就是达到了大圆满境界的上位神要解决他们，也要耗费一番精力。不过，面对贝贝的天赋神通噬神，他们毫无抵抗能力。

"走！"

于是，一心想为兄弟复仇的雷洪，欲要得到统领徽章的林雷、贝贝，和雷斯晶一同离开了这个洞窟。


三天后，荒凉的野地，狂风呼啸。

此时，雷斯晶没有出发时那么意气风发了。他无奈地说道："我原本以为这位面战场不算大，可是现在才发现这位面战场太大了，想要在这里找到蒙特罗他们，太难了。"

位面战场方圆百万里，这里的空间束缚力比地狱、冥界要大，即使是林雷他们，前进百万里也要一两天时间。

"我们现在这样消耗主神之力来寻找，没有个数十年上百年，是很难找到蒙特罗他们的。"林雷说道。

在位面战场上找人，即使是靠主神之力进行搜索，也依旧要花费很多时间。

"嗯，还有一个办法。"贝贝嘀咕道。

"什么办法？"雷斯晶赶紧问道，"还有什么办法可以找到蒙特罗他们？"

"其实，我们不一定要去找他们，可以让他们来找我们啊。"贝贝说道，

"你想找蒙特罗算账，蒙特罗也想找你的麻烦。雷斯晶，你可以和其他人来一场战斗，把动静弄大一点，施展你的天赋神通，让万里之外的人知道动手的是你。蒙特罗只要看见了，肯定会赶过来对付你的。"

雷斯晶听得眼睛都亮了。

"这么简单，我怎么没想到！"雷斯晶笑了起来，"这一次，我要让蒙特罗自投罗网！"

## 第691章
# 不可能！

　　"我们现在需要考虑的是在什么地方战斗吸引他们过来。"贝贝皱着眉说道，"如果选的地方不好，距离蒙特罗他们太远，他们很难发现。"

　　雷斯晶微微点头，喃喃道："蒙特罗他们到底在哪里呢？"

　　"我看……"林雷沉吟道，"蒙特罗他们当年追杀我们失败后，估计也要找一个落脚点，所以他们现在离我们上次大战的地方应该不会太远。"

　　"那一带我查过了，没有发现他们。"雷斯晶摇头说道。

　　之前，雷斯晶和雷洪耗费三天时间，将那个附近方圆万里都搜索了一遍，根本没有看到他们的身影。

　　"我估计他们的落脚点距离当初战斗地点不足十万里。"林雷猜测道，"那我们就把战斗地点选在这里吧。现在，我们距离当初的战斗地点也就几万里而已。我们把动静弄大一点，使用主神之力，说不定他们就会发现我们。"

　　雷斯晶迟疑片刻，然后微微点头："嗯，就这样。如果这个地方不行，我们再换个地方，就在这方圆十万里范围内。"

　　"以蒙特罗的性格，他发现了肯定会来。"雷斯晶的脸上又露出了笑容。

　　"雷洪，你和我来演一场吧。"雷斯晶笑着看向雷洪。

距离当初与雷斯晶战斗的地点大概两万里处，有一座不足千米高的大山，山脚下有一个洞窟。蒙特罗等五人便在这洞窟里。

洞窟一侧，乌曼闭眼盘膝静坐着。在他的身旁，那名孤傲的中年人夏斯威也在静坐修炼。蒙特罗和绿发女子则相对而坐，正在谈笑着。

"少爷，这次我们收获不小呢。如果大决战时运气好，少爷你或许就能得到足够的军功了。"绿发女子说道。

蒙特罗笑着说道："绿衣，要不你将你的军功给我啊，那我就凑足了。"

"这怎么行？"绿衣的笑声如清脆的铃声，"少爷，你的军功多分点给我，我或许也能凑足呢。"

"你啊。"蒙特罗摇头一笑。

蒙特罗很清楚，虽然大家称呼他"少爷"，但是只有他旁边站着的银发老者是他的仆人。这名银发老者是他们五人中实力最弱的一个，也没有主神器。他在这里，就是来服侍蒙特罗他们的。至于其他三人，不管是乌曼还是夏斯威，抑或是眼前的绿衣，称呼他"少爷"是给他面子。

嗡——

一股淡淡的能量波动传递过来。

蒙特罗、绿衣、银发老者同时转头看向洞口，连正盘膝修炼的乌曼、夏斯威也同时睁开眼睛朝外看去。

"能量波动，是主神之力！"蒙特罗第一个飞了出去。

"或许能得到统领徽章呢。"绿衣也笑着飞了出去。

紧接着，银发老者、乌曼、夏斯威化作三道幻影飞了出去。

蒙特罗他们五人循着能量波动的方向疾速飞行。

仅仅片刻，蒙特罗他们五人便看到一个黑色的大蚕茧出现在远处高空，上面紫色光晕流转。

银发老者惊讶地说道："紫晶壁障，是雷斯晶的紫晶壁障！"

蒙特罗的脸上满是惊喜，不禁哈哈笑了起来："还真是雷斯晶的天赋神通！上次他逃了，这次别想逃！各位，加快速度，可别错过了这个好机会！"

"距离太远。"乌曼冷静地说道，"等我们飞到那里，或许战斗已经结束，雷斯晶都走了。"

蒙特罗明白这一点，如果以最快的速度飞过去，也要好一会儿。

"不能错过机会！各位，使用主神之力！"蒙特罗立即神识传音，"一滴主神之力足以让我们赶到那里。这次，我们一鼓作气解决雷斯晶的伙伴。不知道雷斯晶他们现在是两个人还是四个人。"

蒙特罗转头看向乌曼："乌曼，你上次没解决那两人，这次可别失手。"

"放心。"乌曼自信地回复。

"走！"

话音刚落，蒙特罗他们的身上猛然爆发出一片白色光芒，他们都使用了主神之力。

若是一般统领，使用主神之力之前还要犹豫一会儿，因为主神之力有限。可是蒙特罗来自奥古斯塔家族，不仅是家族的第三代成员，还是家族中的高手，自然会有一些主神之力。他的主神之力虽然没有雷斯晶那么多，但是比一般的上位神多。

几滴主神之力，蒙特罗还是用得起的。

在使用了主神之力后，蒙特罗他们五人速度飙升，犹如五道幻影瞬间划过长空，飞向雷斯晶那里。


此刻，雷斯晶和雷洪交战，轰鸣声不断，大地被震得龟裂开来，主神之力的气息弥散开去。

"有五道主神之力的气息在疾速靠近。"林雷突然说道。

"是光明主神之力。"贝贝也说道。

林雷脸上露出一丝笑容："不是八人是五人。这般张狂地赶过来，肯定是蒙特罗他们。"

一般说来，统领若要偷袭对手，绝对不会弄出这么大的动静。可是蒙特罗他们不同，他们认为自己十分清楚雷斯晶一方的实力，才会这么疾速地赶过来。

"没想到才一会儿，他们就赶过来了。"雷斯晶和雷洪停了下来。

"估计他们是怕战斗结束，你就走了。"林雷笑道。

于是，林雷、雷斯晶、雷洪、贝贝并肩站立，等待蒙特罗他们五人的到来。


咻咻——

在使用了主神之力的情况下，疾速的飞行令位面战场的空间都发出了声音。

以蒙特罗为首的五人身上白色光晕流转，在位面战场的昏暗环境下，犹如星辰般醒目。很快，他们就飞到了发生战斗的地方，看到了雷斯晶他们四人。

"蒙特罗，果然是你！"雷斯晶嗤笑道，"五人而已！"

林雷松了一口气。他虽然之前感知到了五道主神之力的气息，但以为还有三个人没有使用主神之力。现在看来，确实只有五个人，那他就对这一战有把握了。

"咦？"蒙特罗心底疑惑，"这四人竟然不逃……"

通过上次交手，蒙特罗认为对方四人的实力一般，他们五人完全可以对付。他会有这种想法，是因为没有看到贝贝施展天赋神通噬神。

当时，贝贝在地底用这一招对付乌曼，其他人肯定看不见。乌曼因为有灵魂防御主神器，轻松挡住了这一招，还以为那是普通的一招。当时，乌曼的心思都在林雷的身上，也没有注意到身后的噬神鼠幻影。

"乌曼，那两人继续由你负责。"蒙特罗吩咐道。

"放心。"乌曼扫了一眼林雷和贝贝，目光冷厉。

林雷看向乌曼，朗声说道："乌曼，上次战斗得不痛快，这次我们可要好好战斗一场。"

对此，乌曼嗤笑了一声。

"这是你自找的。"蒙特罗得意得很。

知彼知己，百战不殆。蒙特罗认为自己已经完全清楚了对方的实力。

"哈哈，动手！"雷斯晶大笑道。

"动手！"蒙特罗也喊道。

顿时，五道身影朝林雷他们疾速飞来，最敏捷的，要数那名戴着黑色手套的绿发女子。

然而，雷斯晶这边的四人都没有动。

突然，贝贝的身后浮现出一道巨大的噬神鼠幻象，把蒙特罗他们五人吓得脸色都变了。

"贝鲁特？"乌曼惊讶地说道，"不对！"

"噬神鼠？不可能！"蒙特罗脸色煞白，反应过来后立即神识传音，"大家快逃！"

噬神鼠的天赋神通噬神，只有达到了大圆满境界的上位神和拥有灵魂防御主神器的人能抵挡。其他人面对这一招，毫无抵抗之力。

"雷斯晶让我先解决一个女人拉娜莎和蒙特罗，而蒙特罗离我远了点，那就解决那个绿发女人吧。"贝贝不知道谁是拉娜莎，但知道对方是女的，便将目标锁定为绿发女子。

绿发女子冲在最前面，此时想后退已经晚了。

"不——"绿发女子眼中再无一丝狡黠，满是惊恐。

仅仅片刻，绿发女子便双眼失去光彩，身体下坠。一枚神格从她体内飞了出来，一副黑色手套和一枚金色徽章也跌落在地上。

一名统领瞬间殒命！

噬神鼠的天赋神通噬神的确是许多统领的噩梦。

"快逃，快逃！"蒙特罗现在只知道逃，他今天只要慢一点就得完蛋。

"那个少年怎么会是噬神鼠？怎么会?!"蒙特罗一脸难以置信。

"怎么会这样？"乌曼虽满心不解，但还是十分清楚，"我们五人中，只有我和夏斯威能抵抗天赋神通噬神，因为我俩有灵魂防御主神器。其他三人面对这一招必死无疑。不过，若是他们四人一起对付我和夏斯威，我和夏斯威也只能勉强逃命。"

乌曼明白，雷斯晶就能牵制他。雷洪、林雷、贝贝联手，则能对付夏斯威。

轰隆声响起，林雷他们四人也使用了主神之力，同时，泛着黑光的紫色光晕弥散开去，一个紫色光罩出现，笼罩住了逃跑的四人。

紫晶空间！

蒙特罗等四人的速度顿时变慢了。

在紫色光罩内，林雷他们四人身上黑色光晕弥散，蒙特罗他们四人身上白色光晕弥散。

四人对战四人。

"分散逃！"蒙特罗神识传音。

"哈哈！"雷斯晶猖狂的大笑声响起，同时，他的身后浮现出一道巨大的紫晶神兽的幻象，幻象的背后有一百零八根尖刺，发出一百零八道带有毁灭主神之力气息的黑色光芒，袭向逃跑的四人。

天赋神通——紫晶壁障！

"贝贝！"雷斯晶神识传音。

"知道，看我的！"贝贝看准时机，再次施展了天赋神通噬神。

## 第692章
# 交给我

"逃！逃！"蒙特罗现在毫无反抗意识，知道贝贝是噬神鼠后，他只知道逃。

"分散逃，我或许还有希望活下来。"蒙特罗心中还有一丝希望。

然而，一百零八道带有毁灭主神之力气息的黑色光芒从天而降！

"不——"蒙特罗大喊道。

那一百零八道带有毁灭主神之力气息的黑色光芒缠向蒙特罗、乌曼等四人，欲形成一个黑色的大蚕茧把他们包裹住。

"破！破！"乌曼挥舞着狼牙棒，狠狠地砸在正在闭合的大蚕茧上。

大蚕茧只是摇晃了几下，丝毫无损。

这可是紫晶神兽的天赋神通，岂是那么容易破掉的？

其实，在逃跑的四人中，乌曼和夏斯威还是有底气的，他们有防御主神器，并不怕噬神这一招；可蒙特罗和那名银发老者十分害怕，他们只想赶快逃掉。

"前路被挡住了，或许杀回去还有一线生机。"蒙特罗、银发老者掉头，却发现黑色的大蚕茧已经完全合拢，没有出口了。

无处可逃！

"哈哈！"雷斯晶畅快至极，遥看着蒙特罗。

这时，贝贝的身后再次浮现出一道巨大的噬神鼠幻象，一双眼眸冷冷地盯着蒙特罗。贝贝咧开嘴巴，嘿嘿一笑，就有一道奇特的能量袭向蒙特罗。

天赋神通——噬神！

"完了！"蒙特罗、银发老者感到无力。

蒙特罗陡然低吼一声，身上射出千万根白色的丝线，犹如蜘蛛丝一样将身侧的银发老者瞬间包裹住。接着，他猛地一拉，直接将他身旁被包裹住的银发老者扯到他的身前。

就在这时，那道奇特的能量已然到了他们跟前。不能动弹的银发老者被击中，从半空跌落，包裹住他的白色丝线全部消散。他的体内掉落出白色徽章、上位神器、空间戒指等，一枚神格则从他的头中飞出，朝贝贝飞去。

"这……"贝贝一愣，连一旁的林雷、雷斯晶、雷洪都愣住了。他们原本都认为蒙特罗必死无疑，没想到蒙特罗会做出刚才那番举动。

"拿自己人当盾牌？"林雷在想银发老者在外界存活的神分身会不会因此怨恨蒙特罗，找蒙特罗的麻烦。

不过，林雷不知道银发老者是五人中地位最低的一个，也不知道他是蒙特罗的仆人。银发老者或许会怨恨蒙特罗，但是不敢做出任何报复行为。

"老大，我已经连续两次施展天赋神通了，要等一会儿才能再次施展。"贝贝灵魂传音。

"这蒙特罗的运气还真好。"林雷无奈地说道。

雷斯晶也知道贝贝暂时无法施展天赋神通，遥指蒙特罗说道："蒙特罗，你还真是够心狠的啊，竟然牺牲了自己的伙伴。不过可惜啊，你今天别想活着离开这里。"

乌曼、夏斯威不禁瞥了一眼蒙特罗。拿自己人当挡箭牌，这种行为让人反感。不过银发老者是蒙特罗的仆人，乌曼他们两人也不好说什么。

蒙特罗却大笑起来："哈哈，天赋神通只能连续施展两次，看来你们解决不了我了。"

话音刚落，黑色的大蚕茧轰然消散。

"哈哈，乌曼，我们走。"蒙特罗说道。

"想逃？"雷斯晶嗤笑一声，"追！"

此时，紫色光罩笼罩的范围比之前大了很多，大概笼罩了方圆千米范围，强大的引力令蒙特罗、乌曼、夏斯威的速度变慢了。

雷斯晶、林雷、贝贝、雷洪化作四道黑色幻影疾速追去。

"到目前为止，我们只得到一枚金色徽章。上次雷斯晶把那枚金色徽章给我了，这次得把金色徽章先给雷斯晶。"林雷明白，他们必须再解决一名统领，不然这回他将得不到一枚统领徽章，那他的目标依旧达不到。

"必须再解决一个！"林雷看着蒙特罗，"从已知的情况来看，蒙特罗肯定是统领。"

"他们三人中乌曼最难缠，把乌曼交给我！"雷斯晶神识传音，"雷洪，你去对付夏斯威。以你的实力，对付他应该有十足的把握。至于蒙特罗，林雷，你说你实力大进，那应该能缠住他。你能解决蒙特罗最好，解决不了就缠住他。只要等贝贝缓过来，贝贝就能施展天赋神通解决蒙特罗！"

"放心，蒙特罗交给我。"林雷回复道。

林雷前不久终于将地系元素法则中的四种奥义融合了，现在可是信心十足。

蒙特罗意识到情况不妙，神识传音："乌曼、夏斯威，我们这样肯定逃不掉，我们分三个方向逃！"

"好！"

乌曼、夏斯威当即应下，随后他们一个朝左侧疾速飞行，一个依旧直线飞行，一个朝右侧飞行。

"分开追击！"雷斯晶果断下令。

话音刚落，林雷、贝贝追向蒙特罗，雷斯晶追向乌曼，雷洪追向夏斯威。


"希望那只噬神鼠别追来。"蒙特罗一边在心底祈祷，一边疾速飞行，很快就飞出了紫晶空间，"终于飞出紫晶空间了！"

正当他大喜的时候，土黄色光晕从天而降，一个光罩出现并笼罩住了他。一瞬间，他感受到了强大的引力。这引力和紫晶空间内的引力不相上下。

黑石牢狱！

"怎么回事？"蒙特罗一转头，就看到了追过来的贝贝和龙化形态的林雷，"我怎么忘记这个了？那青龙一族的小子也会紫晶空间。"他之前听乌曼说过这个，"还有那只噬神鼠，糟糕！"

蒙特罗最惧怕的就是噬神鼠，毕竟噬神鼠的天赋神通太过逆天。

嗖嗖——

林雷、贝贝距离蒙特罗越来越近。

"这小子必死无疑。"林雷十分自信。

"老大，你放心，只要我的能量恢复到了一定程度，就能轻易解决他。"贝贝灵魂传音，同样十分自信。

此时，正在逃跑的蒙特罗心中十分慌乱："这样下去，他们与我越来越近，我肯定逃不掉。即使我能多拖延一会儿，只要那噬神鼠恢复过来，还是能够轻易解决我。"

蒙特罗明白，他已经无路可逃了。

蒙特罗陡然停下，林雷和贝贝也停下了。

林雷看着蒙特罗，说道："不逃了？"

蒙特罗在心中暗道："在这光罩内怎么逃得掉？拖的时间越长，生的机会越小。"

林雷、贝贝现在也不出手，他们乐意拖延时间。要是拖延到贝贝能量恢复时，贝贝便可以轻易解决蒙特罗。

"你们两位何必解决我？"蒙特罗说道，"只要两位不解决我，两位提出的任何条件，我一定尽力满足。"

"不需要。"林雷回复道。

"我有主神之力，有很多的主神之力。"蒙特罗赶紧说道。

贝贝笑道："我们不缺少主神之力。"

"对了，统领徽章，我将我的徽章给你们。"蒙特罗又说道。

"按照位面战场的规矩，战争结束后得到的统领徽章和士兵徽章都要上交。如果一名统领在离开位面战场时被发现没有统领徽章，那会被主神处死。"林雷说道。

这是为了防止一些统领拿自己的统领徽章和对方互换。

在位面战场上，很多统领是相互认识的，有的关系还很好。两个关系好的统领分别进入不同的阵营，将自己的身份徽章交给对方的事还是有可能会发生的。

按道理，一名统领若靠自己的实力获得了对方统领的统领徽章，那么这名统领至少有两枚统领徽章，其中有一枚是他本人的。那么在位面战争结束时，他上交得来的徽章后，自己那枚身份徽章应该还在。若一个人上交了得来的徽章，自己却没有身份徽章，那这个人肯定是把自己的身份徽章拿去和人交换了。主神若知道了，会直接处死这名统领。

"我知道这个规矩，你们只要放过我就行。"蒙特罗急切地说道，"我可以马上把我得到的徽章都给你们。"

"老大，再等一会儿我的能量就恢复得差不多了。"贝贝突然灵魂传音。

林雷灵魂传音表明自己知道了，然后看向蒙特罗，开口说道："放过你，也不是不可以。"

蒙特罗焦急地说道："答应就答应，不答应就不答应，二位还是快做决定！"他清楚贝贝在恢复能量。

"这个嘛……"贝贝咂嘴道。

"去死吧！"蒙特罗身上爆发出白色光芒，犹如一道闪电直奔向贝贝，"这两人明显在拖延时间，我现在只有一个办法，那就是先解决这只噬神鼠，只有这样我才有一线生机！"

蒙特罗很清楚，对方若愿意让他走，又怎会迟疑？迟疑就是在拖时间，拖时间就是要解决他。

"反应倒是快。"林雷迎了上去。

嗖！一支半透明的白色箭矢从蒙特罗的体内陡然射出，袭向贝贝。

这支箭的速度很快，贝贝来不及闪躲，被射中了。

"噬神鼠的物质防御太强，只能看灵魂攻击了。"蒙特罗很清楚这一点，可是还没等他看清楚贝贝的情况，林雷已经朝他攻击过来。

哧——

蒙特罗看到一百零八条泛着黑光的黄龙朝他飞来。通过神识，蒙特罗感知到那是一柄透明的剑发出来的。

"神剑？一柄透明的神剑？"蒙特罗十分惊讶。

只见那一百零八条泛着黑光的黄龙融为一体，形成一个光球将蒙特罗包裹住了。蒙特罗瞬间就感受到了强大的束缚力。

扑哧一声，一柄剑撕裂空间，刺在了蒙特罗的脑袋上。

锵！蒙特罗的脑袋上浮现出了诡异的保护层。

"防御主神器果然厉害。"林雷在心中暗道，他知道自己很难解决对手，可缠住对手还是能做到的，"不过，在使用主神之力的情况下再施展寸地尺天，威力还真大，连蒙特罗也来不及做出反应。"

蒙特罗转头看向贝贝："没死？"然后，他连忙逃跑。

"别急着跑。"林雷再次挥出留影剑，泛着黑光的土黄色光球再次罩住了蒙特罗。

蒙特罗十分愤怒，身上射出大量的白色丝线。

哧——靠近留影剑的白色丝线都断裂了。

"老大，我好了。"贝贝灵魂传音。

此时，林雷气势磅礴的一剑刺在了蒙特罗的身体上，令蒙特罗不得不往后退。

蒙特罗这时发现贝贝身后浮现出一道巨大的噬神鼠幻象。

"不！"蒙特罗瞪大眼睛，然后眼前一暗，轰然倒地。

林雷看着这一幕，说道："这次没人当你的挡箭牌了。"

一枚金色徽章从蒙特罗的体内掉落。

林雷眼睛一亮："第二枚金色徽章。"

## 第693章
# 结果

　　林雷捡起那枚金色徽章，脸上露出笑容："这是我们这一战得到的第二枚金色徽章。"

　　林雷的眼里只有这枚金色徽章，至于蒙特罗的防御主神器，他只是扫了一眼。反正这件防御主神器最后会被主神收回，他拿了也没有用。

　　贝贝跑过来兴奋地说道："老大，第二枚统领徽章啊！之前那绿发女子殒命，那一枚统领徽章给了雷斯晶，这一枚该给我们了。这样，我们就有四枚统领徽章了！"

　　"对，四枚！我父亲、耶鲁老大、乔治，还有迪莉娅的哥哥，已经足够了！"林雷舒了一口气。

　　闻言，贝贝笑了起来。

　　"老大，你说德林爷爷能不能再活过来？"贝贝突然问道。

　　"德林爷爷？"林雷脑海中瞬间想起两千余年前的种种场景。

　　那时，他只是一个普通的孩童，在德林爷爷的指导下接触魔法，然后走上了修炼者的道路。

　　在林雷的生命中，德林·柯沃特和贝贝占据了很重要的地位。贝贝现在还陪着林雷，德林爷爷却早已不在。不过，无论过去多久，林雷都不可能忘掉德林爷爷。德林爷爷的死是林雷心底深处的一道伤疤。

"德林爷爷魂飞魄散了。"林雷叹息道。

"魂飞魄散就不能再活过来吗？"贝贝问道。

"灵魂还在才会形成亡灵。"林雷摇头说道，"贝贝，别说这些了，我们去找雷洪、雷斯晶吧。"

只要一提到德林爷爷，林雷就感到痛苦难受。

"好吧。"贝贝不再说这件事，当即和林雷朝远处散发强烈主神之力气息的地方飞去。


在一座大山前，雷洪正和夏斯威进行着一场大战。

此时，雷洪是大地君王的形态，足有十米高。他目光冷厉，看着眼前的夏斯威。他的两条腿要么踹、要么踩、要么踢，动作简单，可每一次都令空间震颤，出现了微小裂缝。伴随着他的动作，大地不断涌动。

嗖嗖——夏斯威不断闪躲。

"这大个子的攻击力太强，在他变身后，我的速度不及他。"夏斯威焦急得很。

他的身上白色光晕流转，出现一条条白色丝带，他在心中暗道："只有一次机会，必须成功。"

突然，六条白色丝带射向雷洪的胸膛，雷洪立即用手拍去。五条白色丝带缠向雷洪的右臂，还有一条白色丝带竟然变得犹如锋利的剑尖，刺向雷洪的胸膛。

"啊！"雷洪吼叫一声，空间中竟然出现了波纹，遍布他身上的金黄色的纹路陡然亮了起来，同时，他双臂上的肌肉隆起，缠绕在他右臂上的白色丝带瞬间消散。

夏斯威脸色大变："怎么可能？"

锵！那条白色丝带刺在雷洪的胸膛上，只是刺进去一点，便再也刺不进去了。

雷洪猛然合拢双臂，想夹击夏斯威。夏斯威十分震惊，快速后退。

见夏斯威即将逃离攻击范围，雷洪双掌射出白色光柱，上面还有金色光芒流转。这两道光柱的速度远超夏斯威的移动速度。

"不！"夏斯威的身上立即浮现出大量的白色丝带，将他一圈圈缠住了。

砰——

泛着金光的两道白色光柱直接轰在夏斯威的身上，缠住夏斯威的一圈圈的白色丝带寸寸断裂。最后，他消失不见。

解决了夏斯威，雷洪恢复成人类形态。

咻——咻——

此时，雷洪的呼吸声十分沉重，脸色更是苍白。刚才那一招是他的绝招，在施展完这一招后，他短时间内不能作战，要好一会儿才能恢复过来。

"没想到夏斯威这么难缠，"雷洪喃喃道，"不过最终还是把他解决了，得到了一枚统领徽章。"

至于地上的那两样东西，雷洪看都懒得看了，即使一个是一枚空间戒指，一个是一件灵魂防御主神器。

嗖嗖——雷洪感知到两道气息在向他疾速靠近。他掉头一看，见来人是林雷、贝贝，松了一口气。

"雷洪，你解决了夏斯威？"林雷看到地上一片狼藉，笑着问道。

"费了一番工夫。"雷洪的脸上难得地露出了一丝笑容，"夏斯威修炼水系元素法则，最擅长防御。以我的攻击力，还得施展绝招才能对付他。对了，你们解决了蒙特罗吗？"雷洪的眼中有期待。

"解决了。"林雷一翻手，"这是他的统领徽章。"

"好！"雷洪不禁狂喜。

就在这时，一道气息朝这里疾速靠近，林雷三人转头看去，来人正是雷斯晶。

雷斯晶瞥见了林雷手中的统领徽章，不禁笑了起来："哈哈，终于解决了蒙特罗的最强神分身，我看他以后还怎么嚣张！雷洪，你也解决了夏斯威？"

"嗯。"雷洪拿出一枚统领徽章。

"嘿，雷斯晶，你呢？"贝贝嘻嘻笑道，林雷也笑着看向雷斯晶，大家的心情都很不错。

"我？"雷斯晶尴尬一笑，"说来有点惭愧。虽然我的速度比乌曼快，但是乌曼太难缠了，挡下了我的所有攻击。后来，我们两人在地底进行了一场大战，那家伙竟然跑到了地底深处，那里时而会出现空间裂缝，太危险了，我最后放弃了。"

在地底深处战斗是一件很冒险的事情。

"乌曼都被你逼到这一步了，够惨的。"林雷明白，如果乌曼不是没办法，不会那样做。

乌曼虽然实力强，但是面对紫晶空间这一招，的确处于下风，更何况雷斯晶还用主神器进行攻击。乌曼只要稍不留神，就有可能殒命。对乌曼而言，在地底进行战斗才有活下来的机会。

"不管怎么说，我们解决了蒙特罗的最强神分身，此战就是大胜了。"雷斯晶笑了起来，"这次我们一共得到了三枚统领徽章。林雷，之前你得到过一枚统领徽章了。这次的三枚统领徽章，两枚归我，一枚归你，没意见吧？"

"没意见。"林雷笑着说道。对他而言，有一枚统领徽章便足够了。

"不过，下次得到的统领徽章就是我们的了。"贝贝笑道。

"那是当然！"雷斯晶眉开眼笑，"我们这四人组合锐不可当啊，不过还是别遇到达到了大圆满境界的上位神。"

林雷他们一想到那个拜厄，就心里发怵，达到了大圆满境界的上位神的确强得过分。


光明系神位面，神狱海深处的奥威岛。

奥威岛是第一家族奥古斯塔家族的大本营。

奥古斯塔家族第一代光明主宰是普通人类，繁衍能力强，他的后代也是如此。因此，奥威岛上人口将近百万，还都是奥古斯塔家族的精英。

除了奥威岛，那附近还有八十一座岛屿，上面也都居住着奥古斯塔家族的人，人口数量以亿为单位。这些地方虽然人多，但是庸才也多，偶尔会出一个天才人物。

对奥古斯塔家族的这些普通族人而言，能进入奥威岛是一件值得骄傲的事情。

哗啦啦——海水拍击着奥威岛的海岸。

生活在奥威岛上的人大多数都有一股傲气，不过，当他们看向奥威岛中央那座足有万米高，通体呈白色的奥古斯塔神殿时，眼中就会有羡慕。

奥古斯塔神殿内。

一道身影正大步走在走廊上，走廊两旁站立的侍者立即躬身行礼。

"殿下。"

然而，这道身影继续大步前进，没有理会他们。

"殿下怎么了？脸色那么难看。"

两名侍者悄声议论起来。

在一扇足有十米高的古朴的紫色大门前，这道身影停了下来，低沉地说道："你们去传报一下，我要见族长。"

"是，殿下，请殿下稍等片刻。"守在门前的两名紫袍侍卫中的一名略微躬身说道，而后入内通报。

"怎么会这样？雷斯晶，那个青龙一族的小子，还有那只噬神鼠！"这位殿下正是蒙特罗。

如今，蒙特罗已经失去了自己的最强神分身，将不再是奥古斯塔家族的最强族人之一。不过，族内其他人还不知道这件事。

片刻后，那名紫袍侍卫出来了。

"殿下请进，族长在里面等你。"那名紫袍侍卫恭敬地说道。

蒙特罗直接步入其中。

这里是族长的住所，有餐厅、会客厅、修炼密室等。

蒙特罗一进来，就看到了站在阳台上的白袍身影，然后垂首恭敬地说道："族长，我的最强神分身没了……"

"嗯？"白袍人不禁转身。他有一对剑眉，眉心有一颗红色的痣。

此人是奥古斯塔家族现任族长，是光明主宰一百八十二名子女中最成功的一个，也是实力最强的一个，因此光明主宰很偏爱他。光明主宰虽然无法直接赐予他很多主神器，但是让主神使者帮助他，让他得到了足够多的主神器。现在，他拥有三件主神器。

若是他被达到了大圆满境界的上位神弄去空间乱流中，光明主宰会把他从里面救出来。

"怎么回事？"奥古斯塔族族长低沉地问道。

蒙特罗垂着脑袋，语气中满是不甘："族长，是雷斯晶！我本不怕他，没承想他竟然带着一个少年一起对付我，那少年是噬神鼠。"

“噬神鼠……”奥古斯塔族族长明白了。

要解决他这个侄子的最强神分身，很难，但是噬神鼠能做到。

“族长，对付我的是青龙一族的一名青年以及那只噬神鼠，他们和雷斯晶待在一起。”蒙特罗痛苦地说道。

“雷斯晶，”奥古斯塔族族长摇头说道，“那可是紫荆主神唯一的孩子。解决雷斯晶这件事情我绝对不会答应。”

奥古斯塔族族长明白，即使是他的父亲光明主宰，也不会去对付紫荆主神的。其实，光明主宰有实力对付紫荆主神。不过，紫荆主神是毁灭一系的七大主神之一，而毁灭一系七大主神中的最强者毁灭主宰的实力在光明主宰之上。最重要的是，光明主宰不可能为自己的一个孙子去对付一个主神。

“族长，我知道你为难，但是我希望你看在多年来我为家族立功的分上为我报仇。”蒙特罗满心不甘，低沉地说道，“我没想过要解决雷斯晶，我只希望族长能对付青龙一族的那小子和那只噬神鼠。”

蒙特罗很恨林雷、贝贝，若非林雷缠住他，他早就逃掉了，毕竟贝贝没能力缠住他。

闻言，奥古斯塔族族长沉默了。

蒙特罗连忙说道：“族长，绿衣、夏斯威他们的最强神分身也没了，此次我们家族的损失很大，之前从来没有过这样的情况。若是被其他人知道了，我们家族颜面何存？难道我们奥古斯塔家族一点骨气都没有？”

“嗯……”奥古斯塔族族长眉毛一扬，显然被说动了。

## 第694章
# 安排

奥古斯塔族族长皱着眉头站在阳台上，转头眺望远处的神狱海，沉默了。

"族长！"蒙特罗再次喊道，可奥古斯塔族族长没有回应。

蒙特罗知道族长在思考，便不再催促，但心里还是有些焦急："以族长的脾气，很可能不会理会这件事情。如果这样，谁去对付那两人？"

"不行，一定要解决他们两个。"蒙特罗在心中暗道。

蒙特罗想报仇，可是在位面战场上报仇很难，除非他认识达到了大圆满境界的上位神。

不过，达到了大圆满境界的上位神总共就那么多，还分散在各大位面，光是要找到一个达到了大圆满境界的上位神就很难，更别说请他们出手了。

不是所有人都能像精灵奥卡罗威尔那样，令达到了大圆满境界的上位神欠自己一个人情。不说蒙特罗，就是奥古斯塔族族长也没十足把握请到一个达到了大圆满境界的上位神。

一段时间后，奥古斯塔族族长淡漠地说道："将雷斯晶他们队伍那几人的实力描述一遍。"

"是。"蒙特罗大喜，连忙说道，"他们小队，一个是雷斯晶，一个是实力接近乌曼的强者，一个是青龙一族的青年，还有一个就是那只噬神鼠。他们当中雷斯晶最强，噬神鼠也很可怕，毕竟天赋神通太过厉害。"

奥古斯塔族族长猛然转头，锐利的目光看向蒙特罗："那实力接近乌曼的强者没什么特殊之处吗？"

"乌曼足以对付他。"蒙特罗很确定地说道。

在蒙特罗看来，乌曼有攻击主神器，若和雷洪战斗，能克制雷洪，即使战斗过程艰难点，乌曼也能解决雷洪。

"要解决那只噬神鼠和青龙一族的那个青年，难度不小。"奥古斯塔族族长沉吟后道。

实际上，绿衣、夏斯威等人不是奥古斯塔家族的直系族人，即使殒命了，对他的家族也没影响。毕竟损失一个主神使者，主神可以再收一个。

蒙特罗急了，连忙说道："族长，你是知道雷斯晶那个人的，他可是唯恐天下不乱。他和我们家族本就有矛盾，此次他获胜，肯定会四处炫耀这件事情。若是我们家族一点反应都没有，那……"

奥古斯塔族族长听得又皱起了眉头，那颗痣似乎越来越红了。

奥古斯塔族族长当即下令："蒙特罗，你去将乌曼请来，同时，你赶紧派人去将切格温请来。"

乌曼的最强神分身在位面战场，其他神分身待在族内。至于切格温，住在神狱海，是光明主宰麾下的一名主神使者，和奥古斯塔家族的关系也算密切。

"是。"蒙特罗不禁大喜。

"看来有希望了。"蒙特罗心中激动万分。

虽然他不知道族长会如何安排，但是族长既然了解了雷斯晶一方的实力，就定会派出有能力的队伍。

不出手则已，一出手必赢。

位面战场的一片荒野上。

呼——寒风呼啸，飞沙走石，两个人正并肩行走着。

其中一人一袭金色长袍，银色短发，面容冷峻，正是之前与雷斯晶对战，而后侥幸逃脱的乌曼。

乌曼身旁的人又高又瘦，披着一件绿色长袍，眉心有一只闭着的竖眸。此人是切格温，是奥古斯塔族族长请的一名超级强者，无惧噬神这一招。

"族长真是偏爱蒙特罗，为了这事还打算报复一场，"乌曼嗤笑道，"竟然把你给请来了。"

切格温淡然一笑："乌曼，族长是主宰最宠爱的儿子。族长都亲自跟我说了，我怎么能不给面子？不过，乌曼，雷斯晶那四人能将你们逼到那种程度，他们实力不错啊。"

"我说过，也就那噬神鼠难缠。"乌曼自嘲道。那一战传出去，对他的名声有些影响。

"不过此次我们有十足把握对付他们了。"乌曼又微笑道。

"还不一定呢，除非那位肯答应。"切格温摇头说道，"他可不一定会答应这件事情。"

"如果那位不答应，单凭我们两人，要对付雷斯晶那四人，还是有难度。"乌曼看向前方。

谈话间，他们两人已经来到了一座兵营的前面。

士兵们立即警惕地看向他们两人，敢独立行走在位面战场的，一般都是绝世强者。

乌曼开口说道："去向你们的统领传报一下，就说乌曼来拜访了。"

"两位大人请等一会儿。"其中一名士兵略微躬身，然后进去通报了。

片刻后，那名士兵出来了，说道："两位，统领大人请你们进去。"

乌曼和切格温微笑着并肩而行，很快来到了一座古朴庭院的门口。

此刻，门口正站着一名英俊的金发青年，金发青年一看到乌曼两人就笑了起来："乌曼，啊，没想到还有切格温先生。两位来我这里真是难得啊，请进，请进。"

乌曼连忙上前低声问道："拉姆森，马格努斯先生可在？"

"他在。"拉姆森回答，"你们是来找他的？"

"对。"乌曼微微点头说道。

这时候，一个平淡的声音从里面传出来："乌曼、切格温，进来吧，好久没见到你们两个了。"

乌曼、切格温不再迟疑，当即和拉姆森一同进入庭院内。

庭院中，一张石桌旁的一把黝黑的木椅上正坐着一名男子，在随意地翻阅一本书。

这名男子有一对长至耳垂的银色眉毛，还有一头长至腰部的柔顺银色长发，皮肤晶莹剔透，脸上没有胡须。

"马格努斯先生。"乌曼、切格温微微躬身。

马格努斯将手中的书放在桌上，淡笑着瞥了两人一眼，说道："坐。"

乌曼、切格温坐下后不禁对视一眼，都感受到了压力。他们眼前的马格努斯是巅峰强者，外界盛传马格努斯疑似达到了大圆满境界。乌曼他们两人十分清楚，马格努斯的确达到了大圆满境界。

马格努斯修炼命运规则，在这方面达到了大圆满境界，而且在灵魂方面有进行深入的研究。

"你们两人似乎有难开口的话要说啊。"马格努斯淡笑道。

切格温深吸了一口气，说道："马格努斯先生，前不久在位面战场上，雷斯晶带领的一支小队和蒙特罗带领的小队对上了。蒙特罗这支小队损失惨重，有四个人失去了最强神分身，乌曼侥幸逃脱。"

"这么厉害？"马格努斯有些惊讶，不禁看向乌曼。

乌曼惭愧地说道："他们队伍中有一人是噬神鼠。"

马格努斯恍然大悟，旁边的拉姆森笑道："早就听说位面战场上有一只噬神鼠，原来在雷斯晶的队伍中。蒙特罗这边四个人的最强神分身没了，乌曼逃脱了，也就是说蒙特罗的最强神分身也没了？"

"对。"乌曼点头说道。

"是你们的族长汉金让你们来的吧。"马格努斯淡笑道。

乌曼无奈地笑了一声，说道："马格努斯先生，既然你都猜到了，那我们就直说了。没错，是族长让我们来请你的，毕竟在位面战场上能对付雷斯晶他们的强者很少。"

"汉金他脑子有问题吗？竟然让我去对付雷斯晶。"马格努斯不禁皱着眉说道。

敢说汉金脑袋有问题的人不多，马格努斯就是一个。当年他们两人实力弱的时候，曾经一同在光明系神位面闯荡过，两人之间有交情。正是因为这样，汉金才会请马格努斯帮忙。想请动达到了大圆满境界的上位神，即使有主神帮忙也没有用，只能靠人情或朋友关系。

"不、不，"乌曼连忙说道，"这点请你放心，族长这次请你不是去对付雷斯晶，而是解决另外三人。"

"那噬神鼠解决不了。"马格努斯摇头说道。

"马格努斯先生，难道你担心贝鲁特？"乌曼不禁问道。

一旁的拉姆森笑道："马格努斯先生当然不会在乎贝鲁特。不过，你们不知道吗？拜厄先生之前去对付过那只噬神鼠，但解决不了那只噬神鼠。拜厄先生在那之后在我这里居住了数月，和我们谈过此事。"

"拜厄？"乌曼、切格温相视一眼。

"噬神鼠的物质防御十分强，他还有灵魂防御主神器，除非将他弄到空间乱流中去。"马格努斯说道，"不过以他的物质防御水平，即使在空间乱流中，他估计都能活下来，最多迷失方向罢了。如果贝鲁特请主神出面，还能在空间乱流中找到他。"

乌曼、切格温这才明白噬神鼠有多难缠。

"你们若要动手，只能解决青龙一族的那个青年和另外一个人。"马格努斯淡笑道。

"马格努斯先生，如果你出马，肯定不会有任何问题。"乌曼连忙说道，切格温也期待地看向马格努斯。

马格努斯嗤笑一声，看向乌曼："汉金那小子和你说了什么？"

"族长说若马格努斯先生这次肯帮忙，他会给先生一颗异云石的。"乌曼说道。其实，当初族长这么跟乌曼说时，乌曼有些不理解。异云石在光明系神位面虽然比较少见，但是并不怎么值钱，还不及一件上位神器。

一颗异云石就能请马格努斯出手，哪有如此简单的事情？

"汉金这小子总是这么奸猾。"马格努斯笑着站了起来，"那我就随你们走一趟。"

乌曼、切格温不禁感到惊讶，马格努斯竟然答应了。

"不过我只负责拦住雷斯晶，那两人由你们来解决，至于那噬神鼠，你们无视即可。"马格努斯淡笑着说道。

这三人出马，对付雷斯晶他们轻而易举。实际上，马格努斯一人就能对付他们了。

"拉姆森，那我就先走了。"马格努斯笑道。

"我等先生胜利归来。"拉姆森笑道。

随即，马格努斯跟着乌曼、切格温离开了兵营。

看着三人离去的背影，拉姆森摇头叹息一声："没想到奥古斯塔族族长能请动马格努斯先生，看来这一战一点悬念都没有了。"

## 第695章

# 找到了！

荒野之上，三道身影并肩站立。

"马格努斯先生，就是这里。"乌曼说道。

马格努斯环顾周围，微微点头说道："雷斯晶四人对付完你们三个后是在这里分开的，那就以这里为中心慢慢搜索吧。"

马格努斯认为雷斯晶四人不会走太远，应该还在附近某处休息。

"麻烦马格努斯先生了。"切格温笑着说道。

"就当作是散步吧。"马格努斯淡笑道，"不过这么搜索，你们两位可要做好准备，或许要搜索很久。"

快的话，一两天就能找到他们；慢的话，就不知道要多久了。

"马格努斯先生都愿意陪我们搜索，我们怎么会着急？"乌曼、切格温笑着说道。

于是，他们三人展开神识开始用神识探察。

三人中，马格努斯的神识覆盖范围比乌曼、切格温的要大，毕竟他是达到了大圆满境界的上位神。

搜索的日子很枯燥，不过马格努斯丝毫不急，优哉游哉地搜索着，似乎在游览位面战场一样。

时间流逝，一转眼就过去了三个月。

搜索途中，凡是发现大山、土丘，马格努斯他们就会仔细地搜索一遍。今天，他们到了羊角山。

"羊角山比较大，我需要更多的时间仔细搜索。"马格努斯嘱咐乌曼、切格温，而后靠近羊角山，沿着羊角山的山脚仔细搜索起来。

仅仅片刻，一个声音在乌曼、切格温的脑海中响起："哈哈，你们两人过来，我找到他们了。"

在找寻了三个月后终于发现了目标，马格努斯此刻自然高兴得很。

"找到了！"乌曼、切格温的脸上也露出笑容，立即飞了过来。

"你们两人别弄出动静。"马格努斯神识传音。

达到了大圆满境界的上位神能轻易收敛自己的气息，一般的统领是察觉不到的。

当初拜厄找林雷他们时就是这样做的，待拜厄主动暴露气息，林雷他们察觉到的时候，拜厄已经进入山中了。

"他们四人现在正聚在一起谈话。他们还真会享受，山腹竟然有一座很不错的府邸。"马格努斯神识传音，语气中带着笑意。

片刻后，马格努斯恍然大悟："哦，原来噬神鼠叫贝贝，另外两人一个叫林雷，一个叫雷洪。"

显然，他通过雷斯晶四人的对话知道了其余三人的名字。

"贝贝、林雷、雷洪……"乌曼、切格温喃喃道，他们之前都不清楚雷斯晶一方人马的名字。

"准备动手吧。"马格努斯淡笑道，"你们按照我说的做……"

马格努斯神识传音，安排乌曼、切格温的任务。

羊角山洞府内。

之前一战大获全胜后，林雷他们又回到了羊角山这处洞府。

在这里，林雷他们四人都开心得很。林雷的神分身在修炼，本尊则陪着贝贝、雷斯晶，和他们闲聊。

"来，咱们干杯！"雷斯晶笑着举杯。

林雷、贝贝、雷洪也笑呵呵地举杯，然后一饮而尽。

"贝贝，不是我这个做大哥的说你啊。"雷斯晶一拍贝贝的肩膀，笑着说道，"你看我，这三个月好歹大部分时间在认真修炼，只是偶尔和大家乐和乐和。你呢，修炼一两天就没耐心了，你这样啥时候能融合奥义啊？"

"融合？"贝贝摸着鼻子嘿嘿一笑，"算了，我还是多吃点神格，将身体强化到极限再说。按照我贝鲁特爷爷说的，我还差得远呢，连炼化神格、制造兵器都有难度。"说着，贝贝拿起一枚上位神神格往嘴里一扔。他有很多上位神神格，都是从贝鲁特那里得到的。

在正常情况下，神格是无法被毁坏的。除了噬神鼠，没有人能毁坏神格。因此，在地狱、冥界等地方有很多神格。

其实，主神会搜集这些神格，以减少各大位面的神格数量。物以稀为贵，若神格太多，就会令神格变得不值钱。一段时间后，至高神就会收走这些被主神搜集到的神格。

贝鲁特身为主神使者，自然能从主神那里得到大量神格。因此，贝贝有很多上位神神格。

"吃神格，真厉害。"雷斯晶赞叹道，"我也想吃，可是做不到。"

贝贝一怔，而后低头看了看手中的神格，顿时眉开眼笑："雷斯晶，你不说我都没发现，原来吃神格是我独一无二的绝活啊。对了，我贝鲁特爷爷也会。"

说着，贝贝故意把一枚上位神神格抛向半空，上位神神格落下，正好掉进了他的嘴里。

吃完后，贝贝还得意地向林雷、雷斯晶他们扬眉。

林雷见状，不禁笑了。

之前，林雷的日子过得有些压抑，因为统领徽章的数量还不够。现在，林雷的日子过得很轻松，因为他已经凑齐了四枚统领徽章。

"现在，我只要慢慢等待，直至大决战结束。"林雷根本不打算参加大决战，最多在一旁围观。他认为自己很难再得到统领徽章了。

就在这时——

"嗯？神识？"林雷他们四人猛地站了起来，都感知到了一道神识。

"要么是达到了大圆满境界的上位神，要么是灵魂变异的上位神。"林雷瞬间便做出了判断。

砰——

爆裂声响起。

"雷斯晶。"一个温和的声音响起。

林雷他们四人透过院门，看到廊道中有三道身影飞来，瞬间就落到了院落中，为首之人面白无须，银色眉毛垂下。

看到这人，林雷他们四人吓了一大跳。

"我们又见面了。"乌曼冷笑道。

"竟然是他们三个。"林雷对他们有所了解，"为首的是马格努斯，疑似达到了大圆满境界。根据刚才的情况来看，他应该真的达到了大圆满境界。乌曼身旁的是切格温，本体是神兽狻猊，和帝林一样。这下糟糕了。"

切格温比乌曼难缠，而马格努斯更是无敌的存在。

"你们打算干什么?!"雷斯晶突然上前一步，大声喝道。

与此同时，雷斯晶神识传音："情况不妙啊，马格努斯是达到了大圆满境界的上位神，切格温有灵魂防御主神器，贝贝的噬神对他没有用。我们要是跟他们斗，一点希望都没有。现在只有一个办法——逃！我们分散逃吧，能逃一个是一个。"

"我们干什么？"马格努斯淡笑一声。

轰！院落内原本平整的灰色石头地面仿佛浪涛一样陡然涌动起来，直接朝马格努斯三人袭去，挡住了他们的视线。

"逃！"雷斯晶神识传音。

林雷、贝贝、雷洪没有一丝战斗的念头，毫不犹豫地冲向石头墙壁。

"老大，你快逃！现在你和雷洪最危险。"贝贝灵魂传音，心中十分焦急。贝贝明白他们四人中，他的防御最厉害，对方对付不了他；雷斯晶是紫荆主神唯一的儿子，对方不敢对付雷斯晶；林雷、雷洪的情况最糟糕，很有可能会被对方针对。

此时，林雷把身体融入石壁中，而后疾速逃跑。

地行术！

"谁都逃不掉。"一个淡漠的声音响起，同时，方圆数百米范围内的山石诡异地嗡嗡作响，而后全部化为齑粉。羊角山的底部就这样少了一部分，上方不少山石滚落下来，令林雷他们四人都露出了身影。

"什么力量？"林雷十分震惊，感受到了一股让人难以反抗的力量。

片刻后，林雷脸色一变："命运规则！"

在四大规则中，命运规则十分诡异、可怕，也极难修炼，通过修炼命运规则达到大圆满境界的上位神也比其他达到了大圆满境界的上位神更难缠。

嗖嗖——两道身影疾速飞向林雷他们，然后冷冷地看着林雷他们。

"你们是逃不掉的，我说过。"马格努斯淡漠地说道。

"马格努斯，你到底要怎样？"雷斯晶怒道。

"放心，我来只对付这两个人——"马格努斯笑着指了指林雷，又指了指雷洪，"林雷和雷洪。解决了他们两人，这件事情就算了结了。雷斯晶，你和贝贝可以继续好好地待在位面战场。"

"做梦！"贝贝站在林雷的身旁怒吼道。

林雷警惕地看着眼前的乌曼，又看了看不远处的马格努斯，知道此次十分危险。马格努斯是达到了大圆满境界的上位神，乌曼、切格温的实力也不差，林雷要想活着离开，很难。

"若雷林先生在这里，我还有希望活下来。不过，即使雷林先生知道我身处险境赶过来帮我，也不可能立即赶到，距离太远了。"林雷很清楚，就是主神也做不到瞬移，更别说达到了大圆满境界的上位神。

"马格努斯，你——"雷斯晶开口了。

马格努斯呵斥道："雷斯晶，你最好别插手。以我在灵魂方面的能力，解决你也不是难事，你还是在一旁看着就好。"

回答马格努斯的，是一柄射过来的紫色骑士枪。

"真无聊。"马格努斯手一翻，手中出现了一根银色长鞭。他手一挥，长鞭甩出去卷住了骑士枪，而后骑士枪犹如长蛇一样袭向雷斯晶。

雷斯晶正要施展天赋神通，却被那根银色长鞭卷住了。

"你不是我的对手。"马格努斯淡漠地说道。

"动手吧。"马格努斯对乌曼、切格温下令。

林雷、雷洪都没逃，因为他们知道在马格努斯的面前他们是逃不掉的。之前，林雷他们四人被达到了大圆满境界的拜厄追杀，最后能活下来是因为拜厄当时想解决的是贝贝。当拜厄发现自己解决不了贝贝后便放弃了。

这次的情况和上次不同，这次马格努斯他们不想解决贝贝、雷斯晶，只想解决林雷、雷洪。林雷和雷洪没有贝贝那逆天的防御力，很有可能会被马格努斯他们解决。

林雷和乌曼对视。

"想解决我？没那么容易！"林雷立即变为龙化形态，身上爆发出黑光。

他使用了一滴毁灭主神之力。

乌曼使用了一滴光明主神之力，身上爆发出白光，冷笑着看向林雷："原来你叫林雷。上次你逃了，这次你逃不掉了。"

"上次战斗没结束，这次继续。"林雷冷冷地看着乌曼。

之前林雷远不是乌曼的对手，现在林雷已经融合了地系元素法则中的四种奥义，这次对战会是何种结果？

## 第696章
# 情况不妙

现在，雷斯晶这一方明显处于劣势。

"浑蛋，浑蛋！"雷斯晶咆哮着，疯狂地挣扎着，可是那根银色长鞭犹如蛇一样紧紧地缠住了他。

雷斯晶想借助能量逃逸，但是银色长鞭上的神力让他用不了能量。

"马格努斯，我会让你后悔的！"雷斯晶怒吼道。

马格努斯瞥了一眼雷斯晶，淡笑着说道："雷斯晶，你还是省些力气吧。"说完，他瞥向林雷和乌曼。

乌曼手中出现了一柄泛着寒光的狼牙棒，他狰狞一笑："林雷，我会用它对付你，直至你的灵魂消散。死在我的手中，死在主神器之下，你应该感到荣幸。"

"贝贝！"林雷低喝一声。

"老大。"贝贝应道。

"怎么，要请帮手？"乌曼嗤笑道，"你们两个可以联手，我一点也不介意。"

乌曼很清楚贝贝的实力，贝贝只有天赋神通噬神可怕，其他的攻击对他没威胁。战斗时，他完全可以无视贝贝。

林雷将四枚统领徽章放到贝贝的手中，灵魂传音："贝贝，记住，即使我死了，你也得去找死亡主宰。"

"老大。"贝贝担忧地看向林雷，同时将四枚统领徽章收入空间戒指中。

林雷完成这件事情就松了一口气。如果他殒命了，连这四枚统领徽章也没了，那就惨了。

"老大，你千万别犯傻，不要和乌曼拼命。"贝贝灵魂传音，"等一会儿我去缠住马格努斯，你想办法逃。马格努斯解决不了我，他最多想办法把我弄去空间乱流中。在空间乱流中，别人有可能会殒命，但是我不会。老大，你和我灵魂相连，能感知到我的大概方向，只要你活着出去找到贝鲁特爷爷，到时候我就能出去。"

就在这时，旁边传来轰鸣声，雷洪已经和切格温动手了。

"林雷真是啰唆。"乌曼低哼一声，然后朝林雷冲来。

嗖——那柄狼牙棒划破长空，向林雷的脑袋砸来。

陡然，一个直径百米，泛着黑光的土黄色光罩出现，笼罩住了乌曼。

黑石牢狱！

林雷那双暗金色的眼睛看着对手，覆盖鳞甲的双腿猛地一蹬地面，持着留影剑迎了上去。留影剑所过之处，空间出现裂缝。

贝贝看到这一幕不禁有些疑惑："老大怎么没用寸地尺天那一招？那一招蕴含了强大的束缚力。他现在这一剑的威力不及那一招，对方完全能挡住这一剑啊。"

其实，这一剑除了没有那么强大的束缚力，在其他方面的威力和寸地尺天一样大。

锵！

留影剑和狼牙棒相撞，林雷忍不住后退。

"咦？"乌曼对眼前这一幕感到惊讶。之前和他交手时，林雷很容易受伤，甚至会被反弹的留影剑伤到。现在，他的攻击力只是略有一些优势罢了。

林雷咧嘴冷漠一笑："不过如此。"

"现在说还太早了！"乌曼一晃，再次冲向林雷。


雷斯晶被银色长鞭捆住了，动弹不得，只能担忧地看着眼前的两场战斗。

林雷靠着黑石牢狱这一招还能勉强对付乌曼。雷洪这一战的情况却凶险得多，此时他已经变身为十米高的巨人——大地君王。

轰隆隆的声音不断响起，雷洪和切格温战斗的动静很大。相比而言，林雷和乌曼的战斗动静很小。

雷洪的一拳一腿都带着无可匹敌的力量，而切格温的一拳一腿更为可怕，犹如锋利的刀子在雷洪的身上留下了深深的伤口。

砰！雷洪被砸得如陨石一样狠狠撞向山壁，使得山壁爆裂，碎石乱飞。他的胸膛更是凹陷下去了。

"情况不妙。"雷斯晶十分焦急，"切格温不仅有物质防御主神器，还有灵魂防御主神器，十分难缠，别人基本伤不到他。雷洪只擅长物质攻击，这样下去……"

这样下去，雷洪就是个靶子。

雷洪也意识到这一点了，于是尽量靠近林雷，希望进入林雷的光罩中："如果是在那个光罩中，我的速度就有优势。"

可是他们这场战斗由切格温主导，切格温已经将雷洪打得远离林雷了，他们现在在一处荒地战斗。

"这么下去雷洪会死的！"雷斯晶死死地看着马格努斯，双目通红，愤愤地说道，"马格努斯，你这个浑蛋！我告诉你，如果我的朋友死了，我不会放过你的，一定不会！你让切格温马上停手，马上！"

马格努斯只是淡然一笑。

"雷斯晶，你还是在这里歇息吧。"马格努斯根本没将雷斯晶的威胁放在眼里。

虽然雷斯晶的母亲是紫荆主神，但是马格努斯并不担心这一点，因为他知道主神一般不可能自降身份去对付神级强者，更何况他没有对付雷斯晶。

"林雷，你赶紧逃，想办法逃！"雷斯晶急了，连忙神识传音，"我和贝贝没事的，你赶紧逃。"

林雷没有回应雷斯晶，还在跟乌曼进行激烈的战斗。爆炸声、轰鸣声不断，羊角山山脚的大片山石被轰成了碎片。林雷显然处于下风，身上也出现了许多伤。两人战斗着，也到了外面的荒野上。

"老大到底怎么想的？他怎么不使用绝招？"贝贝不解，连忙飞过去。

"去看看。"马格努斯手持长鞭，拖着雷斯晶朝林雷他们飞去。

荒野上，相距数千米的两个地方，正在进行着疯狂的战斗。

"这林雷的实力不错，不过他坚持不了多久。"马格努斯笑着评价道，"那雷洪估计比林雷先死。"

"哼。"贝贝瞥了一眼马格努斯，心底对林雷抱有一丝希望，"老大到现在都还没使用绝招，应该有什么计划。关键时候，我一定要帮到老大。"贝贝在一旁时刻准备着。


一片荒野上，一道人影在疾速移动。

一袭白袍，一头黑色长发，一对赤红色的眉毛，正是雷林。此刻，他的速度已经达到了极限，一眨眼的工夫就消失在这片荒野上。

"林雷，你可要坚持住啊！"雷林在心中暗道，以最快的速度朝林雷赶去。

其实，雷林之前经常使用主神之力来查看林雷的情况，不过在林雷融合了地系元素法则中的四种奥义后，他查看的次数就减少了，只是偶尔查看一次。

前不久，他使用主神之力查看林雷的情况时，发现了马格努斯等人，知道林雷身处危机，便立即赶过去。

统领之间的战斗只是一眨眼的事情，雷林来得及吗？


林雷身上黑色光晕流转，乌曼身上白色光晕流转，两人都使用了主神之力，疯狂地战斗着。目前看来，乌曼显然占了上风。

他说道："哈哈，林雷，你的实力是提升了些，可和我比，还差得远！"

砰——

狼牙棒再次和留影剑撞击。

嗖嗖——狼牙棒上陡然射出数十根尖刺，林雷努力闪躲，不让这些尖刺射中自己的脑袋。这些尖刺的威力并不太大，但因为数量多，还是在林雷的身上留下了好几个窟窿。

渐渐地，林雷身上的伤越来越多，他也来不及用神力治疗。

"主神竟然打造了这么一件主神器。"林雷在心中暗道。

乌曼发现林雷的实力提升后，就开始使用现在这一招。这一招没有蕴含奥义，威力较小，但乌曼多使用几次，还是让林雷的身上布满了伤。

"距离差不多了。"林雷一边应付乌曼，一边留意远处的马格努斯。

"林雷，你身体的防御够强，若是一般统领面对我这一招，一两个来回就得殒命。你身上已经有这么多伤口了，抵挡的力道一次比一次弱，你就快扛不住了。"乌曼神识传音，语气中满是不屑。

乌曼继续挥舞狼牙棒，所过之处，空间出现裂缝。

"就这次！"林雷刺出一剑。

乌曼脸色陡然一变，他看到一百零八道泛着黑光的土黄色光芒向他袭来。瞬间，他感受到了一股强大的束缚力，难受得很。

"啊！"乌曼突然大吼道，眼中有一丝惊恐。在那股束缚力的作用下，他动弹不得。

嗖——关键时刻，狼牙棒朝留影剑射出大量的尖刺，把留影剑打偏了。

"就是这时候！"林雷立即收剑，猛地窜入地底。

"差一点就完了，林雷竟然还藏着这么一招！"乌曼吓出了一身冷汗，然后反应过来，"林雷他逃了？"


"逃了？"在观战的马格努斯脸色一变，也不管那雷斯晶了，收起银色长鞭，化作一缕青烟朝远处飞去。

雷斯晶刚反应过来，马格努斯就已经飞老远了。

"别想抓我老大！"贝贝怒吼道，突然扑向马格努斯，他早就做好了准备。

"滚开！"马格努斯没有闪躲，直接一鞭子抽向贝贝。

"嗯？"马格努斯发现贝贝竟然死死地抓着那根长鞭，仿佛疯子一样看着他。

"不要命了？"马格努斯脸一沉。

长鞭猛然一震，贝贝被震得飞了出去，但是为林雷争取了一点时间。

"竟然逃出我神识的覆盖范围了，"马格努斯淡漠一笑，"看来要用主神之力了。"

## 第697章

# 没了？

马格努斯身为达到了大圆满境界的上位神，其神识的覆盖范围很广，远超一般的统领。一旦用了主神之力，神识的覆盖范围将十分惊人。

"原来在那里。"在使用了主神之力后，马格努斯很快就感知到了林雷的方位。

嗖——马格努斯直接蹿入地底。

贝贝远远看到这一幕，眼睛泛红，双拳紧握，无力地跪在了地上，喃喃道："老大，你一定要活着。你当初还说要达到修炼巅峰的，你可千万别这么死掉。"

另一边——

雷斯晶发现雷洪身处险境，怒吼一声，弓着身体，然后全力投掷出了手中的紫色骑士枪。

嗖——一道泛着黑光的紫色幻影撕裂长空，袭向切格温。

切格温只能放弃给雷洪的最后一击，连忙抵挡那柄骑士枪。

锵——

撞击声响起，切格温猛地后退，身体却毫发无伤。

"你休想解决雷洪。"雷斯晶赶了过来，怒视着切格温。

切格温优哉游哉地看着雷斯晶："雷斯晶，你要护着雷洪？马格努斯先生想解决的人，你保不住的。"

雷斯晶何尝不知道，一旦马格努斯回来，雷洪就完了。

"雷洪，你赶紧逃。"雷斯晶神识传音，"逃得越远越好，最好越过星河，到位面战场另一边去。"

"好。"雷洪当即恢复成人类形态，朝星河方向疾速逃去。

切格温想上前阻拦，却被雷斯晶挡住了。

"他逃不掉的。"切格温淡笑道。

此时，乌曼来到了切格温的身旁。乌曼和切格温联手，还是可以对付雷斯晶、贝贝的。


位面战场，地底深处，林雷正在疾速逃跑。

"跑了这么远，乌曼应该追不上了吧。不过若是用主神之力搜索，那就麻烦了。"林雷在心中暗道，"不过，怎么会有两道主神之力在搜索我？"

林雷心底不解。因为使用了主神之力，所以能轻易发现他人对他的搜索。

"林雷，你逃不掉的。"一个声音在林雷的脑海中响起。

林雷脸色一变："马格努斯！"

林雷现在知道其中一个用主神之力搜索他的是马格努斯了。

"另外一个是谁呢？"林雷在心中暗道。

这时候，另外一个声音在林雷的脑海中响起："你赶紧左转，然后沿直线逃。"

林雷一怔，然后反应过来这声音是雷林的。听到雷林的声音，林雷心底又有了希望。

"别掉以轻心！和我比起来，马格努斯距离你比较近。快左转！"雷林十分焦急。

林雷立即朝左侧疾速穿行。

在林雷逃跑时，雷林通过神识和马格努斯交谈起来。

"马格努斯，你放过林雷吧。"雷林请求道。

"不可能！"马格努斯依旧疾速追向林雷，他的速度比林雷快多了。

雷林感知到马格努斯离林雷越来越近，心里十分焦急，担心自己赶不上。

"我要解决一个人，没人拦得住。"马格努斯不给雷林一点面子。

马格努斯感知到雷林也是一名达到了大圆满境界的上位神，但是他不怕雷林，因为他知道达到了大圆满境界的上位神很难战胜同等境界的人。也就是说，他拿雷林没办法，雷林也拿他没办法。


林雷继续逃跑，心念一动，让主神之力弥散开去，很快就发现了马格努斯。

"不好，马格努斯距离我三里，雷林呢？"林雷急了。

林雷虽然做好了赴死的准备，但是也不会轻易受死。

"两里……"林雷知道马格努斯在不断靠近他，"一里！"

以马格努斯的速度，即使在光罩中，他也能追上林雷。

林雷一咬牙："没办法，只能这么做了！"

他猛地朝下方移动。

"嗯？寻死？"马格努斯淡漠一笑，速度丝毫不减。

在位面战场地底，越往下越危险，因为会遇到空间裂缝，甚至碰上空间乱流。那可是一件很可怕的事情。

林雷这么做是死地求生。

"三百米，两百米，一百米……"林雷知道马格努斯离他越来越近了。

嗖——林雷继续冲向地底。突然，一道空间裂缝从他旁边划过，令他身旁的土壤、泥石消失了一片。

林雷明白自己不能再往下了，下方百米处的空间裂缝更多。

"有本事再下去啊。"一个揶揄的声音响起，是马格努斯。

林雷感知到马格努斯在他上方二十米处，但他忽然惊喜起来，因为他感知到雷林与他相距不足十里。

"速度真快，"马格努斯意识到了雷林的可怕速度，"似乎比我还快。"

"不过来不及了。"马格努斯冷漠地看了一眼下方的林雷。

"林雷，竟然有一个达到了大圆满境界的上位神来救你，不过，来不及了。"马格努斯神识传音，同时，他的手中出现了一个拳头大的透明光球，里面盛开着一朵莲花。

林雷不敢再深入地底，只能往一旁疾速逃跑，想和马格努斯拉开距离。

"住手！"雷林说道。

马格努斯只是哼了一声，便掷出了手中的透明光球。

嗖——

透明光球的速度很快，一眨眼的工夫，它就进入了林雷的体内，袭向林雷的灵魂海洋。

"破！"林雷使用主神之力疯狂地攻击透明光球。

在林雷的灵魂海洋中，透明光球光芒大涨，竟然包裹住了由灵魂防御主神器形成的薄膜。那朵莲花通过之前的豁口，欲袭击林雷的灵魂。

林雷的灵魂能量根本无法阻挡。

这朵莲花突然旋转起来，发出耀眼的光芒，犹如太阳一样照耀林雷的灵魂海洋，并迅速射向林雷的剑形灵魂以及三大神分身。

林雷拼命控制主神之力去冲击那朵莲花，但是毫无作用。最终，那光芒射中了林雷的剑形灵魂以及三大神分身。

"父亲、耶鲁老大、乔治……迪莉娅，你的哥哥……你们都会回来的，我没让你们失望……"林雷嘴角微微上扬，露出一丝笑容，而后便没意识了。

"在地底深处来个死里逃生？"马格努斯知道林雷现在的状况，"我这一招对擅长物质攻击的强者很有效。"

他这一招灵魂攻击完全可以进行远距离攻击，即使在位面战场的地底深处，对方也逃不掉。

"嗯？"马格努斯陡然看向不远处。

哧哧——周围的土壤瞬间消失，林雷的身体悬浮起来。

一道白袍身影出现，来到林雷的身旁，而后伸手托住了林雷的身体。

"嗯？"雷林眉头微微一皱。

"你就是那个达到了大圆满境界的上位神？"马格努斯眉毛一扬，看向雷林。

雷林哼了一声，往地上冲去，凡是阻拦他的泥石瞬间化为虚无。

"有意思。"马格努斯也往地上冲去。


雷斯晶、贝贝担心林雷，疾速朝这边赶来。乌曼、切格温也同样在赶来。他们四人都使用了主神之力，很快就感知到了雷林。

"雷林先生在……"贝贝心底有了一丝希望。

可是当林雷遭受马格努斯那一招灵魂攻击时，贝贝感知到林雷的灵魂正在逐渐衰弱。上位神的灵魂是很强大的，在贝贝原本的感知中，林雷的灵魂如太阳一般耀眼，可现在……

仅仅片刻，贝贝就感知不到的林雷的灵魂了，他的眼泪瞬间就流了下来。

老大没了？

没了？

贝贝痛苦得想吼叫，却发现自己突然发不出声音了。

旁边的雷斯晶见状，知道情况不妙，赶紧用主神之力探察，发现自己竟然感知不到林雷的气息了。

"没了？"雷斯晶一脸难以置信，"不，不可能！"

很快，雷斯晶、贝贝便远远地看到了一道白袍身影，以及躺在地上的林雷。此时，林雷身上的主神之力气息已经消散，马格努斯则淡漠地站在一旁。

"马格努斯！"贝贝双眼通红，咆哮道，"你记着，我一定会解决你的，一定会！"

"我等着你。"马格努斯淡漠一笑。

想解决达到了大圆满境界的上位神？如果达到了大圆满境界的上位神要逃命，就是主神也没有办法阻拦。

"我们走吧。"马格努斯淡然说道，乌曼、切格温微微点头。

经过雷林身边时，马格努斯突然转头看向雷林："你叫什么？"

"你不配知道。"雷林淡漠地说道。

马格努斯眉毛一扬，冷哼一声，与乌曼、切格温一同离开了。


林雷躺在一片狼藉的地上，没有一丝气息。

雷斯晶、贝贝赶紧飞了过来。

雷斯晶还是不敢相信："不可能，他不可能就这么没了啊！他有我母亲的魂石，怎么会就这么没了？"

贝贝走近林雷："嗯？老大的灵魂？"

贝贝隐隐感知到了林雷的灵魂，不过很弱。

即使贝贝的灵魂与林雷相连，他也要靠得很近才能勉强感知到林雷的灵魂。

"老大没死！"贝贝惊喜地喊道。

"我探查过了，"雷林叹息道，"虽然林雷现在还没有死去，可是他的灵魂好像寒风中的火苗，随时都有可能熄灭。幸亏那颗魂石在消耗自身能量以维持他的一丝生机，否则他早死了。"

## 第698章
## 灵魂变异?

"魂石维持他的一丝生机?"贝贝连忙询问道。

雷林点头说道:"没错,这是魂石的特殊之处。"说完,他看向雷斯晶。

雷斯晶点头说道:"这是事实。紫晶山脉的紫晶蕴含灵魂能量,由紫晶山脉孕育诞生出来的紫晶神兽在灵魂方面自然强。紫晶神兽能孕育灵魂能量精华——魂石,不过这个过程很艰难。魂石是紫晶神兽的宝贝。就像我,有一颗魂石,那是我用来保命的,当然舍不得给他人。"

"我母亲是主神,由紫晶山脉孕育诞生,存在时间悠久,因此不止孕育出一两颗魂石。"雷斯晶感叹道,"魂石是保护灵魂的宝贝。拥有魂石的人若是被主神攻击了,它或许发挥不了作用;若是遭受了上位神的灵魂攻击,它就能发挥作用。"

雷斯晶说着看向林雷。

"可我老大怎么没有醒呢?"贝贝还是很焦急。

"林雷他……"雷斯晶无奈地说道,"唉,马格努斯不是一般的上位神,是达到了大圆满境界的上位神,很擅长灵魂攻击,修炼的又是命运规则,他那一招的威力非同小可。林雷即使有魂石,也不一定……"雷斯晶也没有底气。

"林雷这次的情况很糟糕。"雷林严肃地说道，"马格努斯的灵魂攻击能量已经渗透林雷的灵魂了。因为有魂石的能量，林雷的灵魂才没有彻底全完蛋。不过，他现在的情况很糟糕。"

林雷现在处于昏迷中，没有意识。在贝贝的记忆中，迪莉娅和奥利维亚也有过这种情况。

"迪莉娅和奥利维亚当初也遇到过这种情况，但最终都没事。"贝贝连忙说道，"奥利维亚还因为那次昏迷而灵魂变异了。"

雷林说道："我知道迪莉娅的那件事情。对方只是修炼生命规则的一名七星使徒，连统领都不是。对林雷下手的可是马格努斯！可以这么说，在灵魂攻击上，上位神中无人能超过马格努斯，最多和他相当。所谓攻击容易救治难，被马格努斯伤到的人很难救。"

"那主神能救吗？"贝贝连忙问道。

"没用的。"雷斯晶摇头说道，"主神比上位神厉害，主要是因为主神的意念厉害。可是在对法则奥义的领悟上，主神不一定赶得上达到了大圆满境界的上位神。"

雷斯晶的母亲就是主神，因此他很清楚这些。

主神一样要研究法则奥义，不过成为主神和研究法则奥义没有关系。现在的七十七位主神中，能像达到了大圆满境界的上位神那样，将某种元素法则或者规则中所有奥义融合的主神少之又少。主神的实力之所以远超达到了大圆满境界的上位神，是因为主神有威势，这是天地法则赋予的，不可逾越。

"马格努斯身为达到了大圆满境界的上位神，也被天地法则赋予了一种权力——蕴含天地法则的意念，因此他的攻击中蕴含了这种意念。"雷斯晶说道，"在这种情况下，他施展的灵魂攻击威力很大。"

贝贝听了，更是焦急万分。

"的确难救。"雷林说道，"除非至高神出手，不过至高神岂会为林雷出手？"

贝贝有些绝望了，但还是不死心地说道："奥利维亚当年昏迷了很久，最终活过来了啊，还灵魂变异了。"

"的确，这种昏迷情况容易发生灵魂变异。"雷林无奈地说道，"贝贝，你知道吗？陷入昏迷后，死亡的概率更高。"

"那奥利维亚昏迷后为什么会灵魂变异？"贝贝又问道。

"原因我不太清楚。"雷林摇头说道，"奥利维亚在昏迷前就是修炼黑暗系元素法则和光明系元素法则的。他昏迷后醒过来，那就是灵魂变异成功了，就能融合这两种元素法则了。"

"不过，灵魂变异成功的人很少。"雷林叹息道，"拥有两个神分身，也就是修炼两种元素法则的人，灵魂变异成功的概率就已经很低了。拥有三个神分身的人，灵魂变异成功的，在地狱中只有一个。"

雷林看向贝贝："你想想地狱存在了多少年，又有多少人？这样的人才出现一个，你说这死亡率有多高？"

贝贝身体一颤。

"那有四个神分身的呢？"贝贝害怕了，因为林雷就有四个神分身，修炼了四种元素法则。

"无数年来，在无数位面中，还没有出现过拥有四个神分身还灵魂变异成功的人。"雷林表情严峻。

贝贝顿时脸色变得苍白。

"昏迷不一定就会灵魂变异。"雷斯晶连忙说道，"你不是说迪莉娅也昏迷过吗？她活过来了，灵魂没有变异。"

"那是因为迪莉娅只有一个神分身。"雷林低沉地说道，"当然，也有神分身昏迷，但没有灵魂变异的。不过，这样的人是极少数。"

雷斯晶无话可说，只能苦笑。

林雷现在中招的是本尊和水系神分身、地系神分身、风系神分身，还有一个火系神分身在玉兰大陆。贝贝明白，如果林雷的本尊和那三大神分身没了，那林雷不可能踏上巅峰。

贝贝很清楚，林雷的梦想是达到修炼的巅峰。这是林雷的愿望，也是德林·柯沃特的愿望。

德林·柯沃特在教导林雷时，将自己的希望寄托在林雷的身上，希望林雷有朝一日达到修炼的巅峰。如今，这个愿望已经深深地刻在林雷的骨子里了。

"那……那怎么办？"贝贝慌了。

"没有任何办法，"雷林叹息道，"现在，只能看林雷自己了。如果林雷的灵魂不变异，那他生存的概率就大些；如果林雷的灵魂开始变异，那他生存的概率就小些。"

在雷林看来，拥有四大神分身的人灵魂变异的成功率很低，甚至是零。

"别人没有成功，但老大不一定。"贝贝连忙说道。

雷林说道："我们现在先找个落脚点吧，至于林雷是否会灵魂变异，是否会变异成功，看命运吧。"


玉兰大陆位面，龙血城堡内。

"林雷，怎么了？"迪莉娅看向一袭火红色长袍的林雷。

林雷面色难看，低沉地说道："我的本尊和那三大神分身没意识了。"

本尊加上四个神分身，林雷一共有五个身体，也就是说他的灵魂分成了五份。但不管是几份，那都是他的灵魂，能相互感知到。可是此刻，他的这个火系神分身感知不到本尊和其他三个神分身，这个情况已经很糟糕了。

"什么?!"迪莉娅脸色大变。

"我原以为本尊和三大神分身会完蛋，可刚刚又感知到了那四个身体的灵魂，不过很弱，犹如寒风中的火苗，随时有可能熄灭。"林雷神情严肃。

迪莉娅脸色苍白，担忧至极。

"林雷，你的本尊和三个神分身不会殒命吧？"迪莉娅清楚这些代表着林雷的前途，若这些没了，那活着的火系神分身只是一个弱者。而林雷有一颗追求力量的心，是不会甘心当弱者的。

"不知道，"林雷闭上眼睛说道，"是生是死，听天由命。"


位面战场上通常很安静，偶尔会爆发局部战争。

一座荒山内有一座府邸，这是雷洪建造的。上次战斗结束后，雷斯晶通过神识传音把雷洪喊回来了。

现在，雷林、贝贝、雷斯晶、雷洪都待在大厅内，林雷则在一间房里的床上静静地躺着。

"整整七天了，林雷一点动静都没有。"雷斯晶皱着眉说道。

"雷林先生，你去检查一下吧。"贝贝连忙说道。

这四人中只有雷林有能力查看林雷的灵魂。现在，林雷的灵魂十分微弱，稍不小心就可能会直接消散。

"嗯，我去看看。"雷林进入房间。

"希望老大能好点……能好点。"贝贝低声说道。

片刻后，雷林走了出来，皱着眉头。

"怎么了？"贝贝连忙询问道。

雷林微微摇头说道："渗透林雷灵魂的命运主神之力的能量已经少了很多，可是魂石也小了很多。"

魂石变小，意味着消耗的能量增多了。当能量消耗光了，魂石也就没了。

"魂石小了很多？"贝贝低着头咬着嘴唇，不知道在想什么。


林雷昏迷的第十五天。

"命运主神之力的能量快没了，"雷林的脸上难得露出了笑容，"魂石还有一点，肯定能坚持到最后。我估计命运主神之力的能量今天会彻底消散。"

闻言，贝贝的脸上也露出了笑容。

"不过，命运主神之力的能量彻底消散后，林雷是否能苏醒也难说。"雷林叹息道。

贝贝微微点头。

"大家开心点，至少林雷苏醒有望。"雷斯晶笑着说道。

"嗯，苏醒有望。"贝贝重重地点头。

就在这时，大家突然感知到林雷的房间中有一丝波动。

"难道老大苏醒了？"贝贝大喜。

"怎么回事？"雷林第一个冲了进去，贝贝、雷斯晶、雷洪紧随其后。

房间中，林雷平静地躺着，可是他的身体周围围绕着各色天地元素——土黄色的地系元素、红色的火系元素、淡青色的风系元素、青绿色的水系元素。

看到眼前的情景，贝贝明白，林雷恐怕要灵魂变异了。

"灵魂变异吗？"雷林猜测道，因为他也从未见过灵魂变异的场景。

贝贝看着昏迷中的林雷，泪水在眼眶中打转。

## 第699章

# 太好了

林雷安静地躺着，四系元素环绕在他的身边。

这个房间内除了林雷，就只有贝贝了。雷林、雷斯晶他们没有来打扰贝贝，因为他们很清楚贝贝和林雷的感情有多深。

贝贝静静地站在林雷的身侧，脸上还有泪痕。

"老大，"贝贝努力挤出一丝笑容，"我最佩服的就是你了。在玉兰大陆，我还不能化成人类形态时，只会睡觉玩耍，老大你却一直刻苦修炼，从未松懈过。我知道这与你父亲有关，也与德林爷爷有关。不管怎样，你一直没放弃过，不是吗？一路走来，我们遇到过那么多困难，不都一一克服了吗？那时的芬莱国王厉害吧，不还是被你解决了？在世人看来强大无比的光明圣廷，不也被你连根拔起了吗？众神墓地中险象环生，你不一样闯过来了？在地狱，我们一路闯荡，从未倒下过。为了你的父亲等人，我们去了冥界，又来到了这位面战场——最危险可怕的地方，最终得到了四枚统领徽章。"

贝贝看着昏迷的林雷："老大，你不会倒下的！不就是灵魂变异吗？那么多难关你都闯过来了，你不会倒在这一关上的。我相信老大你一定会成功的，因为你是我的老大，我最相信、最佩服的老大！"

贝贝说着说着眼眶中又有泪水了，他努力不让泪水流下来。

其实，贝贝没有一点信心、底气，毕竟无数年来，在无数位面中，还没有出现过林雷这种情况。林雷能撑过去吗？贝贝不知道。

"老大，你一定行的，你一定行！"贝贝只能在心底祈求。

在知道林雷的情况后，雷斯晶、雷林等人心一沉，只能期盼林雷撑过去了。


玉兰大陆位面，黑暗之森，金属城堡内。

两人相对而坐，一人黑色长袍，一人白色长袍。一个是长长的胡须垂下，小眼睛的贝鲁特；另一个是有着赤红色眉毛的雷林。此刻，无论是贝鲁特还是雷林，脸色都不太好看。

"情况怎么样？有转机吗？"贝鲁特皱着眉问道。

"情况很糟糕。"雷林叹了一口气说道，"我对灵魂变异没有信心。如果林雷能成功，那算额外惊喜；如果失败，林雷以后再也无法登上巅峰。"

贝鲁特摇头叹息道："是我急功近利了。"

"这和你没关系。"雷林说道，"我的本尊进入位面战场后，一开始会经常查看林雷的情况。在林雷融合四种奥义后，我就松懈了，没有经常查看。没承想这马格努斯就冒出来了。唉，是我的失误，是我没能赶上救他。"

贝鲁特露出苦笑："难得遇到一个好人选啊，如果贝贝知道真相，恐怕会恨我。"

"这不怪你，谁知道会变成这样……"雷林摇头说道。

"若我的计划成功了，林雷和贝贝以后还得感激我，可是，现在弄成这样……"贝鲁特摇头说道，"林雷的本尊和那三个神分身一死，剩下的火系神分身没什么前途，我的计划就完全失败了，只能找其他人。"

雷林眼中有一丝不甘，他皱着眉说道："贝鲁特，你别急着下论断，结果还没出来，林雷或许能扛过这一关。"

"如果他扛过了，灵魂变异成功，那就是一个大惊喜了。"贝鲁特眉毛一扬，"若是这样，那我的计划就要改了。"

"你的意思是……"雷林一惊。

贝鲁特微微点头："对！"

"这……这能行吗？"雷林震惊地说道，"无数年来，还从未有人成功过。"

"怎么不行？"贝鲁特的眼睛发亮，"一旦林雷灵魂变异成功，那我的想法大概率会实现。我想想都觉得激动。若我的想法失败，对林雷没有影响，对我们也没有影响，可如果实现……"

雷林眼中也满是期待。

"当然，我们现在只是在做白日梦。"贝鲁特苦笑道，"一切还早得很，林雷现在能熬过来就不错了。"

"对，还要看他能否熬过来。"雷林说道，"成功了，林雷以后将前途无量；失败了，你我只能确保林雷以后生活安宁，但他不可能站在巅峰了。"

"现在谁也帮不了他，"贝鲁特微微点头，"他只能靠自己。"

"后悔无用，只能面对现实。"雷林的眼神变得坚定。


位面战场上十分寂静，现在很难得才会有一场大战，几乎所有人都在等待大决战的到来。

还是那座荒山，还是那座府邸。

林雷昏迷的第三十二天。

见雷林从林雷的房间内走出来，雷斯晶、雷洪、贝贝连忙走了过去。

"雷林先生，老大怎么样了？"贝贝第一个问道。

雷林看了三人一眼，摇头说道："命运主神之力的能量消耗殆尽后，魂石能量的消耗速度大减，不过今天魂石还是消耗完了。"

"你的意思是……"贝贝大惊。

"从今天起，没有外力帮助林雷了。"雷林叹息道，"过去有魂石帮助，他能撑着；现在没了魂石的帮助，他只能靠自己了。"

"老大的灵魂都那么弱了，坚持得住吗？"贝贝急得快哭了。

雷林、雷斯晶、雷洪都沉默了。

前段时间，雷林在检查林雷灵魂的过程中发现因为有魂石，林雷的灵魂才能承受变异带来的冲击。

片刻后，雷林说道："没人知道。"

一时间，大家都沉默了。


林雷昏迷的第三十五天。

雷林从房间中走出来，惊讶地说道："不敢相信，在没有魂石能量支持的情况下，林雷的灵魂竟然撑了三天。看样子，他的灵魂还可以再撑下去，不过不知道会持续到什么时候。"

当初奥利维亚灵魂变异就昏迷了数月，他还只修炼了两种元素法则。林雷修炼了四种元素法则，情况比当时奥利维亚的复杂得多，估计短短数月不可能结束。既然奥利维亚数月就能成功，那林雷应该几年能成功吧。

虽然大家都有心理准备了，但是林雷昏迷的时间还是超乎他们的想象。


林雷昏迷的第十八年。

林雷虽然处于昏迷中，但是灵魂还在，因此雷林每隔七天就对林雷进行一次检查。雷斯晶和雷洪不像之前那样担忧了，开始安心修炼，但贝贝还是每天关注林雷的情况。

一次检查过后，雷林皱着眉说道："这十八年来，林雷的灵魂一直在缓慢地变弱。他的灵魂虽然很有韧性，一直坚持着，但毕竟太弱了。按这种状况发展下去，他有可能扛不过接下来的三天。"

贝贝的脸色瞬间变得煞白。

"三天，就这三天，是好是坏就看这三天。"雷林沉重地说道。

"一定会没事的，一定会的。"贝贝在心里祈祷。

雷林原本以为林雷会熬不过接下来的三天，没承想，林雷不仅熬过了，还坚持到了第十八天。

"贝贝，你们快来，快来！"雷林喊道。

贝贝、雷斯晶等人连忙进入林雷的房间。贝贝看着雷林，担忧地问道："怎么了？我老大怎么了？"

雷林转头看向贝贝、雷斯晶等人，一脸难以置信："不可思议，真是太不可思议了！林雷的灵魂竟然开始变强了，我完全能感受到他的灵魂的成长！"

贝贝、雷斯晶等人听得眼中满是惊愕。

"啊！"贝贝猛地一跳，撞到了房间的顶，把上面的数块石头都撞下来了，他赶紧伸手接住石头。

"太好了，太好了！"贝贝欣喜若狂。


玉兰大陆位面，龙血城堡中。

迪莉娅和莎莎待在一起。

"母亲，父亲没事吧？"莎莎有些担忧地问道，"父亲这次闭关的时间很长啊。"

"没事的。"迪莉娅挤出一丝笑容，说道。

迪莉娅并没有告诉子女们林雷的情况，不想让他们担忧。

"嗯？"迪莉娅忽然发现一道身影朝这边走来，正是林雷的火系神分身。

"父亲。"莎莎喊道。

林雷笑着点头，迪莉娅则期盼地看向林雷："好了吗？"

旁边的莎莎听得迷惑不解。

"我能感知到已经好转了。"林雷的脸上有了笑容。他能感知到自己的本尊以及其他三个神分身的灵魂在逐渐变强大。


位面战场那个洞窟府邸。

林雷昏迷的第三十四年。

"雷林先生，老大怎么还不醒？"贝贝不解。

现在，贝贝没有之前那么担忧了，因为他能感知到林雷那强大的灵魂。如果林雷受伤之前的灵魂是一汪湖水，那他如今的灵魂就是深不可测的海洋。

不过，即使他的灵魂如此强大了，他也还没有醒来。

"别急，"雷林笑道，"肯定会醒的。"

其实，他心底还是有一丝担忧，担心林雷的灵魂在关键时刻崩溃，因为没有人知道拥有四大神分身的人灵魂变异会是何种情况。

这时，雷林等人在大厅谈论，房间内，林雷静静地躺着。林雷已经这么静静地躺了三十四年，他身体周围也没有元素聚集了。

突然，林雷睁开了眼睛。

这一刻，林雷的本尊和三大神分身都恢复了意识，他的第一个念头就是："我怎么了？我还活着？"

对林雷的本尊及三大神分身而言，没有意识的这三十四年就好像是一眨眼的时间。于是，他用精神力联系了远在玉兰大陆的火系神分身，然后知道了自己的情况。

"这是哪里？"林雷看了看四周，坐了起来，然后发现了自己的变化。

"嗯？怎么回事？"林雷现在能明显感知到周围的空间波动，甚至能瞬间感知到外面大厅内雷林、雷洪、雷斯晶、贝贝的动静。

"林雷！"

"老大！"

惊喜的喊声响起。林雷的动静被外面的四人感觉到了，他们几乎同时进入了房间。

林雷看着眼前四人，雷斯晶、雷洪、雷林满脸喜悦，贝贝十分激动，眼中甚至还有泪花。

"老大！"贝贝上前抱住了林雷。

"哈哈，贝贝，别哭，跟个孩子一样。"林雷起身下床，笑呵呵地说道。

贝贝破涕为笑，一摸鼻子，哼了一声，说道："老大，还不是因为你？你一昏迷就是三十四年，你说吓人不吓人？"

"我怎么昏迷了三十四年？"林雷很不解。

旁边的雷林说道："林雷，三十四年前你中了马格努斯那一招，幸亏有魂石才保住了性命。没承想，在昏迷过程中，你的灵魂开始变异，魂石的能量很快就消耗完了。我们都担心你撑不过来，但你撑过来了。"

"灵魂变异？"林雷吓了一大跳，"我？"

"对，你还不感受一下，看看怎么样了。"雷林笑着催促道，"有些变化外表看不出来，只有你自己才能察觉到。"

"对啊，老大！你看看你现在的灵魂怎么样了。"贝贝期待地说道，"你可是第一个拥有四个神分身且灵魂变异成功的人呢。"

"拥有四个神分身的人灵魂变异会是怎样的呢？"雷斯晶目光炽热地看着林雷。

"我拥有四个神分身，还灵魂变异了？"林雷一脸难以置信，但还是闭上眼睛，仔细地感受起自己的灵魂来。


林雷的灵魂海洋中。

灵魂海洋上空闪烁着七彩光晕，精神力犹如海水一样汹涌澎湃，最特殊的是那悬浮着的剑形灵魂。

如今的剑形灵魂是透明的，表面覆盖了一层灰色光晕，看起来比较普通，没有之前那么夺目。

"好强大，好特殊的感觉。"林雷在心底暗道。

外人感知不到林雷灵魂的特殊之处，即使是雷林这般强大的人也感知不到，林雷却感知得十分清楚。

"这种感觉很特别。"林雷思考着，随即不再多想，感知其他地方。

"灵魂防御主神器。"林雷震惊地发现灵魂防御主神器的那个豁口正在快速修复，比他在上位神境界时的修复速度快千万倍。

看着不断变小的豁口，林雷十分震惊："这……这怎么可能？"

要想修复好灵魂防御主神器，离不开灵魂、精神力。林雷知道自己的灵魂变强了，精神力也提高了，不过还是觉得不可思议："按照这种速度，估计数年内就能完全修复。"

不仅如此，林雷发现自己的地系神分身、风系神分身和水系神分身也变异了。

"可惜我的火系神分身没有一起变异。不过没关系，待火系神分身融入本尊后，四个神分身相互之间可以进行能量交换，到时候火系神分身也会缓缓变化的。"林雷思忖道。

其实，林雷本尊还处于圣域境界，但因为与其他神分身同在灵魂海洋中，会受其他神分身影响，也会逐渐变得强大。

"灵魂变异……那不是意味着我可以融合不同属性的神力？"林雷不禁尝试起来，开始融合地属性上位神神力、风属性上位神神力、水属性上位神神力。

三股神力犹如游龙一样在奔腾，当它们碰触的时候，相互之间毫不抵触。在林雷的控制下，它们融合在一起，颜色发生了变化。

之前，地属性上位神神力是土黄色的，风属性上位神神力是淡青色的，水属性上位神神力是青绿色的；此刻，三股神力融合，颜色是墨绿色的。

墨绿色的神力在林雷体内澎湃。

"好强。"林雷心底激动起来。

接着，林雷调动体内一股火属性中位神神力，尝试将它与墨绿色神力融合。

"嗯？威力反而变弱了？"林雷感觉墨绿色神力和火属性中位神神力融合后，威力明显减弱了，"难道是火系神分身没达到上位神境界的缘故？"

融合的神力并非越多越好，就好像一个精英军团，如果里面掺杂了一些实力弱的士兵，反而会减弱整个军团的实力。

"对，当初奥利维亚说过要两个神分身都达到中位神境界时，实力才会大进。"林雷明白了，神力融合也要同等境界的神力才行。与地属性上位神神力、风属性上位神神力、水属性上位神神力相比，火属性中位神神力确实弱了些。

"林雷，林雷！"雷斯晶的声音打断了林雷的思考。

房间内，其他四人都看着林雷。雷斯晶催促道："林雷，怎么样了？别老傻站着，说给我们听听啊。"

"到大厅里说吧。"林雷笑着说道。

于是，林雷他们五人来到大厅，围坐在长桌旁。

"林雷，你的灵魂变异成功了吧？"雷林淡笑着问道。

"嗯。"林雷点头。

雷林眼睛一亮，感慨道："传说两种不同属性的神力融合，威力就会增强十倍；三种不同属性的神力融合，威力会增强百倍；至于四种不同属性的神力融合，估计威力会增强千倍。即使是主神之力，也只是比上位神神力强数百倍罢了。"

"林雷，你融合不同属性的四种神力，威力怎么样？是不是比主神之力强？"雷斯晶好奇地问道。

"是的。"林雷笑道，"三种不同属性的神力融合，威力的确强了百倍，和我使用了毁灭主神之力后相当。"

雷林微微点头，一切和他预料的一样。

"那四种不同属性的神力融合呢？"雷斯晶连忙问道。

"我也不知道。"林雷笑道。

"你怎么会不知道？"雷斯晶一瞪眼。

旁边的贝贝笑了起来："雷斯晶，我老大的火系神分身还在中位神境界。即便中位神神力和上位神神力能融合，估计威力也增加不了多少。"

雷斯晶一怔，旋即不好意思地笑了，说道："我忘记了，林雷，你才修炼两千多年。"

才修炼两千多年，林雷就有四个神分身了，三个上位神神分身，一个中位神神分身，够厉害了。当然，天才有很多，比林雷修炼速度快的强者也有，不过像林雷一样在有四个神分身的情况下灵魂变异了的，没有。至少现在，林雷是独一无二的。

"厉害啊厉害，"雷林赞叹道，"灵魂变异的确厉害。等你的火系神分身也达到了上位神境界，四种不同属性的神力融合，那威力就会超过主神之力。不过收获和风险共存，你这次是九死一生啊。"

"的确是九死一生。"贝贝也点头说道。

"雷林先生。"林雷忽然皱着眉说道。

"怎么了？"雷林疑惑地说道。

"我现在有一种感觉，一种可以掌控周围的特殊感觉。"林雷抬起手，"我感觉自己全力挥出一拳就能令空间出现裂缝。"

说着，林雷全力挥出了一拳。扑哧一声，空间好像湖面一样震颤起来，而后爆裂开来，形成了一个直径近一米的空间大窟窿。

"这……"

见状，贝贝傻眼了，雷斯晶、雷洪沉默了，雷林眼睛亮了。

林雷之前要变为龙化形态，使用主神之力或神格兵器才能令空间出现裂缝，那威力还没有现在这一拳的大。

"老大，你这一拳都快赶上拜厄那一掌了！"贝贝惊叹道。

当初，拜厄随便一掌就令空间出现了一道大裂缝。

"有吗？我不清楚。"林雷有些蒙，"我只是感觉我能令空间出现裂缝，没想到真的做到了。"

"林雷！"一个兴奋的声音响起。

林雷转头看去，说话的是雷林。

此刻，雷林脸上满是笑容："哈哈，林雷，你那一拳蕴含了天地法则的意念，自然能掌控天地。其实，天地法则的意念是一种特殊的威势，是主神和达到了大圆满境界的上位神才有的威势。不管什么招式，一旦蕴含了威势，威力将大得离谱。"

"意念？威势？"林雷十分震惊。

"主神和达到了大圆满境界的上位神才有的威势？"贝贝、雷斯晶等人也十分震惊。

林雷细细地体会着这种感觉，这种掌控周围的特殊感觉，他之前从来没有过。

之前在位面战场上，他感受到的只有危机；可是现在，他有一种能掌控他人命运的感觉，一种高高在上、俯视苍生的感觉。

"没想到，真的没想到。"雷林一脸难以置信，"过去那些灵魂变异者只是灵魂变强了，即使是有三个神分身的灵魂变异强者，他们的攻击也不会蕴含威势。没承想，拥有四个神分身的强者灵魂变异，竟然会被赐予威势。"

"也对，毕竟拥有四个神分身，还能灵魂变异成功的强者，之前就没有过。这样的人被赋予威势是应该的。"雷林很激动。

随即，雷林眼神炽热地看向林雷："林雷，来，攻击我，让我看看你那威势有多强，看看到底是你这拥有四个神分身、灵魂变异成功的上位神的威势厉害，还是我这个达到了大圆满境界的上位神的威势厉害！"

## 第701章
# 痛快一战

林雷也很想弄清楚自己现在的实力，而和达到了大圆满境界的雷林交手，就是一个难得的好机会。

"好。"林雷笑着点头说道。

旁边的雷斯晶、贝贝很兴奋。雷斯晶高兴地说道："哈哈，一个是达到了大圆满境界的上位神，一个是拥有四个神分身且灵魂成功变异的上位神，你们尽管痛快地大战一场，就是毁掉这个洞府也没事。"

林雷笑道："不必，这一战只是检验实力。雷林先生，你我都只使用肉体力量，然后配合威势，不使用那神力、主神之力。"

"好。"雷林爽快地答应了。

洞府之外的一片荒野上。

林雷、雷林彼此相距百米，雷斯晶、贝贝、雷洪则充满期待地在一旁看着。

贝贝眼睛放光："雷斯晶，我敢打赌，我老大一定不会比雷林弱，甚至会更强。"

"谁跟你打赌？"雷斯晶哼了一声，说道，"看，开始了。"

此时，林雷穿着一身天蓝色长袍，雷林穿着一身白色长袍，两人相视一笑，然后同时动了。林雷的身影如风一般飘逸，数道幻影瞬间出现，雷林则仿佛瞬移一样疾速移动。

他们这一动，将旁边观战的三人吓了一大跳。雷斯晶说道："这只是使用肉体的力量？林雷的速度竟然快到这个地步了。"

"好美妙的感觉。"林雷心底欣喜，"仅靠身体的力量和威势，就让我的速度比过去快了很多。如果使用神力，速度恐怕和雷林差不了多少。"

仅仅一瞬间，两人同时出拳。

哧哧——林雷拳头所过之处，空间出现了一道道裂缝。

砰！爆炸声猛然响起，雷林这一拳的威力瞬间爆发，速度更快，只能模糊地看到一道红光。

两个拳头就这么撞击在一起。

哧哧声响起，拳头周围的空间出现了七八道空间裂缝。

林雷、雷林都不禁微微后退了一步。

势均力敌！

"哈哈，痛快，痛快！林雷，你我直接来一场酣畅淋漓的大战吧。"雷林眼睛发亮。

"那你可得小心了。"林雷笑道，"我这融合的神力可不比主神之力差多少。"

"谁要小心还不一定呢。"雷林也笑道，"你既然用融合的神力，那我就直接用主神之力了。"

通过刚才那一拳，林雷明白他的实力和雷林相差不大，既然如此，那就能用的都用上，和对方好好大战一场。

位面战场上的寒风把林雷的衣袍吹得猎猎作响，他的眼中似有光芒闪烁，他在心中暗道："这么多年了，德林爷爷，我离巅峰更近了，能够对战达到大圆满境界的上位神了。"

此时，林雷战意高涨，十分兴奋，体内的墨绿色神力犹如一条虬龙在翻腾。他的目光陡然变得锐利，嗖的一声，半空出现一道幻影，他又和雷林交手了。

很快，空间震颤起来，时不时出现一道道可怕的空间裂缝。之前他们对战时，空间只是出现了小裂缝，现在出现的都是一道道巨大的裂缝。

两道模糊的身影出现在哪儿，哪儿就会出现空间裂缝。

雷斯晶、雷洪、贝贝呆呆地看着眼前场景。他们前方这一片天地因为林雷、雷林这两个绝世强者的战斗而震颤，似乎要崩溃一般。他们三人此刻深刻感受到了自己与林雷、雷林的差距，林雷和雷林是巨人，而他们只是婴孩罢了。

"这……这……"贝贝不知道该说什么了。

"好强！"雷斯晶喉头动了动，眼睛都看直了。

"达到了大圆满境界的上位神的实力……"雷洪屏息，"林雷丝毫不比雷林先生弱。"

"难怪达到了大圆满境界的上位神和我们战斗就跟玩儿似的。"雷斯晶低叹一声。当初他们四人遇到拜厄，完全没有反抗能力。幸亏贝贝的防御逆天，让拜厄无可奈何，他们才能逃过一劫。

招惹达到了大圆满境界的上位神，那是自寻死路。达到了大圆满境界的上位神能轻易将对手弄去空间乱流中。不过，即使有主神帮忙，想从空间乱流中救出一个人也不是一件简单的事情。

"和达到了大圆满境界的上位神战斗才能完全发挥实力。"贝贝惊叹一声，"老大太猛了！"

"真是奇怪。"贝贝忽然皱眉头，"那片空间都被破坏成那样了，还能瞬间修复。最奇怪的是，老大和雷林先生竟然丝毫不受那些大的空间裂缝的影响，没被吸入空间乱流中。"

雷斯晶、雷洪听得微微点头。

一般来说，强者战斗时若身边出现了空间裂缝，他们都会躲着点，以防被吸进去。可林雷、雷林根本不在乎空间裂缝，甚至能够在空间裂缝边缘战斗。

"这就是威势吧。"雷斯晶低声说道，"天地法则赐予的威势这么强，令他们不惧空间裂缝中的吸力。"

没错，林雷感觉空间裂缝的吸力根本影响不到自己。

轰！一拳出，一百零八条墨绿色的龙从林雷的拳头处冒出，缠向雷林，可怕的空间束缚力出现。这空间束缚力中还蕴含了天地法则赐予的威势，威力强到了极点。

在林雷蜕变前，这一招对普通统领的影响很大，对达到了大圆满境界的上位神影响不大；可现在这一招对达到了大圆满境界的上位神也有很大的威胁。

嗖——一道红光亮起，如闪电般迅速。雷林的拳头永远那么快。

砰！拳头相撞，林雷感觉到一股仿佛火山爆发一样的无穷力量传递过来，雷林则感觉到一重重力量宛如一座座大山向他砸来。

两人都被对方震得往后退。

"战斗就到此为止吧。"雷林神识传音。

林雷笑着点头。

这一战引起了不远处一些统领的注意，当看到那一道道上百米长的空间裂缝时，他们就吓得不敢过来了。

不过他们也很疑惑，不知道为什么会有两个达到了大圆满境界的上位神在这里战斗。

洞窟府邸内，林雷他们五人围坐在长桌旁庆贺。

"哈哈，老大，我真开心！"贝贝得意地大笑起来，"从今天起，看谁还敢找我们的麻烦。我们在位面战场上吃瘪了那么多次，现在总算能翻身了。"贝贝那一肚子的怨气似乎都发泄出来了。

"哈哈，喝酒。"林雷也十分开心，他终于熬过来，不需要仰人鼻息了。

实力与达到了大圆满境界的上位神在一个层次是什么概念？那就是说，在神级强者中没有人能威胁到他。至于主神，一般不会与神级强者战斗。更何况，即使主神想解决达到了大圆满境界的上位神也没那么容易。

若是情况不妙，达到了大圆满境界的上位神可以逃入普通的物质位面，而主神受天地法则的制约，不能进入普通的物质位面。对主神而言，他们还想拉拢达到了大圆满境界的上位神成为自己的使者。

由此可见，实力与达到了大圆满境界的上位神在一个层次的强者是多么厉害。

"林雷啊，"雷斯晶笑了起来，"你有没有考虑过当主神使者呢？"

林雷一怔。

旁边的雷洪也说道："对，林雷，你的实力已经达到了这个层次，虽然现在知道的人很少，但一旦传出去，肯定会引起一些主神的注意。他们肯定会想办法让你这个强者成为他们的主神使者。"

"主神使者？"林雷沉吟道。

贝贝连忙点头说道："贝鲁特爷爷说过，达到了大圆满境界的上位神很少，他们大多数孤傲得很，不想当主神使者。老大，你虽然不是达到了大圆满境界的上位神，但是实力和他们相当，到时候，你恐怕会很抢手呢。"

雷斯晶也赶紧说道："林雷，我母亲就是一名很强大的主神，对你也不错，还通过我送了你一颗魂石。要不，你当我母亲的使者吧？"

林雷有些踌躇。

"雷林先生？"林雷看向雷林，他想征询雷林的意见，毕竟雷林是达到了大圆满境界的上位神。

"何必去当主神使者，"雷林淡然一笑，"即使你拒绝当主神使者，主神也不会因此对付你。在你展现实力后，邀请你的主神肯定有不少，你不可能一一答应。最重要的是，你都已经有那个实力了，还当主神使者干什么？大多数人修炼是为了追求巅峰。我们这样的人若成了主神使者，主神会尊重我们，不会对我们有什么要求，不过我还是觉得自由好。"

林雷在心底赞同雷林的说法。

"主神使者一定是仆人吗？"雷斯晶瞪了一眼雷林，连忙反驳，"主神或许不会重视普通的主神使者，但是面对达到了大圆满境界的上位神，或是拥有那样实力的人，主神会像对待朋友一样对待他们。"

雷林听得不禁笑了，说道："雷斯晶，我们还是别说了，这一切还是要林雷自己拿主意。"

"林雷，你说呢？"雷斯晶转头看向林雷。

林雷微笑着说道："不急，我暂时还没有当主神使者的想法，毕竟我还没有融合某系元素法则中的所有奥义。若是我融合了某系元素法则中的所有奥义，达到了大圆满境界，到时候再说吧。"

## 第702章

# 灵魂能量

听林雷这么说，雷斯晶摸了摸鼻子，不吭声了。

"林雷，"雷斯晶忽然又笑了起来，"不当主神使者就不当。不过林雷啊，假如我雷斯晶遇到什么麻烦找你帮忙，你一定得出手啊，比如遇到了蒙特罗这种人。到时候我请你出马，你可别摆出一副强者的架子来拒绝我。"

看了林雷和雷林这一战，雷斯晶已经将林雷划分到达到了大圆满境界的上位神这个级别了。

"雷斯晶，要是有什么紧急情况，你通知我，我定会立即赶来。"林雷果断地说道。

在林雷看来，雷斯晶虽然爱开玩笑，和贝贝一样有些顽皮，但是为人很不错，而且对他有恩。

"有你这句话就够了，"雷斯晶开心起来，"你当不当主神使者我也懒得管了。以后若遇到那几个浑蛋，我总算有办法对付他们了。哼，主神不会自降身份去对付他们，但林雷你不同，你可以对付他们。"

雷斯晶想到以后的一些场景，不禁笑了起来。

"雷斯晶，你遇到难缠的对手时不必急着让我老大出马，一般人物，我出马就够了。"贝贝说着将一枚神格扔进了嘴里。

"咱们兄弟谁跟谁啊。"雷斯晶将贝贝一搂过来，哈哈笑道。

雷林微笑着看着这一幕，忽然想起什么，郑重地开口说道："各位，林雷灵魂变异的事情暂时别外传，还是保密的好。"

林雷点头赞同。

"我们会保密的，你尽管放心。"雷斯晶点头说道，"至于雷洪，你们别担心他，他很少说话的。"

闻言，旁边的雷洪竟然露出了笑容。

"老大，"贝贝眉头一皱，"你以后和人战斗时，总会展露实力的……"

"那就对外说林雷达到了大圆满境界。"雷林笑着说道，"虽然达到了大圆满境界的上位神不多，但总是有那么几个，多林雷一个也不会引起轰动。"

林雷点头说道："那就听雷林先生的。依我看，其实不需要解释，别人看到我展露的实力，只会说疑似达到了大圆满境界。至于灵魂变异的事情，几位不说，我不用融合的神力，就不会暴露。"

雷林笑着看向林雷："林雷，你平常使用上位神神力即可，危急时刻就使用一滴主神之力。你现在的灵魂很强大，可以完美控制主神之力。这样的话，在一场战斗中消耗不了多少主神之力，之后战斗时还可以再使用那滴主神之力。"

达到了大圆满境界的上位神可以充分使用主神之力，拥有一样实力的人自然也可以做到这一点。

一般来说，普通的上位神在使用主神之力时身上会散发光芒，是因为不能完美地控制主神之力，导致主神之力能量外泄。达到了大圆满境界的上位神使用主神之力时不会出现这种情况，拥有这个实力的人也能做到这一点。

"好。"林雷觉得雷林的这个建议不错。于是，他立即使用了一滴毁灭主神之力。在他的控制下，这滴毁灭主神之力的能量完全收敛了，没有外泄一点。

林雷记得当年贝鲁特就是完美控制了主神之力，然后治好了迪莉娅。

"林雷，你被赐予的威势似乎比达到了大圆满境界的上位神的还强一些。"雷林突然说道。

"嗯？"林雷一怔。

"还强一些？"旁边的雷斯晶、贝贝、雷洪不禁看向雷林。

贝贝开口说道："雷林先生，之前老大和你交手，你俩不是不相上下吗？"

"其实，我处于下风。"林雷笑着开口说道，"雷林先生的攻击力很可怕。我那一招蕴含了威势，空间束缚力比之前强了许多，因此，雷林先生的速度受到了影响，在你们看来会觉得我俩差不多。雷林先生没有使用符合他属性的火系主神之力，用的是毁灭主神之力，实力没有完全发挥出来。"

雷斯晶、贝贝、雷洪听得有些惊讶，他们确实没有想过这一点。战斗时，雷林使用的是什么主神之力，只有和他交手的林雷才能察觉到。

雷林笑道："你也没使用符合你属性的地系主神之力，我怎么能在这上面占你便宜？"

"在这种情况下，你还能和我拼个不相上下，真的让我很吃惊，毕竟我已经融合了火系元素法则中的所有奥义，而你并没有融合地系元素法则中的所有奥义，只是融合了其中的四种。"雷林说道，"因此，我认为你被天地法则赐予的威势比达到了大圆满境界的上位神的强。"

实力的强弱与奥义融合的程度有关，与元素法则的分类没有关系。按道理来说，雷林应该比林雷更厉害，但事实不是这样。

"怎么判断威势强弱？"林雷开口问道。

"很简单，"雷林笑道，"把主神之力当神识一样展开，看能覆盖多大范围。在位面战场上，一般来说，达到了大圆满境界的上位神展开的主神之力能覆盖方圆八千里左右。"

方圆八千里左右！这将雷斯晶他们吓了一大跳。因为在位面战场上，普通统领如果只是展开神识，其神识覆盖的范围只有方圆百米；如果展开主神之力，覆盖的范围也只有方圆近百里。

"我试试看。"林雷说着展开了主神之力。

片刻后，林雷停了下来。

"三万六千里！"林雷心底一惊，"我被赐予的威势确实比达到了大圆满境界的上位神的强很多。"

难怪能和雷林拼个不相上下。林雷心念一动，收回主神之力，使用自己的灵魂能量。灵魂变异后，他知道自己的灵魂变得很强大，但在这种情况下，他想知道自己的灵魂能量强到哪种程度了。

一千里、一万里、三万里、六万里……十万里……

林雷十分吃惊，没想到他的灵魂变异后，灵魂能量的覆盖范围这么广！

"马格努斯，黑默斯，乌曼……"林雷发现了一个个熟人，可这些人丝毫没有发现林雷对他们的感知。

终于，林雷的灵魂能量不再展开了。

"五十二万里！"林雷被这个数字吓了一大跳。

"我的灵魂能量比主神之力还强？"林雷十分震惊，但很快他就明白了。虽然他有四个神分身，但是他的灵魂只有一个。灵魂变异后，他的灵魂变强了，不同属性的神分身也会变强。

现在，他将地系上位神神分身、风系上位神神分身、水系上位神神分身的神力融合，那这股力量就接近主神之力了。若是他的火系中位神神分身也达到了上位神境界，他再融合这四种神力，那威力将远超主神之力。

"看样子，我现在的绝招不应该是物质攻击，而应该是灵魂攻击。"林雷明白，即使他现在还没有融合某种元素法则中的所有奥义，但凭借强大的灵魂能量以及被赐予的威势，他的攻击将极为厉害。

"不，我还有天赋神通。"林雷想到了自己的天赋神通。他的天赋神通与灵魂能量、青色光晕有关。

"强大的灵魂能量，加上被赐予的威势，我现在施展出来的天赋神通会有何等威力呢？"林雷有些期待了。

洞窟府邸大门。

"林雷，不必送了。"雷林淡笑着说道。林雷现在有了这等实力，他便没有多大压力了，不需要时不时查看林雷的情况了。若是有这等实力的林雷都遇到了无法避开的危险，那他来了也没有用。

于是，林雷他们四人目送雷林飘然离去。

"我们进去吧。"林雷说着，和贝贝他们一起又回洞府了。

石室内，林雷盘膝静坐在石床上。

"和主神的威势一比，我被天地法则赐予的威势还差得远啊。"林雷感慨道。

主神的威势非常可怕，能让主神轻易感知到整个位面战场的情况。只要主神愿意，别说是位面战场，就是地狱、冥界这样的至高位面，主神也能全部感知到。

"主神的威势太可怕了，"林雷低叹一声，"比达到了大圆满境界的上位神的威势强太多。我被赐予的威势或许比达到了大圆满境界的上位神的强些，但是和主神的比差太远了。"

林雷想想都心里发怵。

"难怪主神和神级强者不同，这是本质的差别。"林雷在心中暗道。

无论是达到了大圆满境界的上位神还是灵魂变异的上位神，都是神级强者，不可能敌得过主神。

"不管主神了，主神一般不会插手神级强者之间的事情。"林雷不再多想。


玉兰大陆位面，黑暗之森，金属城堡。

"哈哈！"贝鲁特大笑起来，"竟然成功了，太不可思议了！拥有四大神分身的人灵魂变异成功，我之前想都不敢想，现在却成功了！"

旁边的雷林也满脸笑容："对，成功了！"

"之前我只是随口说改变计划，并不认为那个计划可以实现，现在看来，奇迹很有可能会在你我手中诞生！"平时沉着的贝鲁特此刻激动得眼睛发亮。

"现在别急着告诉林雷，"雷林提议道，"让他专心把奥义融合了再说。"

修炼者若是融合了某种元素法则中的所有奥义，施展出的招式的威力会很大；若是融合了不同元素法则中的奥义，施展出的招式的威力会大得可怕。

当年，林雷遇到的灵魂变异的六星使徒里尔蒙斯仅仅将两种不同属性的奥义融合，便解决了七星使徒阿斯奎恩。林雷可不止修炼两种属性的奥义，他若是融合了四种不同属性的奥义，施展出的招式的威力估计会十分惊人。

"他的实力越强越好。"贝鲁特笑得很灿烂。

## 第703章

# 一晃而过

位面战场，一座洞窟府邸内，林雷盘膝静坐着。

林雷希望自己能够融合四种元素法则中的奥义。现在，不管是他的本尊还是三大上位神神分身，都在研究这个。至于他的火系中位神神分身，还在领悟火系元素法则。

陡然，林雷睁开了眼眸。

"还真有些奇怪。"林雷心底不解，"我的本尊和三大上位神神分身都变异了，为什么感悟和修炼速度不一样呢？"

灵魂越强大，感悟、修炼的速度就会越快。不过，林雷发现本尊的感悟、修炼速度远超三大上位神神分身。

"为什么会不一样呢？"林雷想了想，没想明白，便闭上眼眸，再次沉浸在修炼中。

当初，林雷因为重伤陷入昏迷，受影响的是林雷的本尊、三大上位神神分身。那时，三大上位神神分身吸收了符合各自属性的元素，唯有本尊能吸收三种元素。因此，他的本尊第一个变异。和只吸收了某种元素的神分身相比，吸收了三种元素的本尊自然更强。

林雷他们四人在洞府里过着悠闲的日子，或是修炼，或是聚在一起谈天说地。

修炼无岁月，转眼已过百年。

林雷他们四人围坐在一起，雷斯晶期待地询问道："林雷，我见你笑得那么开心，是不是在奥义融合方面有所突破了？"

"还早得很呢。"林雷淡笑道。

"林雷很谦虚的。"低沉的声音响起，说话的正是坐在旁边的雷洪。

"他现在开始隐藏实力喽，只有实力太强才要隐藏实力呢，像咱们这些实力弱的，巴不得说自己实力强能吓唬人。你可是第一个拥有四个神分身且灵魂变异成功的人，将不同属性的奥义融合后，实力会得到很大的提升。两种不同属性的奥义融合，威力堪比将同一属性的三种奥义融合了；若是将三种不同属性的奥义融合，威力堪比将同一属性的五种奥义融合了；若是将四种不同属性的奥义融合，威力堪比将同一属性的七种奥义融合了。这威力可比达到了大圆满境界的上位神还要强！"雷斯晶感叹道。

"我老大不厉害谁厉害？"贝贝得意地说道。

"将不同属性的奥义融合，实力确实提升很大，可这个过程没有那么容易。"林雷摇头笑道，"我在地狱的紫荆大陆闯荡时，认识一个叫里尔蒙斯的人，他也是一个灵魂变异者，当时是六星使徒。他与七星使徒阿斯奎恩对战，即使他是一个灵魂变异者，在和阿斯奎恩对战时也几乎处于下风。之前，他曾尝试融合不同属性的奥义然后发动攻击，但是失败了，到后来命悬一线时他才成功。"

贝贝笑道："老大，你别谦虚了。你可是第一个拥有四个神分身且灵魂变异成功的人，还有什么做不到的！"

林雷笑了笑，喝了一口酒。

"老大，你现在灵魂变异了，修炼速度应该大增。你有没有帮助火系神分身修炼，尽早让火系神分身达到上位神境界呢？"贝贝说道，"到时候你再融合四种神力，其威力就会超过主神之力。"

林雷的灵魂变强了很多，只要他愿意，感悟火系元素法则的速度能比之前快很多。这样一来，很有可能在这场位面战争结束前他的火系神分身就能达到上位神境界。

"不急。"林雷摇头笑道，"我暂时不想暴露灵魂变异的事情，也不急着让火系神分身达到上位神境界。现在我还是好好研究怎么融合不同元素法则中的奥义吧。"

林雷知道自己的火系神分身修炼速度慢，在位面战场七百年多年了，他只将火系元素法则中的四种奥义练至大成，第五种奥义离大成还有一段距离，不过他并不着急。

在之后的百余年里，林雷努力寻找地系元素法则中大地脉动奥义和水系元素法则中圆柔奥义融合的契机。

时间流逝，距离大决战越来越近了。


洞窟府邸一个房间内。

林雷盘膝静坐，四大神分身同时沉浸在感悟中。

他的脑海中有一幅画面：苍茫的大地上，一道道土黄色光芒不断出现，然后相互缠绕起来。这情景犹如当年冥界最强主神——死亡主宰，在幽冥酒店内操控手中钓鱼竿的渔线的场景一样。

"老大！老大！"忽然，一个声音响起。

林雷睁开眼便看到了贝贝，他笑着问道："怎么了，贝贝？"

"老大，你修炼得傻了吗？今年是这场位面战争的最后一年了。听雷斯晶说，估计还有一两个月就要进行大决战了。我们难道不去看看大决战？"贝贝问道。

"大决战？"林雷直接起身笑着说道，"当然要去看看，修炼这么久了，也该休息一番。"

林雷在发现了大地脉动奥义和圆柔奥义融合的契机后，就开始融合这两种奥义，但还没有将其练至大成，目前处于瓶颈期。要完全融合这两种不同属性的奥义，难度很大，他也不急于这一时半会儿。

于是，林雷和贝贝一起走出房间，进入大厅。

雷斯晶、雷洪正站在大厅的一角。

看到林雷，雷斯晶笑呵呵地说道："林雷，我还担心你不去呢。我知道你的统领徽章够了，可是，我的统领徽章还不够呢。"

"我们是一个小队的，你们都去，我怎么能不去？"林雷笑着说道。

"那我们出发！"雷斯晶和贝贝走在前面，林雷、雷洪跟在后面，走向外面。

一出洞窟府邸，寒风如刀子般刮在脸上。林雷精神一振，环顾茫茫荒野："这场位面战争快要结束了，大决战，最后一战……"

林雷他们四人朝星河方向赶去。

对林雷而言，参加这场位面战争，是他脱胎换骨的一次旅程。


一片荒野上，杂草丛生。

有一个人正躺在地上，乍一看还以为是一具尸体。这人的一头金发如雄狮的鬃毛一样杂乱，脸上那个朝天鼻以及一张大嘴都十分显眼。此人就是黑默斯。

"还差一枚统领徽章啊，整整两百年了，一个人都没碰到。"黑默斯嘴里嘀咕着，"一个个敌不过我，就仗着速度快立即溜走。哼，特别是那个青龙一族的小子，都碰到两次了，第二次还被另一个人打断了。"

黑默斯一肚子的火无从发泄。

"大决战快来了，"黑默斯喃喃道，"看来，只有去参加大决战才能得到最后一枚统领徽章。等统领徽章凑齐了，我一定要请主神为我炼制一柄长矛，既可以用来远程攻击，也可以用来近战。以我的力量投掷长矛，到时候我倒要看看那些浑蛋有没机会逃掉！"

"哼！希望那个青龙一族的小子会参加下一场位面战争，到时候我有了攻击主神器，定要好好教训他一顿。"黑默斯可忘不掉林雷这个两度从他手里逃跑的人。

"嗯？"黑默斯眉毛一扬，"有人过来了，距离这里万米左右。"

黑默斯的本尊是地系神位面形成后诞生的一座金色小山，因此对与地系元素有关的一切，如大地、土石等，有着超乎寻常的感知力。他现在这样躺在地上便能清晰地感知到一定范围内的动静。

"哈哈。"黑默斯一骨碌坐了起来，看向远处，金色眼眸发亮，"或许能得到一枚统领徽章，这样就不用在大决战上去获得了。"

随即，黑默斯融入大地之中。

地行术奥义！


荒野上，林雷他们四人并肩而行，时不时谈笑着。

突然，林雷停了下来，淡笑着说道："有人过来了，大家小心一点。"

"有人过来了？"雷斯晶、贝贝、雷洪一怔，他们都没有感知到。

灵魂变异后，林雷对周边环境的感知力变强了。当外人靠近到一定范围内，他便能轻易发现。

"是一个地系强者，正在运用地行术奥义朝我们这边过来。"林雷说着展开了神识。

"原来是他。"林雷的脸上出现了一抹笑意。

黑默斯还以为没人会发现他，认为自己要靠近对方才会被察觉到。殊不知，林雷早就发现他了。

砰！一道巨大的身影破土而出，如闪电般奔向百米外的林雷等人。

"是你，青龙一族的小子！"黑默斯看到了林雷，"这青龙一族的小子会变身，能施展重力空间，要解决他有点麻烦，对付他旁边那个吧。"

很快，他就冲到了林雷他们四人身前。

"嗯？他既不变身也不施展重力空间？"黑默斯十分惊愕，林雷此时竟然无动于衷。黑默斯突然就生气了，他原本准备对付林雷身旁的雷洪，现在决定对付林雷。

"你自己找死，那就怪不得我了。"黑默斯一拳挥出去，所过之处，嗡嗡的低沉声音响起，空间出现了裂缝。

雷斯晶、贝贝、雷洪就在旁边看着，脸上带着笑意。

林雷随意地挥出一拳，一百零八道土黄色光芒如一百零八条黄龙袭向黑默斯，一个半透明的土黄色光球出现，笼罩住了黑默斯，令他感受到了十分强大的空间束缚力。

寸地尺天！

"这是怎么回事？"黑默斯感觉这一招的威力比之前强很多，不仅让他的速度锐减，还让他十分难受，以致他根本来不及抵挡林雷的拳头。

砰！林雷的一拳自下而上砸在黑默斯的下巴上，骨头碎裂声响起，黑默斯被砸得飞了出去。

第704章

# 星河边的强者们

"这……这到底怎么了？"黑默斯完全蒙了，"这青龙一族的小子到底怎么回事？第一次战斗时，他连还手之力都没有，靠着主神之力、重力空间以及天赋神通等手段才逃走。第二次战斗时，这小子就能和我面对面地战斗了。现在第三次战斗，我竟然毫无还手之力！"

蒙了！他完全蒙了！

"他就是再厉害也不能这样吧。"黑默斯落在了地上，看着远处的林雷，脑袋里乱糟糟的。

黑默斯甩了甩脑袋："不可能，肯定有什么地方弄错了！"他一边治疗自己的伤，一边喃喃道，"这青龙一族的小子竟然一拳砸碎了我的下巴。"

黑默斯的物质防御很厉害，当初林雷第一次与他交战时，全力挥出的一剑都没有刺破他的脸，可现在林雷随便一拳就砸碎了他的下巴。

"嘿！黑默斯，傻站着干什么？你不是想解决我们得到统领徽章吗？"贝贝捧腹大笑。

"不可能，肯定有什么地方弄错了！"黑默斯怒吼一声。

轰！黑默斯身上陡然亮起金黄色光芒，拳头、双腿上的光芒更是亮得刺眼。他就好像一只发狂的大熊，化作一道雷电，再次朝林雷冲去。

"真是一个傻大个。"林雷淡然一笑。

怒吼着的黑默斯全力轰出一拳，袭向林雷。拳头所过之处，哧哧声响起，空间仿佛脆弱的玻璃般碎裂开来，出现了一道道数十米长的空间裂缝。

"你虽然有些傻，但实力不错。"林雷脸上依旧有笑容，然后也挥出了一拳。

一拳出，上百条泛着黑光的黄龙袭向黑默斯。显然，林雷这次使用了毁灭主神之力。

"黑默斯使用了主神之力，要想对付他，我也得用主神之力。"林雷在心中暗道。

哧哧——一个泛着黑光的土黄色光球出现，笼罩住了黑默斯。寸地尺天！

这次的空间束缚力比上次还要大，黑默斯的行动变得很困难，他只能眼睁睁地看着林雷的拳头落在他的身上。

砰！

一拳轰击在黑默斯的胸膛上，在骨头碎裂的声音中，黑默斯被砸得往后退，地上留下了一道深深的土沟。

"到底怎么回事？"黑默斯低头看看自己的胸膛，看到了一个正流着鲜血的窟窿。这次的伤比之前那次要严重，胸骨已经被震得断裂了。幸亏黑默斯身体够强悍，这一拳才没穿透他的胸膛。

这一拳若是落在他的脑袋上，他绝对没命了。

黑默斯一阵后怕。

"黑默斯，还想再来吗？"林雷笑吟吟地说道。

"黑默斯，你不是很厉害吗？现在怎么了？傻眼了？"雷斯晶在旁边笑着，同时主动释放气息。

"你是雷斯晶。"黑默斯这才认出来。

"我隐匿气息的本领很强，除非我主动释放气息，否则你们根本看不出我的身份。"雷斯晶自得地说道。

雷斯晶隐匿气息的本领是强，可还是能够被马格努斯这种达到了大圆满境界的上位神轻易发现。

黑默斯认真地看着林雷。

"你……你过去是不是故意戏弄我的？"黑默斯低沉地说道。

"没有。"林雷笑着摇头。

黑默斯盯着林雷，不禁有些恼怒："青龙一族的小子，你实力这么强，戏弄我干什么？我黑默斯虽然脑子反应慢点，但还没傻到认为一个数百年前毫无反抗力的小子能在数百年后轻易踩踏我！"

黑默斯没有逃，因为他知道以他的速度，想逃也逃不掉。

"我为什么要骗你？"林雷淡然一笑，"你走吧，我不想解决你。"

"不解决我？"黑默斯一怔。在位面战场上，若是战胜不了对方，一般会被对方解决，可今天……

"好，我相信你之前没有戏弄我。"黑默斯深深地看了林雷一眼，"你能不能告诉我你修炼了多久？"

"不足三千年。"林雷丝毫没有隐瞒。

黑默斯眨巴两下眼睛，愣愣地道："不足三千年？"

他一脸难以置信："我真的想问你一句，是你戏弄我还是我听错了？或者你说的是不足三千万年，而不是三千年。"

不足三千万年，黑默斯还能相信，不足三千年，那太吓人了。

"你没听错。"林雷笑着摇摇头，"贝贝，我们走吧。"

于是，林雷、雷斯晶、雷洪、贝贝笑呵呵地走了。

仅仅片刻，贝贝又回头看向黑默斯："哈哈，傻大个，别站在那里发傻了，就算你再站三千万年也赶不上我老大。"

"不足三千年？短短数百年，他和我交手三次，一次比一次……"黑默斯终于理清了一切，心有余悸地看了看林雷离去的方向，"真是一个可怕的人物，不足三千年啊，不断地进步。他不过是青龙一族的族人，物质攻击就能强到这个地步……他应该达到了大圆满境界。"

黑默斯一屁股坐在地上，然后随意地躺在地上，他现在还脑袋发晕呢。

"啊！"黑默斯猛地一拍脑袋，"忘记问他的名字了！算了，就称他青龙一族的小子。"

"看来大决战会很精彩。"黑默斯嘀咕道，"高手那么多，嗯，一定要去看看。"说着，他站了起来，朝星河走去。不过，因为忌惮林雷，他走的路线和林雷他们不同。

自此，黑默斯深深地记住了这个青龙一族的小子，这个疑似是达到了大圆满境界的上位神的小子。


星河长上百万里，宽至少千里，将整个位面战场一分为二。

宽阔的星河绚烂多彩，是因为里面有一道道泛着五颜六色光芒的空间乱流以及一些空间裂缝。一旦陷入其中就会十分危险，连达到了大圆满境界的上位神也不敢轻易靠近，由此可见其可怕程度。

此刻，林雷他们四人站立在星河边上。

"这么多年了，我们都在星河这一边，对面才是我们的阵营。"雷斯晶笑着说道，"走吧，也该回我们的阵营了。若在这边，我们无法参加最后的大决战，我还想多弄些统领徽章呢。"

说着，雷斯晶率先飞向星河。就和林雷他们来时一样，雷斯晶也是沿着一条安全、弯曲的小径飞过去。

雷洪、贝贝、林雷紧跟其后。

当初林雷和贝贝第一次越过星河时，都是胆战心惊的，唯恐一个不小心被吸入空间裂缝中。可这次，林雷轻松得很。

"星河的确漂亮。"林雷观赏着四周的空间乱流，看着处于星河中的一些悬浮的巨石、土山等。

以林雷现在对空间的掌控力，他能清晰地感知到哪里危险哪里安全，即使靠近空间裂缝也不会被吸进去。

很快，林雷他们四人便到达了星河对岸。


每一场位面战争都会持续一千年。其间，普通的士兵们（一般的上位神）都没有任务，可以安心地待在兵营中。等到了最后一年，士兵们就开始忙碌起来。

此时，双方阵营的一座座兵营都迁移到了星河边上。以星河的两条通道为起点，沿着星河朝两边散开，还有不少士兵在巡逻。不过，他们现在的任务是接待统领。

在大决战开始前，一些独立的统领会加入进来。这些军队当然欢迎统领们的加入，毕竟一名统领的实力比普通士兵强太多，在大决战中能发挥很大的作用。

在一座土丘旁，上百名士兵或盘膝坐着，或半躺在土丘旁，或站立环顾四周。这是黑暗系神位面一方某一兵营的一支巡逻队伍。

"队长，有人从星河那边过来了，一共四个人。"一名银发紫瞳的士兵连忙喊道。

"哦？可能是统领们，我们靠近点看看。"这支巡逻队的队长，一名秃顶，有着鹰钩鼻的男子说道，他当即带着这支队伍靠近星河。

当离那四人还有几百米的时候，他松了一口气："是我们阵营的。"

其他人也感知到那四人的徽章气息了，顿时靠过去。

"嘿，你们是什么人？"一个戴着草帽的少年咋呼道。

那名队长立即躬身说道："四位大人，我们奉统领之命在周围接待各位大人。"

"走吧，林雷。"雷斯晶开口说道，"往年都是这样，到最后兵营会让我们加入其中。不管是在旁边观战还是加入战争，他们都随我们，到了兵营就会看到一大群统领。"

林雷点了点头："那我们走吧。"

"请四位大人随我来。"那名队长谦逊地说道。

在这名队长的引领下，在上百人的跟随下，林雷他们四人来到了最近的一座兵营。这座兵营内建造了大量的石屋，士兵们随处可见。

"这是我们兵营专门为统领建造的居所，统领可以选其中空闲的地方居住。"那名队长遥指前方，"那里有二十座庭院，其中三座有人居住，其他十七座没人居住。只要看庭院门就知道有没有人居住了，没人居住的庭院门都是锁着的。"

前方一片空地上建造了一座座古朴庭院，足足有二十座。

"又有人来了？"有两个人从一座庭院中走出来，一个是瘦弱得如同竹竿的青年，目光阴冷诡异；一个是白发白须的老者，满脸笑容。

"哦，雷斯晶。"那个瘦弱的青年轻轻笑了一下，说道。

"厄特里奇，没想到你也来了。"雷斯晶嗤笑一声，然后对林雷说道，"林雷，别理会这家伙，我们进去。"

雷斯晶似乎对这个瘦弱青年很不屑。

“嗯。”林雷也懒得理会这人。

“林雷？听说我们地狱四神兽家族冒出个林雷，就是他？”厄特里奇看向林雷，嗤笑一声，“记录了他对战的记忆水晶球我看了，实力也就一般，他来位面战场送死的吧。”

林雷转头瞥了厄特里奇一眼，紧接着便跟雷斯晶步入庭院。

厄特里奇一怔。

“厄特里奇，金瞳蝙蝠一族的天才高手，什么眼神？”贝贝瞥了厄特里奇一眼，不屑地一笑，而后也进入了庭院中。

## 第705章
# 纠结的贝贝

如果说林雷的眼神让厄特里奇有些不满，那贝贝说话的语气以及不屑的眼神则让厄特里奇十分愤怒。

"这戴草帽的小子！"厄特里奇脸一沉，准备呵斥。

"厄特里奇，别冲动。"旁边的白发老者神识传音。

"怎么了？"厄特里奇转头看向白发老者，"雷斯晶嚣张些就算了，那个戴草帽的小子又是什么人物？过去从未听说过这号人。"

"你没去过星河那一边，所以不知道这个戴草帽的少年的身份。"白发老者神识传音，"在光明系神位面阵营那一边，这个草帽少年的名声都传开了。"

"哦？"厄特里奇瞳孔一缩，"什么身份？"

"他是除贝鲁特外的第二只噬神鼠！"白发老者郑重地说道。

厄特里奇脸色一变："什么？噬神鼠！怎么可能？噬神鼠不就贝鲁特一个吗？怎么又冒出一个了？"

"我在星河那边闯荡过，怎么会不知道？你随便问一个去过星河那边的统领，他肯定知道那噬神鼠是一个戴着草帽的少年。你还是小心点好。"白发老者瞥了厄特里奇一眼，"出事了，可别说我没提醒你。"

说完，白发老者走向自己的庭院。

"噬神鼠？"厄特里奇看了看林雷他们进入的庭院，而后低哼一声离开了。

这个兵营为统领安排的庭院都比较大，房间也不少。

"不错，不错！"雷斯晶步入大厅，四处环顾，不禁满意地赞叹道，"看来这个兵营的人马在进来之前就购买了一些装饰品。"

大厅内摆设了一些装饰品，连长桌、椅子都是木质的，一看便知不是位面战场中的材料。

"林雷，现在我们没事，尽管休息，过一会儿估计这座兵营的统领会来拜访我们。旁边住的几个统领估计也会来拜访我们，我们只管应付就是。至于大决战，还在一个多月后呢。"雷斯晶当即朝一间屋子走去，"这段日子，我就住这一间。"

林雷他们也分别选了自己住的房间。

如雷斯晶所说，兵营的统领很快就来拜访他们了。之后，林雷他们也接待了住在周围的统领。

一转眼，半个月过去了。

庭院内，林雷和贝贝相对而坐。

"贝贝，你怎么愁眉苦脸、欲言又止的？有什么话就直接说吧。"林雷一眼就看出来贝贝有心事。

贝贝深吸了一口气。

"老大，我现在很纠结。"贝贝看向林雷。

"嗯？纠结什么？"林雷询问道。

贝贝低下脑袋趴在桌上，看着桌面轻声说道："老大，我让你来参加大决战，其实还有自己的心思。我一直在犹豫要不要让我的父亲和母亲复活。"

林雷一怔：我怎么忘记这个了。

这些年来，贝贝一直无忧无虑的，林雷也就没想那么多。

"我从来没有见过我的父母，不知道他们长什么样子。"贝贝轻声说着，"我本来在这方面没有想太多，但是看到老大你为了救兄弟亲人来了位面战场，我便有这个念头了，我是不是也该找寻我的父母呢？可看到老大你搜集统领徽章的过程很难，我就不想再给老大你增添负担了，因此之前一直没有提这个事。"

"不过，老大你现在的实力变强了，对你而言，再搜集两个统领徽章不是难事，于是我又有这个念头了。虽然我早已习惯了没有父母的生活，但这总归是一个遗憾。"贝贝抬头看向林雷。

"贝贝，对不起。"林雷真诚地道歉。贝贝为他在位面战场上拼命，他却没有想过救活贝贝的父母。

"老大，别那么说。"贝贝摇头说道，"其实，我现在都还有些迟疑，毕竟我从未见过他们，也不知道他们死后形成的亡灵是生还是死。假使我能见到他们，那我又该怎么面对他们？他们就算见到我也不认识我。"

贝贝的父母都没见过贝贝人类形态的样子，即使他们恢复了生前的记忆，见到贝贝也不认识。

"不认识，再相见……"贝贝心里复杂得很。

"别想了，这件事情交给我。"林雷说道。

"嗯。"贝贝点了点头。

贝贝直起腰，呼出一口气："不想了，反正是我的父母，见就见。嘿嘿，他们知道自己有一个噬神鼠孩子应该会很自豪吧。"

贝贝似乎摆脱了烦恼，又变得无忧无虑了。

林雷笑了笑，打定主意在大决战中再获得两枚统领徽章。

林雷和贝贝一路走过来，贝贝为林雷不顾生死，林雷也可以为贝贝不顾生死。

砰！砰！敲门声忽然响起。

林雷一挥手，院门打开，一个人走了进来。

一名穿着绣有金边的黑色长袍的黑发青年说道："林雷、贝贝，雷斯晶和雷洪呢？"

这人正是这个兵营的统领沃诺特。

在位面战场上，有单独行动的统领，也有负责管理兵营的统领。

"嘿，有什么事？"一个声音在厅内响起，雷斯晶飞了出来。

林雷和贝贝也看向沃诺特。

"是这样的，在大决战开始前，不管是兵营统领还是独行的统领，都会参与集体聚会，讨论关于大决战的事情，同时也可以让大家相互认识一下。"沃诺特笑着说道。

"什么时候？"雷斯晶询问道。

"就今天。"沃诺特点头笑道，"已经有统领在外面了，雷斯晶，你们四位现在也出去吧。我去通知其他几位统领，然后大家一起出发。"

"好。"雷斯晶点头说道，然后和林雷他们一起走出了庭院。

外面的空地上已经有三人了。这三人见到林雷他们四人，笑着打招呼："雷斯晶，贝贝，雷洪，林雷。"

他们一边说着，一边走向林雷他们。

林雷他们四人应声迎过去。在外人眼中，林雷他们这个小团体以雷斯晶、贝贝为主，毕竟雷斯晶和贝贝这只噬神鼠的名气大。

很快，统领们都到齐了，包括沃诺特，一共十名统领。

"好了，各位，我们出发吧。"沃诺特笑着说道。

"兵营有数十个吧？这个兵营就有十名统领，数十个兵营加起来那得有多少统领？"贝贝感叹道。

"没那么多。"沃诺特淡笑着说道，"兵营以星河的两条通道为起点，沿着星河朝两边散开，接待统领的是最外围的几个兵营，其他兵营不接待统领。"

贝贝恍然大悟。

"我们黑暗系神位面一方现在还活着的统领，最多五十多个吧。"沃诺特说道。

这一千年来，殒命的统领的确有很多。幸存下来的不一定是统领，也有统领级别的强者。如贝贝、雷洪，他们实力强，但都是士兵身份，跟着林雷、雷斯晶才能行动。

现在，林雷他们走向星河通道，他们这次聚会的地点就在那附近。


一座大庭院里面摆放着一些椅子、桌子，二三十人或坐着或站着。

"沃诺特，你们来了！"

沃诺特一行人的到来立即引起了那些人的注意。

"哈哈，乌维尔，你这家伙命大啊，还活着啊。"

"巴恩斯利，你这次也来位面战场了，哈哈……"

"雷斯晶！"

这群统领喊着对方的名字，谈笑着。

林雷、贝贝、雷洪认识的人很少，便在庭院角落寻了三把椅子坐了下来，品尝着美酒。

过了一会儿，雷斯晶朝林雷他们走来。

"还真是热闹。"贝贝笑道。

雷斯晶说道："热闹？有高兴的，有讥讽的。和你关系好的希望你活着；

和你关系不好的巴不得你死。你们认识的人少，过一会儿，估计也会有人来和你们攀谈，很快你们也会相互熟悉的。"

林雷淡然一笑，举着酒杯轻轻饮了一口。

"厄特里奇，你是和他们一起来的，你知道雷斯晶身旁那三人吗？"他们虽然是统领，但也需要知道同级别强者的一些情报，越详细越好。

厄特里奇还没说话，他旁边的一名光头大汉低声说道："其他两人我不知道，可那个戴草帽的在光明系神位面的阵营中名声传开了。敢惹那个少年的不多，他可是除了贝鲁特之外的第二只噬神鼠。"

"噬神鼠！"不少人听得心里发怵，因为他们当中很多人都没有灵魂防御主神器。没有灵魂防御主神器，他们就完全对付不了贝贝。

这些人惊异地看了看贝贝，而后问道："那另外两人又是什么了不得的人物啊？"

厄特里奇笑道："那两人倒是一般。那个沉默寡言的汉子是雷洪，是紫荆主神的使者；旁边那个棕发小子在青龙一族比较出名，叫林雷。"

"林雷？"一些来自地狱的统领听说过林雷，也都看过记录了林雷的战斗场景的记忆水晶球。在他们看来，林雷只能算是厉害的七星使徒，还算不上统领，但是他们不知道，林雷九幽领主的身份是在进入冥界后才得到的。

随着时间的推移，越来越多的统领以及同级别的强者进来了，他们相互交谈，不过找林雷攀谈的人很少。

## 第706章
# 大决战

庭院内，五十余名统领聚集在一起，林雷他们四人则围坐在一个角落，时不时有侍者为他们送上些美酒、水果。

"一点意思都没有。"贝贝一边吃着一个圆溜溜的紫皮水果，一边嘟囔道，"让我们来干什么？那些管理兵营的统领商议有关大决战的事情，让我们这些人在旁边傻坐着干吗？"

林雷一笑，扫了一眼庭院中央那群统领。显然，他们在针对大决战做一些详细的安排。像林雷他们这些独行的统领，不需要参与其中。

"我们没兵，讨论什么？"雷斯晶瞥了一眼那群统领，又看了看和他们一样在角落闲聊的没有兵的统领及同级别的强者，"那些人不也和我们一样？我们来这里只是认识一下其他统领罢了。"

很快，那群统领便讨论完了。

"各位，"其中一名三眼统领站了起来，环顾众人微笑道，"距离大决战开始也没多久了，是参加大决战还是观战，你们自己选择。如果参加大决战，就和以往一样，加入士兵中就行，其他的就不需要我多说了。"

位面战争已经进行过很多次了，许多事情都成惯例了。

统领以及同级别的强者和士兵在一起，从外表是辨别不出来的，这样可以防止敌方集中攻击某位统领，让己方士兵和统领的生存概率大一点。不过，如果统领太出风头，还是很危险的。

"光明系神位面阵营一方是否有特别厉害的强者？如果有，还请说出来，让大家早做准备。"这名三眼统领朗声说道。

"我知道，光明系神位面阵营一方有马格努斯！"一名统领级别的强者朗声说道。

"马格努斯，的确需要小心。"这名三眼统领郑重地点头。

坐在角落的雷斯晶说道："我还知道一人，在风系元素法则方面达到了大圆满境界的拜厄来了，也是光明系神位面阵营一方的。"

"拜厄？"这个名字引起了大家的关注。

之后，其他人也提到了好几个人，但真正让大家警惕的只有马格努斯和拜厄，毕竟他们两人是达到了大圆满境界的上位神。如果他们要对付统领，那是轻而易举。

"林雷，雷林怎么一直没现身？"雷斯晶悄声对林雷说道，"他是我们这一阵营的，应该现身才对。"

林雷疑惑地摇头说道："我不清楚，他特立独行吧。"

这次聚会能让同一阵营的统领及同级别的强者相互认识。如果不是在位面战场，想要将他们这些人聚集在一起很难。

林雷虽然不想和这些人攀谈，但还是免不了和一些人聊一两句，也算相互认识了。

"我已经给大家安排了住处。"三眼统领笑着说道，"一个就在我们这边，还有一个靠近星河通道。这样，大决战开始时，各位统领能尽快加入。"

很快，大家选定了住处，静待大决战到来。

黑暗系神位面一方有这样的聚会，光明系神位面一方也有这样的聚会。不过，在光明系神位面一方的聚会上，出现的达到了大圆满境界的上位神只有马格努斯，至于拜厄，并有没出现。

"马格努斯先生。"一名名统领非常热情地向马格努斯示好，显得很谦卑。他们虽然是统领，平时也很高傲，但面对达到了大圆满境界的上位神，就会很谦卑。他们并不认为这是丢脸的行为，而是应该的。

可马格努斯懒得理会这些人，他找了一个角落坐下。他的旁边是乌曼、切格温、拉姆森三人。

"各位，黑暗系神位面一方可有厉害的强者需要注意？知道的还请说出来，好让大家心里有准备。"一名白眉白发的青年开口说道。

顿时，大家一个个说了一些强者名字，如雷斯晶、贝贝等。

"我们遇到过对方的一名强者，应该是达到了大圆满境界的上位神。"乌曼朗声说道，"他修炼火系元素法则，不过，他的名字我们不清楚，只知道他的眉毛是赤红色的。"

闻言，大家一下子安静下来。和达到了大圆满境界的上位神相比，雷斯晶或贝贝的威慑力低得很。

"我说一个，"黑默斯朗声说道，"我怀疑他也是达到了大圆满境界的上位神。"

此话一出，其他人都看向黑默斯。他们都认识黑默斯，认为黑默斯不会说假话。

"这人是四神兽家族中青龙一族的，实力很诡异。一开始他弱得很，后来比我还强。也就过了数百年而已，他的实力提升很快。他说他修炼不足三千年，我是不相信的，但是有一点我可以肯定，他的实力超过了我。"黑默斯愤愤不平地说道，"我怀疑他已经达到了大圆满境界！"

话音刚落，一片大笑声响起。

"黑默斯，他修炼不足三千年，你说他达到了大圆满境界？如果他修炼不足三千年就达到了大圆满境界，那我们这些人就没脸待在这里了。哈哈！"一群统领显然都不相信。

"黑默斯，别听别人胡扯。"还有统领劝说黑默斯别听信谣言。

"青龙一族的最强者盖斯雷森的实力和我们相当，他们哪有达到了大圆满境界的上位神？如果有，他们当初就不会被八大家族欺负得那么惨了。"

议论声一片，显然，没人相信黑默斯。

"不可能。"坐在角落的马格努斯缓缓开口说道，"修炼不足三千年就达到了大圆满境界，绝对不可能！别说是三千年，就是三万年、三十万年也不可能达到大圆满境界。一名修炼者想在百万年内达到大圆满境界都是一件不可能发生的事情。"

马格努斯身为达到了大圆满境界的上位神，对此最有发言权。

"难道我黑默斯会骗你们?!"黑默斯生气了，鼻子中喷出热气，眼睛瞪得滚圆，扫了一眼其他人。

那些统领不禁压低笑声，他们还真不想惹怒黑默斯这家伙。

"不听就不听，命没了别怪我。"黑默斯哼了一声，坐了下来，抓起桌上的烤腿肉大口吃了起来。


黑暗系神位面阵营和光明系神位面阵营就驻扎在星河的两边，等待着大决战的到来。

其实，在一场位面战争中，普通士兵的死亡率极高，但是最期待大决战的还是这些普通士兵。他们中一小部分人是想获取军功，希望换取主神之力；大部分人是因为活得太长，想见识一下传说中最可怕的战争——位面战争。于是，他们就让自己的神分身来到了位面战场。他们宁可损失一个神分身，也想体验一下传说中的位面战争。

他们这是愚蠢还是疯狂？没人能回答这个问题。

当一名神级强者生存了亿万年觉得无事可做时，就有可能想做些疯狂的事情。参加位面战争就是一件疯狂的事情。


黑暗系神位面阵营一方，林雷他们居住的庭院内。

雷斯晶、贝贝相对而坐，正在闲聊。陡然，轰隆隆的声音在天际响起，一股强大的能量弥散开来。

在这股能量的影响下，星河两岸的大量建筑直接化为粉末，露出了住在屋内的士兵、统领们，他们立刻看向星河的两条通道。

只见星河的两条通道散发出七彩光芒，光芒冲天而起，令上方的空间震颤起来。这一刻，星河的两条通道十分醒目。

"大决战终于开始了。"林雷见到这一幕，低声说道。

位面战场上，两个阵营长达一千年的对战到了最后时刻，星河通道会爆发出七彩光芒，引起天地震动，这是大决战开始的信号。

有人说这幕场景是主神制造的，有人说这幕场景是至高神制造的。不管是谁制造的，有一点毋庸置疑——大决战开始了。

"冲！"咆哮声瞬间在星河两边响起。

不管是黑暗系神位面的士兵还是光明系神位面的士兵，都通过星河通道朝对面冲去。

"哈哈，开始了！"雷斯晶大笑起来，"我们出发！"

"走喽！"贝贝也欢呼道。

林雷他们四人如闪电般朝星河通道冲去。

没兵的统领，如林雷他们，可以自由行动；有兵的统领，则按之前在聚会上讨论的那样有计划地行动。

本就绚烂多彩的星河，因星河两条通道爆发出的七彩光芒更加夺目了。

此刻，林雷、贝贝、雷斯晶、雷洪便站在星河的通道边上。

"真疯狂！"林雷看着眼前这幕场景感慨道。

不论是星河的两条通道还是星河的表面，都布满了士兵。起初，两方阵营进行远距离的集体性攻击，各种物质攻击、灵魂攻击出现在半空。不过这种攻击只持续了一会儿，很快，混战开始。

砰砰声不断响起，神格到处乱飞，身份徽章落得到处都是。

一枚枚白色徽章、黑色徽章从士兵身上掉落，有的士兵手一挥就能抓到十多枚徽章。在这种混战中，的确容易获取徽章，但也十分危险。

雷斯晶眼睛发亮："哈哈，林雷，我们别迟疑了，其他统领可都冲进去了！"

"走！"

林雷他们四人也加入了混战。在他们的身后，还有冲上来的其他统领，以及源源不断的士兵。

## 第707章

# 崭露锋芒

星河的两条通道上，七彩光芒冲天而起。

黑暗系神位面、光明系神位面两方的士兵在通道上疯狂战斗。如果从高空俯瞰，会看到如长龙一般的队伍正拥入这星河通道。

在这种混战中，很难让上万人统一行动，于是便出现了一支支百人队伍。每支百人队伍有各自的队长，队员听从队长的吩咐。

此刻，林雷他们四人在人流中，并不知道自己已经被敌方的一支百人队伍钉住了。

"灵魂攻击！目标，前方三十米处的十一人！"那支百人队伍的队长神识传音。

此时，这支百人队伍只剩下八十二名队员了，他们统一施展灵魂攻击，近百柄透明的飞刀射向包括林雷他们在内的十一人。

雷斯晶嗤笑一声："找死！"

只见雷斯晶的眉心亮起紫光并弥散开去，不少触碰到紫光的人没了气息。对方那支百人队伍本就人不多，现在又有五十三名士兵中招。不过，因为他们身边的人太多了，中了他这一招的不仅有对方的士兵，还有己方的士兵。

砰砰声响起，五十三枚身份徽章接连掉落在地上。

"徽章！"周围不少士兵见了，赶紧去抢夺。一眨眼，这些徽章便被抢光了。

一枚徽章掉落就代表有一人殒命。无数枚徽章掉落，便代表有无数人殒命。位面战争真的很惨烈。

"不好，快走！"那支百人队伍的队长吓得脸色一变，连忙命令队员们逃离这里。

"够厉害啊。"贝贝感慨道。

"那些士兵虽然也是上位神，但大多还不是七星使徒，对付他们还不简单？我这一招的威力不算大，不过适合刚才那种情况使用。"雷斯晶满不在乎地说道，"大家都看仔细了，看清楚谁是统领。我们不能一直站在这里，不然会引起敌方的注意。刚才只是一支百人队伍，引起注意后，恐怕会有一群百人队伍联合起来对付我们。"

雷斯晶很有经验，知道不能长时间待在同一个地方。

"跟我来。"林雷开口说道。

于是，雷斯晶、贝贝、雷洪没有任何异议地跟在林雷身侧，不断前进。

到处都在战斗，林雷却闲庭信步般行走在其中。凡是朝他们冲过来的队伍，都会被一股强大的斥力推出去。

"雷斯晶，你的紫晶空间真够厉害的。"旁边响起一个笑声。

林雷他们转头看去，说话的是厄特里奇。

厄特里奇今天穿着一件暗金色的长袍，他瞥了林雷一眼，说道："雷斯晶，照顾好你的朋友，这地方危险得很！一个七星使徒说没有就没有了。"

说完，厄特里奇一晃，人就到了远处。

"厄特里奇什么眼神？连这重力空间是老大布置的都没有发现。"贝贝哼了一声，说道。

"别管他。"林雷目视前方，"前面就是星河通道的中央地段了，也是战斗最疯狂的地方。我已经发现了好几个敌方统领。走吧。"此时，林雷内心平静。

一般来说，人的心境和实力有关。若实力弱，那就容易胆战心惊、小心翼翼，就像那些普通士兵，一不小心就会丧命；若实力强，那就会轻松自在，就像林雷。

"林雷，你们看前面！"雷斯晶陡然惊呼道。

林雷朝远处扫了一眼，发现一名黑袍人竟然被光明系神位面阵营的上千人围攻。

对方的一次集体性灵魂攻击下来，里面还包含了一些人的天赋神通。起初，黑袍人还能快速闪躲，即使被上百人的招数击中也没有受到很大的影响。不过，面对这上千人一次又一次的或灵魂攻击或物质攻击，这名黑袍人闪躲的速度越来越慢，被击中的次数也越来越多。最终，这名黑袍人从半空跌落。一枚神格、一条黑色项链、一枚空间戒指，以及一枚赤色徽章都掉落下来了。

林雷他们遥遥看到这一幕，都不禁摇了摇头。

"拿波特这家伙真倒霉。"雷斯晶对林雷他们三人神识传音，"他肯定是之前吸引了敌方的注意力，但自己没有意识到。光明系神位面阵营那么多人，很容易就能凑十几支百人队伍轮番对他进行集体性的灵魂攻击、物质攻击，就算他有灵魂防御主神器也没有用。"

"在大决战中，统领也很危险啊。"贝贝感叹道。

不管是在冥界还是在地狱，要一次性召集上千名六星使徒围攻某人，很难。但是位面战场不同，在这里很容易就能凑到上千人的队伍进行联合攻击。更何况来这里的人都是上位神，至少是六星使徒级别的上位神。虽然六星使徒的实力比不上七星使徒，但是若被上千名六星使徒围攻，那也是有生命危险的。

"别管别人。"林雷的目光忽然锁定远处，"我发现了很好的目标。"

"哦？"雷斯晶、贝贝、雷洪也朝远处看去。

"是他们！"雷斯晶眼睛一亮，"这次不能让他们逃掉！"

"别想逃！"贝贝也死死地看着远处。

在距离他们大概三里地的半空，三道身影正在追逐一道灰袍身影。其中有两个"老熟人"：一个是穿着一件金色长袍的乌曼，一个是笼罩在紫色长袍中的切格温。在他们旁边的是拉姆森。

拉姆森是兵营统领，可现在已经陷入混战了，难以指挥士兵，于是和两位朋友一同去对付敌方统领。他对他们三人的实力很有自信。

"哈哈，想逃？"拉姆森飞得很快。

嗖！一道金光从拉姆森的手中射出，瞬间撕裂长空，射向前方逃跑的灰袍人。

嗡！灰袍人身上顿时黑色光芒大盛，他那带着黑色光晕的一拳狠狠地砸在那道金光上，然后继续逃。没承想，乌曼、切格温已经围住他了。

"你逃不掉的！"乌曼大笑着，身上白色光芒大盛，挥舞着狼牙棒砸向灰袍人。

锵！灰袍人举起双臂，硬是用双拳扛住了狼牙棒的一击。然而，狼牙棒上的一根根尖刺突然射出，袭向灰袍人。金属撞击声响起，尖刺没有刺中灰袍人的要害。

砰的一声，一道金光击中了灰袍人。

拉姆森手一伸，那道金光又飞回了他的手中。这是一柄金色的长矛，上面还有诡异的纹路。

"哈哈，这已经是第三枚统领徽章了。"拉姆森伸手抓过一枚赤色徽章。

旁边的乌曼自信地说道："拉姆森，我们三人联手，又有谁能挡住我们？"

"乌曼，我们的'老朋友'过来了。"切格温神识传音。

乌曼、拉姆森立即顺着切格温的目光看去，只见四道身影飞了过来，为首的是林雷。

"林雷没死？"乌曼大吃一惊，接着目露凶光，"好，很好！前两次都没能解决他，这次一定要解决他！"

"那个雷洪交给我，上次没解决他，这次也该有个结果了。"切格温盯着远处的雷洪，同时叮嘱拉姆森道，"拉姆森，你赶紧去找马格努斯先生，你对付不了贝贝的。他们四人中数雷斯晶最难缠，只有马格努斯先生能对付雷斯晶。"

"好。"拉姆森知道贝贝是噬神鼠，他不能逞能。

就在拉姆森转头要走的时候——

"你们不用逃了！"一个冷漠的声音在他们三人的脑海中响起。

拉姆森、乌曼、切格温惊愕地看着前方，只见之前还和雷斯晶、雷洪、贝贝一同飞行的林雷速度陡然大增，瞬间就到了他们三人身前。

"这……"乌曼他们三人十分震惊。雷斯晶那三人还在远处，林雷却已经到了他们跟前。林雷的速度已经超乎他们的想象了。

乌曼他们三人立即想起了聚会上黑默斯说的那番话，不禁脸色一变。

"难道是他？"乌曼他们三人不敢多想，同时施展了各自的绝招。

轰隆隆——

林雷挥出一拳，一百零八条泛着黑光的黄龙袭向他们三人，可怕的空间束缚力让这三名统领的速度锐减。他们只能眼睁睁地看着林雷的拳头挥过来，却毫无能力反抗。

砰！拳头砸中了乌曼的脑袋。乌曼身体一颤，一枚金色徽章从乌曼体内掉落，同时掉落的还有灵魂防御主神器。

"林雷，住手！"一声呵斥在林雷的脑海中响起。

"马格努斯？"林雷的嘴角微微上翘。

"停下！"马格努斯急了。

然而，林雷的拳头已挥向旁边的拉姆森、切格温。

拉姆森直接倒下，一枚金色徽章掉了出来。

切格温身体一震，猛然后退，惊骇地看向林雷："你……你怎么可能这么强大了？"刚才那种不能反抗的无力感让他非常惊恐。

"你不愧有两件防御主神器。"林雷瞥了一眼切格温，收起两枚金色徽章。

这时，贝贝、雷斯晶、雷洪也赶到了这里。

"两枚统领徽章到手。"林雷回头对贝贝一笑。

"老大，小心！"贝贝陡然灵魂传音。

林雷转头看去，只见一道身影正疾速飞来，速度和刚才的他不相上下，正是暴怒的马格努斯。

很快，马格努斯就到了拉姆森的身旁，他扶起拉姆森的身体，愤怒得脸上的肌肉都抽搐起来了。

乌曼殒命，马格努斯不在乎；拉姆森殒命，马格努斯十分在乎，因为拉姆森是马格努斯的好友，真正的朋友。

马格努斯抬头死死地看着林雷，声音低沉地说道："我刚才让你停手的。"

林雷只是淡漠地看了一眼马格努斯，没有说话。

## 第708章
# 星河上的对决

达到了大圆满境界的上位神无一不是实力超绝的人物，他们习惯了别人对他们的恭敬。就是见到主神，他们也不用下跪，只要略微躬身即可。由此可见其心中傲气。

如今，林雷那淡漠的一眼令原本因朋友殒命而悲恸不已的马格努斯瞬间双眼变红。

马格努斯放下拉姆森的尸体，缓缓站起，愤怒地看着林雷。

林雷毫不畏惧，也看着马格努斯。

砰砰砰！周围轰鸣声不断，黑暗系神位面阵营和光明系神位面阵营的战士们都在战斗着。一具具尸体倒下，一枚枚神格到处乱飞，一枚枚身份徽章被幸存的士兵抢夺，星河通道上是那般疯狂。

在这种情况下，林雷与马格努斯两人对峙着，一动不动，周围的一切仿佛与他们无关。

"目标，那个站立不动的银发白袍人，灵魂攻击！"一支百人队伍的队长钉住马格努斯。

这支百人队伍如今只有七十五名队员了，在得到命令后，他们同时发动攻击，各种招式袭向马格努斯。

原本怒视着林雷的马格努斯不禁转头看去。

"哼！"马格努斯低哼一声，眼神一变，眼中射出两道迷蒙的光，犹如两把飞射出去的利剑，嗖嗖划过长空，击溃了那些招式，然后射向那七十五名队员。

一眨眼的工夫，七十五名队员殒命，神格、徽章落了一地。

"怎么可能？"其他一些士兵看到了这幕场景，吓得脸色大变。

"老大。"贝贝有些担心。

"放心，你们先在一旁等我。"林雷神识传音，"我虽然没有十足的把握对付马格努斯，但是绝不会败。"

"林雷，马格努斯毕竟是达到了大圆满境界的上位神，千万别大意，而且他也有主神器。"雷斯晶神识传音，然后与贝贝、雷洪往后退。

他们知道，一旦林雷和马格努斯战斗起来，肯定会波及周围的人。

此刻，林雷和马格努斯的眼中都只有自己的对手。

马格努斯看着林雷，低沉地说道："你竟然没死。"

"怎么，后悔了？"林雷淡然说道。

"不后悔。"马格努斯已然冷静下来，"因为我知道，上次你没死，这次你必死。"

"你很自信。"林雷看着马格努斯，"上次你很自信，认为我在你的最强一击下必死无疑，结果呢？上次我能打破你的自信，这次我同样能打破。"

马格努斯脸色阴沉。

"哈哈……"马格努斯忽然笑了起来，"大话谁都会说。今天，我会让你知道你和达到了大圆满境界的上位神之间的差距。"

马格努斯认为林雷没有达到大圆满境界，因为之前他和林雷交过手，认为林雷离大圆满境界还差得远。

在大笑声中，马格努斯动了，速度瞬间达到了极限，那戴着黑色手套的右手抓向林雷的脑袋，所过之处，哧哧声响起，空间出现了一个个洞孔。

"自大！"一声暴喝响彻星河通道。

嗡——

只见一柄泛着黑色光晕的剑刺中了马格努斯的手掌，使得马格努斯不禁往后退，同时，天地震颤起来。

数道巨大的空间裂缝顿时出现，里面的吸力很强，很快就吸走了周围数十名士兵，而后空间裂缝又突然消失了。

"空间裂缝？那么大的空间裂缝?!"原本还在战斗的士兵们十分惊骇，特别是在林雷、马格努斯周围的士兵。

不过很快他们又投入新一轮的战斗中了。

"你、你……"马格努斯惊愕地看向林雷。

"真是自大！"林雷不禁嗤笑一声。

凭借天地法则赐予的威势，林雷感知到马格努斯刚才出招时没有使用主神之力。对达到了大圆满境界的上位神而言，解决一般的统领确实不需要使用主神之力，可林雷不是一般的统领。

"你达到了大圆满境界？"马格努斯一脸难以置信。

林雷没有回答这个问题，而是轻轻一笑："我要感谢你当初的全力一招，让我有了如此大的进步。"

马格努斯不知道具体的情况，不过在他看来，林雷达到了大圆满境界。

"难怪如此狂傲，原来你也达到了大圆满境界。"马格努斯脸一沉，说道，"不过，就算你达到了大圆满境界，我马格努斯今天也要让你知道解决了我的朋友会有怎样的下场。"

话音刚落，马格努斯再次动了。

一眨眼的工夫，林雷发现眼前出现了一只戴着黑色手套的拳头，同时感受到了一股狂暴的命运主神之力的气息，感觉四周空间在挤压自己。

这一拳似乎能毁天灭地，无法抵挡。

"不用灵魂攻击，用物质攻击。"林雷毫不犹豫反手就是一剑。

嗡！一百零八条泛着黑光的黄龙袭向马格努斯。

马格努斯似乎听到了龙吟声，而后便感受到了强烈的空间束缚力，攻击速度受到了影响。

林雷的剑与马格努斯的拳头碰撞。

咚！如鼓声一般的低沉声音响起，空间瞬间破碎，数百道空间裂缝出现。蕴含了威势的主神之力气息弥散开去，仿佛利箭一样轻易地穿透了周围一个个士兵的身体。

一瞬间，数百名士兵的尸体从半空坠落。

"这……这怎么了？"原本还在战斗的士兵都愣住了，不知道发生了什么。

因为大量的士兵都停了下来，所以大家很快就注意到了在激战的两人。

砰砰——

两道身影一次次碰撞，空间裂缝不断出现又不断消失，靠近空间裂缝的士兵都被吸了进去。

"退，快退！"士兵们惊恐得连忙后退，赶紧和林雷、马格努斯拉开距离。

"好可怕的速度！"士兵们感到心悸，"他们难道是……"

这些士兵都达到了上位神境界，至少是六星使徒，在地狱和冥界也算是强者，参与过的、见过的战斗也不少，但是林雷与马格努斯交手造成的动静令他们感到恐惧。

在位面战场上竟然制造出了上百米长的空间裂缝，这需要多大的攻击力？

他们完全被眼前的场景吓呆了。

星河两条通道上的战斗还在进行着，只有一方阵营在两条通道上都取得了胜利，战斗才会结束。

现在，林雷和马格努斯战斗的动静太大，以至于他们周围方圆千米内再无其他人。

星河两条通道上的不少士兵、统领都注意到了这场巅峰对决。

"他们是……马格努斯，还有……那个雷斯晶的朋友？"那名三眼统领脸色一变。

"怎么可能？是那个林雷？"厄特里奇也震惊地看着远处的林雷和马格努斯，"马格努斯和林雷斗得不相上下？"

看着远处天崩地裂般的场景，厄特里奇不敢相信被自己瞧不起的林雷竟然能和达到了大圆满境界的上位神斗得不分上下。他甩了甩脑袋，依旧不敢相信眼前的场景。

"是林雷！"

黑暗系神位面阵营一方的那些统领虽然之前不在意林雷，但知道林雷的名字，现在他们一个个十分惊愕。

"这林雷太可怕了。"

光明系神位面阵营一方侥幸活下来的切格温现在依旧感到惊恐。

"这是谁？"光明系神位面阵营一方不少统领还不认识林雷。

"哈哈，我早就说过了他很强，疑似达到了大圆满境界。"黑默斯眺望远处的战斗，大笑起来，"你们一个个还不相信我！哈哈，看到了吧，你们看到了吧！"

随着林雷和马格努斯战斗方位的改变，星河其中一条通道上的战斗不得不暂停下来。

一时间，万千士兵和大量统领都惊骇地看着半空那场可怕的战斗。他们中的许多人今天才真正感受到达到了大圆满境界的上位神的可怕。

"快，改变方向，支援另外一条通道！抓紧机会，先占领另外一条通道！"有的统领反应快，知道这条通道上的战斗进行不下去了，立即安排人马支援己方在另外一条通道上的同伴。

林雷、马格努斯还在战斗，他们身边空无一人，没人敢靠近。

这两人一个在上空，一个站在地上。悬浮在半空的是马格努斯，嘴角还有一丝血迹；在地上的则是全身覆盖着青金色鳞甲，背部有尖刺的林雷。

林雷那双暗金色的眼睛看着上方："马格努斯，你跟我比物质攻击，还差了一点！"

## 第709章

# 要赢了！

"这主神之力的属性和我不匹配。"林雷在心中暗道。

刚才这轮交战，马格努斯使用了符合他修炼属性的命运主神之力，林雷使用了不符合自己修炼属性的毁灭主神之力，交战初期，林雷处于下风。后来，林雷变为龙化形态，攻击力大增，在物质攻击方面压对方一头。

"我那次和雷林切磋时并没有变为龙化形态。如我所想，我在龙化形态下的物质攻击很强。"林雷思考着。他知道自己的物质攻击变强，是因为里面蕴含了被天地法则赐予的威势。

如今林雷施展的招式，不管是用来防御的还是用来攻击的，威力都很大。他只是实力堪比达到了大圆满境界的上位神就能做到这一点，若是他达到了大圆满境界，这一招的威力会有多大？

"要解决一名达到了大圆满境界的上位神，的确很难。"林雷抬头看向马格努斯。

马格努斯没有防御主神器，靠主神之力在体表形成了一层物质防御，其中蕴含了他在达到大圆满境界时被天地法则赐予的威势，这样就能让林雷无法重创他。

难怪都说达到了大圆满境界的上位神没有弱点，因为他们不管是防御还是攻击都极强，即使没有主神器也很强。

嗖！林雷如一道幻影冲天而起，而后和马格努斯在高空相对而立。

两大强者在通道上空悬浮着。

"青龙一族的人在龙化形态下实力果然会提升很多！"马格努斯朗声笑道，"不过你也别得意，刚才只是开始！"

说完，马格努斯如太阳般发出耀眼的光芒，散发出强大的气息。

凌空而立的林雷轻轻甩动龙尾，看着对手，一点也不着急。

马格努斯向前伸出双手，胸前顿时浮现出一个足有一人高的光球，里面有一朵盛开的晶莹的莲花，莲花上似有雾气萦绕。在七彩光芒的照耀下，这朵莲花显得很美。

"还真是拼命了！"林雷感慨道。

之前，马格努斯也是用这一招对付林雷，当时的光球只有拳头大，这次却有一人高。不仅如此，里面那朵莲花也比上次大了很多。由此可见马格努斯这回消耗了多少灵魂能量。

"哼！"马格努斯眼露寒光，胸前悬浮的巨大光球化作一道闪电袭向林雷。

"哈哈！"林雷却发出大笑声，身上射出一道道透明剑影，袭向那一人高的光球。

砰！光球瞬间爆裂开来，露出了里面那朵晶莹的莲花。

无数道透明剑影射向莲花。

嗖——那朵巨大的莲花疾速飞向林雷并不断旋转，碰到它的一道道透明剑影都消失了，但是莲花的体积也在不断变小。

"嗯？"马格努斯脸色一变，"好强的灵魂攻击！"

林雷这招虚无剑波的威力让马格努斯大吃一惊。

其实，即使林雷融合了地系元素法则中的四种奥义，他的灵魂攻击也还是比马格努斯弱。不过，林雷的灵魂能量比主神之力强。同是天地法则赐予威势，他的威势比达到了大圆满境界的上位神的要强。因此，林雷的灵魂攻击并不比马格努斯的差。

"哼！"马格努斯心念一动，小了很多的莲花旋转起来，一片片花瓣分散开来，飞向林雷。

林雷的虚无剑波阻挡了一部分花瓣，还有一部分进入了林雷体内。

"马格努斯，这就是你的绝招？"林雷看着马格努斯说道。

"怎么会这样？"马格努斯在心中暗道，"林雷即使能挡住，也不应该一点反应都没有。"

马格努斯不知道林雷有一件灵魂防御主神器——盘龙戒指。如今，盘龙戒指已经修复好了，再也不是一件破损的主神器。在林雷灵魂变异后，他用了不到十年的时间修复了盘龙戒指。

有灵魂防御主神器在，他会怕这攻击？

"哈哈，马格努斯，"林雷大笑道，笑声在星河上空回荡着，"这次该我进攻了！"

随即，林雷持着留影剑冲向马格努斯，大量透明的剑影从林雷体内射出，射向马格努斯。

"别说大话，你又能奈我何？"马格努斯不甘示弱，大声说道。

此刻，观战的人太多了，分别来自七大神位面、四大至高位面。如果这一战输了，消息肯定会很快传遍众多位面。如果示弱，他马格努斯的脸往哪里放？

嗖！林雷猛地甩出龙尾。

"不能让他靠近！"马格努斯立即后退。

一旦林雷靠近马格努斯，林雷肘部、背上的尖刺和龙尾等都能威胁到马格努斯。

一眨眼的工夫，两人再次交锋，每一次撞击都会使得空间裂缝出现。在这条通道上的士兵和统领们都小心翼翼的，生怕被波及。

然而，另外一条通道上的战斗已经到白热化阶段了。

"正前方敌人，集体进行物质攻击！"

这十支百人队伍发出集体性物质攻击后，又会来十支百人队伍发出集体性灵魂攻击。这些集体性物质攻击和灵魂攻击的交替发出，令对方大量士兵殒命，大量统领徽章从半空落下。

很明显，在这条通道上，黑暗系神位面阵营一方占据优势。

原本光明系神位面阵营的战士还会冲上去，可随着时间的推移，他们一方损失惨重，越来越多的人没有勇气再往前冲了。

"哈哈，要赢了！"黑暗系神位面阵营的几个统领看到这一幕后大笑道。

"还好及时把那条通道上的人马调过来了。现在在这条通道上，我们的人数占据优势，一口气就能把对方击溃，到时候即使他们有救兵也来不及了。"

很快，通过星河的这条通道，黑暗系神位面阵营的士兵们冲到了对岸。

嗡嗡声响起，从这条星河通道上冲天而起的七彩光芒开始消失，这条通道上的战斗结束，黑暗系神位面阵营获胜。

"哈哈！赢了！赢了！"欢呼声一片，黑暗系神位面阵营的大量士兵欢呼起来。

"赢了！"那些指挥战斗的统领也很兴奋。

"走，我们快去另外一条通道战斗，或许还能看到两大达到了大圆满境界的上位神之间的战斗。"这些统领立即调遣士兵们朝另外一条通道疾速赶去。

林雷所在的这条通道上有无数士兵在观看他和马格努斯的战斗。

"看样子，他们斗得不分上下。"那些观战的人感慨道。

突然——

砰！激战中的林雷和马格努斯被震得往后退。

马格努斯站在地上，遥看林雷，朗声说道："林雷，你我再这么战斗下去就是浪费时间，恕我不奉陪了！"

马格努斯虽然一肚子火，但是不想再战斗下去了，打算离开。

显然，马格努斯解决不了林雷，林雷也解决不了他。他不得不承认，林雷已经是和他同层次的强者了。

"浪费时间？我可不这样认为！"林雷的声音响起，"还是你怕了？"

"哼！"马格努斯怒视着林雷。

在马格努斯看来，两人既然分不出胜负，那就没有必要再战斗下去了，可林雷竟然这样说。如果他今天就这么走了，不知道的人会以为他怕了。

位面战场上寒风凛冽，林雷站得如同标杆般笔直，轻轻甩动龙尾。

"你知道我是青龙一族的，那就感受一下我青龙一族的天赋神通吧。"林雷朗声说道。随后他的身后出现了一道巨大的青龙幻象，青龙的金色眼眸盯着马格努斯。

天赋神通——龙吟！

嗡——一股奇特的能量瞬间弥散开去。

天赋神通的威力大小取决于灵魂海洋中灵魂能量和青色光晕的强弱。如今，林雷的灵魂能量比主神之力还要强，再配合天地法则赐予的威势，在青龙一族中恐怕只有老祖宗青龙比他强。

嗖！林雷的速度飙升到极限，冲向马格努斯。

马格努斯脸色大变，他感知到时间流速已经改变了，于是赶紧控制主神之力在体表形成一层物质防御。

林雷手持留影剑，全力刺向马格努斯。哧哧声响起，即使留影剑勉强刺破了马格努斯的皮肤，他也还是感受到了强大的阻力。

不过，马格努斯被震得飞了起来。

"解决不了你，那就把你弄到空间乱流中去。"林雷目光冷厉，然后用右腿狠狠踹向马格努斯。

马格努斯被踹得犹如一颗流星飞向星河中央的空间乱流。

"不——"马格努斯好不容易摆脱时间的影响，却发现自己被踢入了五颜六色的空间乱流中。

很快，马格努斯便消失在了空间乱流中。

寂静！

位面战场上顿时一片寂静！

看到这一幕的人都惊呆了，一个达到了大圆满境界的上位神就这么被踢入空间乱流中了？

林雷瞥了一眼星河中央五颜六色的空间乱流，转头朝贝贝他们走去，同时恢复人类形态，微微一笑："贝贝，我们走吧！"

第710章
# 焦点

在一片寂静中，在无数强者的注视下，林雷平静地走向黑暗系神位面阵营一方。

"他将一个达到了大圆满境界的上位神踢入空间乱流中了，这个青龙一族的叫林雷！"

在场的人都记住了林雷的名字。

"快，物质攻击！"黑暗系神位面阵营的一名队长突然反应过来，连忙神识传音。

哧哧声响起，近百道耀眼的光芒袭向光明系神位面阵营。

"前方，物质攻击！"

很快，双方士兵反应过来，战斗再次打响。

林雷、贝贝等四人站立在人流中，没人敢袭击他们。

"老大！"贝贝看着林雷，激动万分，"马格努斯啊，老大！刚才被你踢入空间乱流中的是马格努斯啊，和拜厄一个层次的！你太强了，哈哈，太强了！"

贝贝乐得嘴巴咧开，眼睛都眯了起来。雷斯晶、雷洪也是满脸笑容。

"雷斯晶，你的统领徽章数量还不够吧，要我帮你吗？"林雷转头看向雷斯晶。

"不用。"雷斯晶故意哼了一声，说道，"林雷，我虽然比你差一些，但还是可以凑足统领徽章的。之前的那次位面战争，我已经搜集到一些了，现在只差一点。雷洪，我们走。"随即，雷斯晶、雷洪飞入人流中。

林雷、贝贝遥看远处的雷斯晶、雷洪，过了一会儿，林雷说道："贝贝，走吧。以雷斯晶和雷洪的实力，是不会有危险的，除非是遇到达到了大圆满境界的上位神或者是被一群统领围攻。我们就去星河岸上等他们吧。"

"好，到岸上等。"贝贝笑嘻嘻地点头。

就在一群人冲向这条通道时，林雷他们却往回走。

黑暗系神位面阵营的一些统领遥遥看着林雷，叹了一口气，后悔在聚会上没有好好和林雷交谈，毕竟他们平时很难和一个达到了大圆满境界的上位神攀上交情。

之前林雷隐藏实力时和他攀交情容易，现在他展现了实力，想跟他攀交情就难了。那些统领都明白这个道理。如果之前聚会时找林雷攀谈，林雷或许会对对方产生好感，可现在找他明显是讨好他，他有可能懒得理会。


因为之前已经获得了另外一条通道上的胜利，再加上林雷把马格努斯踢入了空间乱流中，黑暗系神位面阵营一方此时士气大振。

士气这东西虚幻、缥缈，但对一场战争而言的确会产生影响。

林雷赢了，马格努斯败了，这对光明系神位面阵营一方的士兵影响极大，对统领们的影响也很大。

一想到代表他们一方的达到了大圆满境界的上位神马格努斯被林雷踢入了空间乱流中，那些统领就根本不敢放开手脚去战斗，唯恐林雷出手对付他们。

在这种情况下，光明系神位面阵营一方自然是节节败退。

"哈哈，冲！"

黑暗系神位面阵营一方有兵的统领们十分兴奋。在他们的带领下，士兵们有序地向前进攻，战争开始呈现一边倒的局势。

林雷、贝贝就在星河岸边遥看星河通道上的战斗。

"老大，我们这一方赢定了。"贝贝十分自信。

林雷点头说道："一旦开始退缩，即使后面有援兵也没有用，他们输定了！"

话音刚落，星河另外一条通道上的七彩光芒陡然消失，黑暗系神位面阵营一方在这条通道上也获得了胜利。

此次长达一千年的位面战争，黑暗系神位面阵营对战光明系神位面阵营，在星河大决战上，黑暗系神位面阵营在两条通道上都获得了胜利，是最终的胜利者。

战争结束，黑暗系神位面阵营一方的士兵开始熙熙攘攘地往回走。

"唉，二哥，老大没了，我们俩竟然还活着，比预料的好。"一个士兵对另一个士兵说道。

"我们三兄弟这次来位面战场，不仅看到了那么多统领，还见到了两个达到了大圆满境界的上位神之间的战斗，这辈子也没啥遗憾了，能活着也算是额外收获，哈哈……对了，我得到了七十六枚士兵徽章，你呢？"

"我得到了五十多枚，我们两个凑一凑，足够换取一滴主神之力。"

"哈哈，又是一个收获。"

活下来的那些士兵一个个开心得很，畅快地谈论着，毕竟对他们这种一般的上位神而言，能在位面战场上活下来就很不错了。

"老大。"贝贝忽然喊道。

"嗯？"林雷看向贝贝。

贝贝说道："老大，假如你是一名六星使徒，修炼了亿万年也没有进步，你会不会和他们一样选择参加位面战争呢？"

"亿万年没有进步？"林雷低沉地说道。

如果他没有进步，还得度过漫长的岁月，那肯定会感到疲倦。那时，他就会选择进入位面战场见识一番。

"我也会这么选。"林雷低沉地说道，"即使达不到巅峰，也要见识一番有巅峰强者聚集的位面战场。"

有一颗强者之心的人就会对巅峰战场有期待。

"哈哈，林雷！"一个欢快的声音响起。

林雷、贝贝转头看去，只见雷斯晶、雷洪正朝他们疾速飞来。

林雷笑着开口说道："雷斯晶，看样子你是获得足够的统领徽章了。"

"当然！"雷斯晶眉毛一扬，停在林雷的身边，得意地说道，"不过还真险。光明系神位面阵营一方败得太快，导致那些统领也逃得快。如果不是我和雷洪联手速度够快，恐怕还凑不齐呢。"

"林雷，你看，不少人在注意你呢。"雷斯晶低声说道。

林雷转头一看，只见那些熙熙攘攘归来的士兵都在看他。

"那个穿着天蓝色长袍的就是林雷，就是他！"

"他击败了达到大圆满境界的上位神？"

"我亲眼看到的还会有假？我这辈子什么高手都见识过了，连两个达到了大圆满境界的上位神的交战都看了，值了。"

"林雷太强了，随便一踢就把那个达到了大圆满境界的上位神踢入了空间乱流中……这场战争终于结束了，我可以回物质位面了。积累了这么多年的钱财，足以用来支付传送费用，该回家乡了。哈哈，从普通的物质位面到四大至高位面之一的冥界，闯荡亿万年，见识了这么多，够了，该回家乡了。不知道家乡变成什么样了……"

其实，来参加位面战争的上位神至少是六星使徒，他们进入位面战场也是为了实现自己的梦想。

除了士兵，还有不少统领隔着老远看着林雷。

"他真的是达到了大圆满境界的上位神！"厄特里奇远远地看着林雷，根本不敢靠近，"如果林雷记恨我，那我就惨了。"

厄特里奇连忙和大军一起朝位面通道赶去。

有人想避开林雷，有人想靠近林雷。

"林雷先生，上次聚会没看出林雷先生有这等实力……"

"林雷先生……"

那些走过来的统领态度友好。

林雷略微应付了一两句，便对雷斯晶说道："雷斯晶，我和贝贝要去冥界，我们就在这里告别吧。"

位面战场能通往七大神位面和四大至高位面，因此有十一个通道，每一个通道的位置都不同。林雷和贝贝要回冥界，而雷斯晶他们要回地狱。

雷斯晶一怔，而后问道："你们要回冥界？"

"嗯，我们还有事情。"贝贝点头说道，"雷斯晶，等我们回了地狱，有时间就去你的紫晶山脉逛逛。"

"好吧。"雷斯晶无奈地说道，"那我们就在这里分别，到了地狱再见。"

随后，林雷、贝贝和雷斯晶、雷洪分开了。林雷和贝贝疾速飞向通往冥界的通道。


位面战场上，通往冥界的通道处。

林雷和贝贝的出现顿时吸引了不少人。

林雷刚落地便发现一名黑袍人朝他走来。

"老大，又有人来攀交情呢。"贝贝灵魂传音。

林雷其实有些反感这些人，但还是表现得客客气气的。他认识这名黑袍人，是一名统领。

这黑袍人有着一张惨白的脸，眼眸中隐隐泛着绿光。见到林雷，他微微躬身，而后神识传音："林雷先生，我代表我家主人——冥界炼火主神，向你提出邀请，不知道你是否愿意成为我家主人的使者？"

"冥界炼火主神？"林雷不禁一笑。

林雷知道自己展露实力后可能会有主神的人来找他，但没有想到他还没走出位面战场就来人了。主神的速度的确快。

"林雷先生，你身为达到了大圆满境界的上位神，想要的主神器，主神定会给你。当然，你只能得到一件主神器。若是你想要主神之力，主神也不会吝啬的。"黑袍人说道。

"抱歉，我现在还没有当主神使者的想法。"林雷微微一笑。

"贝贝，我们走。"林雷当即带着贝贝朝那通道口飞去。

黑袍人还想劝说几句，但是林雷、贝贝直接飞入位面通道中，消失在黑袍人的视线中。

见状，黑袍人不由得摇头："等出了位面通道，肯定有更多的主神邀请他，我家主人估计没希望了。"

## 第711章
# 寻找

这一回，位面通道内熙熙攘攘，人极多，通道墙壁上依旧有光芒流转。

林雷、贝贝一同朝尽头飞去。

"快了！"林雷感到自己的心在颤抖。

"迪克西、耶鲁老大、乔治，还有父亲，"林雷在心中祈祷，"希望他们的亡灵都还活着。"

林雷转头看了一眼贝贝，贝贝显然也有些紧张。

"贝贝，没事的，所有人都会好好的。"林雷灵魂传音。

"嗯。"贝贝点头。

谈话间，前方已经出现了那扇空间之门。

很快，林雷、贝贝飞出了空间之门，出现在一个空旷的大殿内。

这就是焰古山山腹核心的那座大殿。当年林雷他们来的时候，这里只有他们两个人，此刻整个大殿里都是人。

一人大声说道："所有人请排队交徽章，记录军功！士兵们去其他接待人那边，统领们到我这里来！"

林雷、贝贝看过去，喊话的人正是银发老者高伦。

大殿内摆着一张张桌子，每张桌子旁都坐着一名记录人员，此刻记录人员正持着笔不断记录着信息。里面已经排起了长队，只有交了徽章并且记录过信息的人员才能离去。

不过，高伦的面前空荡荡的，毕竟统领太少。

"高伦先生。"林雷笑着喊道，同时飞了过去。

"林雷领主，恭喜啊，能够从那里活着出来。"高伦见到林雷两人，脸上露出了笑容。

"怎么样，此次可获得了足够的徽章？"高伦笑呵呵地问道。

"足够了。"林雷点头说道。

高伦惊讶地看着林雷，感慨道："佩服！林雷领主，你先将你的统领徽章给我吧。你的这位伙伴的相关手续也在我这里办理吧，去我手下那边办理，排队都要排好久。"

林雷转头瞥了一眼，的确，那边的队伍已经在大殿内绕成圈了，甚至有许多人都排到半空了。

林雷和贝贝分别取出赤色徽章、黑色徽章交给高伦。

"你们已经凑足了徽章，军功足够了，可以直接去见主神，让主神给你们炼制主神器。"高伦笑着说道。

说着，高伦指向身后一条打开的通道。

"你们从这条通道进去就能见到主神。"高伦笑道。

"见到主神？主神本尊？"贝贝惊讶地问道。

高伦笑道："当然不是主神本尊，主神可不会把时间浪费在这里。你们去见的只是主神的能量分身，主神本尊在冥界其他地方呢。"

"林雷先生！"一个热情的声音响起。

林雷、贝贝不禁转头看去，说话的是一名穿着紫袍的黑色短发壮汉。

"沃森特。"林雷微微点头，他见过这名统领，略有印象。

高伦一见来人，连忙笑着说道："哦，沃森特领主，恭喜！"

他又接着说道："沃森特领主，你这次的徽章够了吗？林雷领主已经得到了足够的徽章，他进入位面战场的时间可比你们晚了好几百年呢。"

"我还差些，这里是三枚统领徽章，你帮我记录一下吧。"沃森特取出三枚金色徽章和自己的一枚赤色徽章，笑呵呵地说道，"高伦，林雷先生能得到足够的徽章，那是理所当然的。林雷先生已经是达到了大圆满境界的上位神，我怎么能和林雷先生相比？"

在位面战场的星河大决战中，见识过林雷的实力后，大家都认为林雷是达到了大圆满境界的上位神，其实他并不是。

闻言，高伦愕然转头看向林雷："大圆满？"

"是啊。"沃森特哈哈笑道，"在位面战场的星河通道上，林雷先生和达到了大圆满境界的马格努斯来了一场对战，令那条通道上的统领和士兵不得不暂时停止战斗，马格努斯还被林雷先生踢入了空间乱流中。"

高伦一脸难以置信。

"你们聊，我先去见主神了。"林雷说了一声，便和贝贝朝高伦身后的通道走去。

在进入通道时，林雷还能听见高伦和沃森特的声音——

"林雷领主达到了大圆满境界？到底怎么回事，你详细说说。"

"等会儿和你细说。你刚才说林雷先生是领主，这是怎么回事？他不是青龙一族的长老吗？"

步入通道深处后，林雷就听不清他们的谈话了。

这条通道足有五米宽，近四米高，通道的墙壁上隐隐泛着迷蒙的绿色光芒，令整个通道显得很梦幻。

片刻后，前面出现了一个四岔口。

"现在我们走哪边？"贝贝有些蒙。

忽然，一个声音在林雷的脑海中响起："林雷，你们两个进入最左边的通道，过会儿就能见到我。"

"死亡主宰！"林雷眼睛一亮。

"贝贝，走这边。"林雷当即带着贝贝沿着最左边的通道前进。

他们仅仅走了百米便走出了通道，来到了一个空旷明亮的大殿。

林雷目光一扫，大殿尽头的王座上没有人，大殿边上却站着一道穿着紫色长袍的窈窕身影。

这人有着一头红色长发，突然转头看向林雷。

"主神。"林雷略微躬身，却感到有些心悸。

这人正是冥界最强主神——死亡主宰。

林雷从她的身上感受到了一股压迫的气息，但是这股气息没有他第一次见到她时那么强大，毕竟这只是一个能量分身。

"佩服。"这位冥界最强主神看着林雷，嘴角微微上翘，"林雷，我很难佩服一个人，不过现在，我很佩服你。我虽然是冥界的至高神，但是也没有将所有的奥义融合在一起，没有达到大圆满境界，你却达到了，厉害！"

闻言，林雷一滞。

之前，和雷斯晶聊天时，林雷已经知道成为主神和是否达到大圆满境界没有关系。许多主神都没有达到大圆满境界，可林雷没想到眼前这位也没有达到。

其实，林雷也没有达到大圆满境界，只是灵魂变异了，而且是在拥有四个神分身的情况下灵魂变异了。

不过，林雷暂时不想让其他人知道这个事情，除了当时在场的雷林、贝贝、雷斯晶和雷洪，没人知道这件事，毕竟拥有四个神分身且灵魂变异成功的人，目前只有他一个。

总之，在其他人面前，他就默认自己是一名达到了大圆满境界的上位神。

"从你离开我那儿到现在，还不足千年，你就有了这么大的进步。"这位冥界最强主神感慨道。

"主神。"林雷略微躬身，恭敬地说道，"按照我们之前的约定，我得到一枚敌方的统领徽章，您就帮我找到一人并且恢复他生前的记忆。我现在来，就是请主神履行这个约定的。"

林雷直入主题。

这位冥界最强主神瞥了林雷一眼，然后随意地说道："你当我的使者。"

林雷一怔，他不想当主神使者，可这话是冥界最强主神说的，如果她用林雷的亲人要挟他，他还真的没有办法。

"主神！"贝贝愤愤地说道，"难道主神要威胁我老大？"

这位冥界最强主神瞥了一眼贝贝，然后淡漠地说道："当然不会。我身为冥界最强主神——死亡主宰，一言既出，驷马难追。至于主神使者一事，你可以选择拒绝。"

林雷略微躬身，婉拒道："抱歉，主神，我暂时没有当主神使者的想法。"

"也好。"这位冥界最强主神冷冷地说道，"按照之前的约定，拿出你得到的统领徽章。提前和你说一下，亡灵的死亡率很高。你想要找的人如果没了，怨不得我，我只负责寻找和恢复记忆。"

"当然。"林雷深吸了一口气，当即翻手取出四枚统领徽章，贝贝也取出了两枚统领徽章。

"六枚？"这位冥界最强主神眉毛一扬，"说吧，寻找谁。"

"第一个，找我兄弟耶鲁·道森，他来自玉兰大陆物质位面。"林雷连忙说道。

冥界最强主神微微点头："你等一会儿，我的本尊正在通过冥界之心寻找他。"

冥界之心是一件由规则幻化成的冥界至宝，专门管理那些由灵魂形成的亡灵。若是主神靠自己寻找，不可能很快就查到某个亡灵。

"希望耶鲁老大还在。"林雷心底忐忑，忍不住抓住了贝贝的手。

"找到了。"冥界最强主神点头说道，"他竟然是血幽灵一族。"

"血幽灵？"林雷惊异地说道。

"对，亡灵也分很多族群，生前受折磨而殒命的，一般会变成血幽灵，这是比较强大的一个族群。"冥界最强主神瞥了一眼林雷，"运气不错，他还活着，而且是一名圣域级亡灵。下一个。"

林雷深吸了一口气，接着说道："我的二哥，乔治。"

"嗯。"冥界最强主神的嘴角有一丝笑意，"你的二哥乔治也活着，而且已经是一名下位神，不需要我为他恢复记忆。"

"成神了！"林雷十分惊喜。

"第三个。"冥界最强主神淡漠地说道。

"第三个是我妻子的哥哥，迪克西。"林雷连忙说道。

他不得不承认冥界之心很奇妙，凭借简单的信息就能找到他的亲人朋友。

实际上，这只是冥界之心很简单的一个作用，根据"林雷"这个名字，就能瞬间找出所有和"林雷"关系密切的人。

当然，冥界最强主神不可能告诉林雷这一点。

"咦？迪克西也成神了。"冥界最强主神说道，"不过，他的神分身没了，圣域级本尊躲在亡灵界，他也不需要我恢复记忆。"

林雷此时十分高兴，现在只有一个人了，他的父亲——霍格。

"我的父亲，霍格。"林雷缓缓开口说道。

冥界最强主神找寻了片刻，然后点头说道："你找寻的这四个人都很不错，两个是神级强者，两个是圣域级强者。你的父亲现在是圣域级亡灵……嗯，难怪你父亲还活着，青龙一族，灵魂不错。"

不管怎么说，亡灵是特殊形态的灵魂，灵魂强大，亡灵也不会差。

霍格虽然没有进行过宗祠洗礼，但毕竟是青龙一族的成员，其灵魂比普通人的灵魂要强大。

"父亲还在！"林雷感到狂喜。

在这之前他原本是很害怕的，害怕他找的人不在了。没承想，他要找的人不仅在，实力还都不错。

其实，这与霍格他们四人本身有关。他们四个生前实力就不差，在进入亡灵界后生存率自然高。

"还有两个，贝贝的父母。"林雷说道。

"对，我的父亲和母亲。"贝贝连忙说道，"可我不知道他们的名字。"

"不需要名字，多等一会儿就行。"冥界最强主神瞥了一眼贝贝。

林雷看向贝贝，灵魂传音："放心吧，贝贝，你父母都是九级魔兽，生前实力强，也算是贝鲁特一族的，灵魂应该很强大，活着的概率很大。"

"嗯。"贝贝深吸一口气，点了点头。

林雷知道贝贝此刻很紧张，毕竟贝贝从来没有见过自己的父母。

片刻后——

"运气很不错。"冥界最强主神惊讶地看了一眼贝贝，"你的父母都是圣域级亡灵，而且还是比较厉害的那种。"

"太好了！"贝贝猛地握拳，兴奋得满脸通红。

林雷也为贝贝感到开心。自从灵魂变异成功，他感觉自己的运气变好了。

这次他要寻找的亲人朋友一个个都还活着。

忽然，林雷的脑海中闪过一个念头："贝贝的父母能找到，那我的母亲呢？"

林雷的脑海中没有一点关于母亲的记忆，但那毕竟是他的母亲，是生他的母亲。

"主神，能帮我再查找一个人吗？"林雷忐忑地问道。

"不行，六枚徽章，六次机会。"冥界最强主神淡漠地说道。

旁边的贝贝连忙说道："主神，我老大让你找的人当中，有两个已经是神级强者了，不需要你恢复他们的记忆，这相当于没有用那两次机会。要不，那两次机会算一次机会？"

"哪有这种说法？"冥界最强主神瞥了一眼贝贝，说道，"六次机会已经用完了。"

林雷有些焦急。

"如果你愿意当我的主神使者，作为主神，我可以为你多查找几次。"冥界最强主神忽然说道。

林雷一怔：一定要当主神使者吗？

"老大？"贝贝不由得看向林雷。

"主神，"林雷皱着眉说道，"一枚统领徽章不算多珍贵。以我现在的身份，我完全可以向一名统领借用一枚统领徽章，就当我欠别人一个人情。我相信对方会答应的。"

用一枚统领徽章换林雷的一个人情，估计很多统领都愿意这么做。

"不错。"冥界最强主神点头。

"主神，您看这样行吗？如果您能帮我查找到这个人，我就给您当主神使者；如果查不到，或者她殒命了，那这件事情便作罢。"林雷看向冥界最强主神。

冥界最强主神看了看林雷，沉吟片刻，笑着点头说道："好，我答应。"

对她而言，查找一个人算不上什么大事。她如果不答应，林雷恐怕会去借一枚统领徽章。

"我要查找我的母亲……"林雷缓缓说道。

## 第712章

# 归途

"你的母亲？"冥界最强主神惊异地看了一眼林雷。

在冥界最强主神看来，林雷应该一开始就查找父母，可他先查找朋友，然后是父亲，最后才查找母亲。

"你等一会儿。"冥界最强主神闭上了眼眸。

其实，林雷的脑海中没有母亲的形象，"母亲"这个词对他而言很陌生。不过，当他看到别人的母亲时，就会想自己的母亲是什么样的。

"怪了。"冥界最强主神睁开眼眸，看向林雷。

"怎么了？"林雷连忙问道。他现在最担心的是母亲已死，和父亲、乔治、耶鲁等人比，母亲虽然灵魂纯净，但实力不怎么强。

"没查到吗？"旁边的贝贝也为林雷感到担忧。

冥界最强主神皱着眉，有些恼怒地看向林雷："林雷，你可是故意戏弄我？"

林雷不解，连忙说道："主神，我怎么敢戏弄您！主神，请告诉我，我的母亲到底怎么样了？她的灵魂是否还在？还请直接告诉我。"

林雷心底十分忐忑。

冥界最强主神的脸色却很难看。

"林雷,你的母亲根本就没有死,也没有成为亡灵,你还让我查找!"冥界最强主神的眼中有一丝愤怒。

根据他们之前的约定,如果林雷的母亲已经殒命了,那么林雷就得当主神使者。可现在,冥界最强主神通过冥界之心都找不到林雷的母亲,那就说明林雷的母亲没有殒命。

没有殒命,灵魂自然不会进入冥界,冥界最强主神自然找不到。因此,在冥界最强主神看来,林雷就是在戏弄她。

"我的母亲没殒命?"林雷一脸难以置信。

旁边的贝贝也瞪大眼睛说道:"不可能啊,那个芬莱国王已经说了啊,不应该有假。"

"你的母亲没有殒命,"冥界最强主神沉着脸说道,"若真殒命了,那就是魂飞魄散。能确定一点,你母亲的灵魂根本没有来冥界,也没有变为亡灵。若是变为亡灵了,冥界之心会记录下来的,不可能找不到。"

林雷皱着眉头。他知道冥界最强主神绝对不会撒谎,可他也确实知道自己的母亲不在了,那到底是什么原因?

"主神,"林雷说道,"我的母亲的确在很久以前就不在了。据我调查,我的母亲已经殒命了,听说她的灵魂被物质位面的光明圣廷献给了光明主宰。可光明主宰是光明系七位主神中最厉害的一位,他会在乎一个普通人的灵魂吗?难道他会让灵魂穿越空间,抵达光明系神位面?"

对此,林雷是不信的。

冥界最强主神一听就完全明白了,冷冷地瞥了一眼林雷:"若你所说是真的,那你母亲的灵魂应该是去了光明系神位面,完全受光明主宰或者其他光明系主神控制。总之,不受我控制。"

"光明系神位面？"林雷急了，连忙问道，"有办法让我母亲回来吗？"

"不可能。"冥界最强主神斩钉截铁地说道，"凡是落到光明主宰手里的灵魂，绝对不可能再恢复自由。我告诉你，光明系神位面的天使完全忠于光明系主神们，毫无二心。你即使找到了你母亲化为的天使，也不可能让她回归。"

"天使？"林雷对天使也有所了解。

天使是光明系主神麾下最强大的族群，传说是主神们创造的。他们虽然也有智慧，但是被称为人形战斗兵器。难道林雷的母亲成了天使？

"光明系主神们收集纯洁灵魂干什么，还不是为了壮大天使军团。"冥界最强主神嗤笑道。

"我没办法让母亲回归？"林雷不解。

"灵魂转为亡灵，还算有自由，可天使……"冥界最强主神瞥了一眼林雷，"林雷，你应该知道死神傀儡这种人形兵器吧。天使比死神傀儡特殊一些，毕竟有智慧。总之，天使不可能背叛光明系主神们。以光明主宰的脾气，别说是你，就是其他主神找他，让他恢复一名天使的自由都不太现实。"

林雷听得心一沉。

"你还有事情吗？若没事，那我就走了。"冥界最强主神淡漠地说道。

林雷急忙说道："我还有一件事情想问问。"

"你事情真多。"冥界最强主神微微点头，"说吧。"

和在幽冥山那时相比，冥界最强主神对林雷的态度明显好了很多，那是因为她认为林雷达到了大圆满境界，值得她友好相待。

"如果一个人魂飞魄散了，还能复活吗？"林雷忐忑地问道。

旁边的贝贝不禁看了一眼林雷：老大问这个，肯定是因为德林爷爷。

贝贝清楚林雷和德林·柯沃特的感情有多深。

冥界最强主神嗤笑一声："开什么玩笑？魂飞魄散，必死无疑，怎么可能复活？"

"哦……"林雷心底最后一丝希望破灭了。其实，他对此抱有的希望本就不大，只想试试罢了。

冥界最强主神眉毛一扬，脸上忽然浮现出一丝笑意："林雷，一个人魂飞魄散后想复活，或许还有一点希望。"

"嗯？"林雷顿时眼睛发亮，看着冥界最强主神，"主神，有什么办法？"

冥界最强主神看到林雷的反应，脸上的笑意更浓了："生命至高神乃生命规则幻化而成的，本身就是生命规则。魂飞魄散的人，我救不了，生命至高神或许能救。"

"对，对。"林雷又有了期待，"生命至高神乃规则本身，他一定能救。"

"这只是我的想法，是否能救，我不能完全肯定。"冥界最强主神淡漠一笑，"不过在我眼中，至高神是无所不能的。在这无限的天地中，他们什么都能做到，毕竟他们就是规则。"

这只是冥界最强主神的推测，可在林雷看来，这是很有可能的。

"我没时间在这里和你浪费了。"冥界最强主神淡然说道，"你找的这六个人在冥界各地，我会安排人将他们带到幽冥山中。你现在就可以赶往幽冥山，准备和你的亲人朋友相聚。"

话音刚落，冥界最强主神的身体就消散了，这毕竟只是一个能量分身。

林雷、贝贝相视一眼。

"老大，恭喜。"贝贝笑道。

此时，林雷笑容满面，他心中的疑问都解答了。父亲他们还活着，母亲成了光明系神位面的天使，德林爷爷或许有希望复活……

只要有一丝希望，林雷就会充满斗志。

"一切都会好的。"林雷在心中暗道。

"贝贝，走，我们去幽冥山。"林雷当即和贝贝离开了焰古山，乘坐金属生命，以最快的速度朝幽冥山赶去。


冥界北亥府，十八山脉强盗老巢其中一条山脉。

夜空中飘浮着近乎黑龙形状的乌云，云缝中隐隐能看见红月。

乔治此刻正站在窗户前，抬头看着红月。

"积累的钱财差不多能在城内买一栋房了。"乔治思索着，"现在最重要的是抓住机会去城内。嗯，三个月后，山脉内会派遣人马去城内卖掉一些物品……就三个月后吧！"

乔治一直在默默地等待着，同时一直在默默地积累钱财。在这里，这些强盗认为他这个管家待人宽厚，分配财物很公道，因此很信任他。

忽然——

"老十二！"一个咆哮声响起。

"什么人？"乔治眉头一皱，当即从屋内走了出去。

这条山脉内不少人都出来了。

这条山脉的首领——一名穿着黑色铠甲的光头壮汉，大步朝外走："老大，什么事情这么急？"

他一边说着，一边带着自己的护卫去外面迎接。他听出来了，刚才喊话的是十八山脉的总首领。

"老十二，动作快点！"一个浑厚的声音响起。

跟在光头壮汉身后的乔治看到来人了，是一名大胡子矮人和一名紫袍金发男子。乔治认识大胡子矮人，是十八山脉的总首领克里奥帕特拉。

"总首领旁边的人是谁？"乔治有些疑惑，山脉内竟然还有他不认识的大人物。

"我旁边这位是七星使徒贝威利大人。"大胡子矮人介绍道。

光头壮汉连忙躬身说道："见过大人。"

紫袍金发男子淡漠地扫了一眼光头壮汉，目光最后落在了乔治的身上。

见状，乔治一惊："这名七星使徒看着我干什么？"

"你叫乔治吧？"紫袍金发男子说道。

"呃……是！"乔治赶紧回复。

"生前是玉兰大陆位面的？"紫袍金发男子的脸上难得地露出了一丝笑容。

乔治十分震惊，但还是点头承认。

"很好，跟我走吧。"紫袍金发男子直接说道。

"敢问贝威利大人，带走乔治要干什么？"光头壮汉开口说道。

这么多年来，乔治作为管家，把所有事情都安排得井井有条，不需要他操心，他非常满意，因此他舍不得让乔治离开。

紫袍金发男子的眉头不禁一皱。

"老十二！"大胡子矮人呵斥道。

"首领，就让我跟他去吧。"乔治感激光头壮汉这时候站了出来，可他知道这强盗团伙的人马不敢违抗七星使徒的命令。

"乔治……"光头壮汉看了看乔治，拍了拍他的肩膀。

乔治挤出一丝笑容，心中不是滋味："我准备了这么多年，都快要去城中了，怎么突然有人要带我走？这一去，前途难料啊。看样子想要和老三他们相聚，更难了。"

"放心，不是坏事。"紫袍金发男子瞥了他们一眼，"这是主神的安排。"

"主神的安排？"

乔治以及周围几人都吓了一大跳。

"你，跟我来。"紫袍金发男子随后看向乔治。

"是。"乔治立即回复。

不过，乔治心底十分迷惑："我一个小人物怎么会引起主神的注意，还让主神派人过来了？"

他虽然不解，但还是跟着这名七星使徒离去了。

## 第713章

# 各方来聚

天空昏暗，黑色大地干涸了。

这里是亡灵界北部的阿什贝尔荒原，在这里能看到骷髅族群、僵尸族群等，他们大多数是集体活动，只有极少数敢单独活动。

忽然，他们都转头看向一个地方，那里的地面上传来有节奏的震动声。

"啊！"一个金毛僵尸仰头吼叫。顿时，僵尸族群开始快速移动。

仅仅片刻，十余道黑影从远处疾速奔来，他们是亡灵中比较强大的黑骑士。

黑骑士一族的成员中，最弱的也是五级亡灵。

这支黑骑士队伍一共有十九人，为首的男子穿着赤色盔甲，面容被面罩挡住了，但其冷厉的目光透过面罩扫向周围。

那些弱小的亡灵早就吓得逃远了，不过以黑骑士的速度，完全能追上他们。

"啊——"为首的黑骑士仰头怒吼，似乎在发泄情绪。

他身后的十八名黑骑士都很不解。他们的大人是一名强大的圣域级黑骑士，在亡灵界中是君王级别的人物，拥有自己的城堡，麾下有大量的黑骑士。

可今天，他们的君王带着他们在这片平原上疯狂地乱跑，如发泄一般。

"好了，我们回去吧。"黑骑士首领恢复了正常，淡漠地说道。

"是，大人。"

十九名黑骑士又沿着归途飞奔。

在阿什贝尔荒原上，圣域级强者算是巅峰强者。这名黑骑士首领便是这片荒原上新崛起的一名强者。

"我……我竟然恢复生前记忆了，怎么回事？"这名黑骑士首领心底十分震惊，满是不解。

"我……我还能回到玉兰大陆位面吗？"黑骑士首领在心中暗道，"我的儿子林雷和沃顿，他们现在怎么样了？已经过去两千多年了，他们是成了圣域级强者还是成了亡灵呢？"

他的心情复杂得很。

黑骑士首领正是林雷的父亲——霍格。

自从恢复了生前的记忆，霍格再也无法平静下来，他牵挂他的孩子们，还想为妻子报仇。可他明白，两千多年过去了，芬莱王国的帕德森公爵恐怕早就死了。


一转眼，已经过去四十余年了。

在一座黑骑士城堡里，霍格穿着赤色铠甲坐在一把椅子上，仰头看着昏暗的天空。突然，一道身影从南方疾速飞来。

"嗯？"霍格一惊。

嗖！来人的速度极快。

"谁？"霍格呵斥道。

锵！城堡内的大量黑骑士瞬间站起。

"哈哈！"来人发出笑声，同时，一股可怕的气息从他的身上散发开来，瞬间覆盖了整个城堡。

城堡内的黑骑士们一个个惊恐地跪伏下来，动弹不得。

来人是一个有着一头银色的短发和一张娃娃脸的少年。

"霍格。"银发少年随意地说道。

霍格大惊。在恢复记忆前，他都不知道自己叫"霍格"。在他看来，这里除了他，恐怕没人知道他的真正身份，可眼前人直接叫出了他的名字。

"你是谁？"霍格看着来人，"是你恢复了我的记忆？"

"我可没有那个实力。"银发少年笑道，"恢复亡灵的记忆只有主神做得到。跟我走！"

"主神？我——"霍格的话还没有说完，便有一股力量裹住了他。

银发少年强行将霍格带走，疾速朝南方赶去，同时还嘀咕道："从冥界赶到这里，又要从这里赶到幽冥山，真够远的。"

城堡中的大量黑骑士愣愣地看着来人掳走了自己的君王，却无能为力。

不只是霍格，还有耶鲁、乔治、迪克西等人，甚至是贝贝的父母，都被冥界最强主神安排的人带走了。


冥界，幽冥山山脚，幽冥酒店的一座独立庭院内。

林雷坐在椅子上，贝贝则是站着，皱着眉头说道："老大，我们在这里都四十余年了，还没有看到那些人，我们要等到什么时候？"

林雷和贝贝早就抵达幽冥山了，冥界最强主神安排林雷他们两人住在了幽冥酒店。没承想，他们这一等便是四十余年，一个熟人都没有见到。

"慢慢等。"林雷平静地坐在椅子上，翻阅着一本书，"主神安排人去接耶鲁老大他们了，毕竟他们的所在地不一样，我父亲更是在亡灵界内，要接到他们得花费一番工夫。不是他们慢，是我们的速度太快。"

其实，金属生命的飞行速度并不快，不过林雷通过天地法则赐予的威势，大大提高了金属生命的速度。因此，不足十年，他们便从冥海的九幽域抵达了幽冥山。

忽然，林雷抬头朝天空看去。

贝贝惊异地看向林雷："老大，怎么了？"

"强者的气息。"林雷低沉地说道。在冥界中，林雷对空间的掌控能力更强，毕竟冥界的引力没有位面战场的大。

于是，他展开神识，很快就感知到百里外有一个鱼形金属生命，里面正是乔治和那名紫袍金发男子。


乔治看了一眼紫袍金发男子，在心中暗道："这七星使徒贝威利说奉主神之命来接我，可主神为什么要见我，贝威利一点也不知晓。"

乔治不明白主神为什么要见他，像他这样的下位神，在冥界不计其数。

"到了！"贝威利开口说道。

金属生命瞬间消散，贝威利、乔治凌空而立。

"老二！"一个兴奋至极的声音响起，同时，一道身影出现在乔治、贝威利的身前。

"什么速度？我一个七星使徒都反应不过来！"贝威利惊呆了。他不知道他面前这个人的速度快得连统领都反应不过来，更何况是他这个普通的七星使徒。

乔治看着眼前人，身体一颤，熟悉的身影，熟悉的面孔，熟悉的笑容……

"老三！"乔治十分激动，脸都红了，一下子冲上去紧紧拥抱住林雷。

"哈哈，老二，终于见到你了！"林雷也狠狠地回抱住自己的兄弟，过了好一会儿才松手。此时，他激动万分。

"老三，你……你怎么在这里？"乔治过了一会儿才反应过来。

这时，贝威利向幽冥山的方向微微躬身，而后转头直接离开了。

乔治见状惊讶地说道："贝威利说奉主神之命来接我，他怎么就走了？"

"是我请主神安排他们带你过来的。"林雷笑吟吟地说道。

"老三，你请主神？"乔治大吃一惊。

在冥界生活了这么久，乔治知道一府府主、领主等人物在主神的眼中算不上什么。他不知道林雷现在是什么身份，但是他没想到林雷竟然可以请得动主神。在他看来，这简直是一件不可思议的事。

"哈哈，这有什么大不了的！"贝贝从旁边冒了出来，笑道，"乔治，等过段时间，耶鲁、迪克西他们都会来。"

"耶鲁老大？"乔治一脸难以置信，看着林雷，"老三，你竟然请主神安排人马找了这么多人？这……这……主神到底和你有什么关系？"

"走，我们先回去。"林雷笑着说道。

乔治之前的所在地离幽冥山最近，因此他第一个到达这里。接着，迪克西、贝贝的父母、耶鲁一一到来。

在耶鲁来之前，乔治、迪克西通过林雷、贝贝的叙述，知道了他们殒命后玉兰大陆上发生的事情，知道了耶鲁所受的非人折磨。他们对耶鲁遭受的一切感到十分心痛，恨不得立即去解决那个奥丁。

"老三！老二！你们都在这里！"耶鲁一到这里就看到了林雷、乔治，欣喜若狂。

"耶鲁老大！"林雷、乔治赶紧迎上去，三兄弟抱成一团。

想到那些年受的苦难，看着眼前的兄弟，耶鲁忍不住泪流满面。

宴席上。

耶鲁眼睛湿润，脸上却满是笑容："我原以为自己死了就完了，没承想我一个亡灵竟然能恢复生前的记忆，还被专门带到了这里。我们三兄弟能相聚，老三，我得感谢你，让我又有了希望！"

旁边的迪克西也感慨不已："冥界危机重重，我修炼出的神分身进入冥界不久就没了。幸好我警惕，让圣域级本尊待在亡灵界。我原以为会在战斗、惊惧中结束生命——林雷，谢谢。"

当年在恩斯特魔法学院，迪克西和林雷是学院的两大天才，如今林雷的实力已经远超迪克西了。当初的那个少年魔法师已经拥有了很大的影响力，甚至能请得动主神。

"别说这些了，总之大家又聚在一起了。"林雷举起酒杯，"来，一切都过去了，来，大家干杯。"

"干杯！"贝贝也欢呼道。

贝贝旁边坐着一对夫妇，正是贝贝的父母。贝贝的母亲很慈祥，穿着一袭紫色长袍，而贝贝的父亲眉宇间透出冷漠，但此时眼中有一丝笑意。

在来幽冥山的途中，耶鲁、迪克西以及贝贝的父母分别被赐予了一枚下位神神格。耶鲁和贝贝的父母已经炼化了那枚神格，但迪克西没有，因为他想靠自己达到神域境界。

如今，林雷看到了其他人，唯独没有看到自己的父亲霍格。对此，他有些焦急，忍不住去问了冥界最强主神，冥界最强主神让他慢慢等。


嗖——一个黑色的剑形金属生命正在疾速飞行，里面正是黑骑士霍格以及那名银发少年。

如今，霍格已经是一名下位神了，是炼化神格成神的。霍格对元素法则的领悟程度极低，若要靠自己达到神域境界，恐怕再来万年都不成。

"前面就到了。"银发少年淡笑道，"这个任务总算要结束了。"

"谢谢。"霍格感激地躬身说道。

"谢我干什么？"银发少年心念一动，金属生命便消散了。

霍格、银发少年出现在距离幽冥酒店不远处的半空。

这时候，一道幻影瞬间划过天空，出现在他们的面前。那速度把银发少年都吓了一跳。

"嗯？"霍格仔细地看着眼前人，一袭天蓝色长袍，棕发长发，那有些熟悉的面容……

"他是……"霍格十分激动又难以置信。眼前人刚才的速度快得就像瞬移，连带他来的七星使徒都做不到，这样的高手是他的儿子？

"你……你是？"银发少年感到惊惧。

不过，林雷没有搭理银发少年，眼中只有霍格。他的脑海中浮现出过往的一幕幕场景——

父亲在家族祠堂向他介绍历代龙血战士；父亲希望他找到家族传承之宝战刀屠戮；父亲殒命后那封长长的书信……

林雷看着眼前的男人，眼睛都湿润了。

"父亲！"林雷喊了出来。

"林雷？是……是你？"霍格十分震惊，仔细地看着林雷。

那时在玉兰大陆，林雷还只是一名少年。如今，林雷早已不是少年，但霍格还依稀能从林雷的脸上看出林雷当年的模样。和那时比，林雷的变化太大了。

"是我啊，父亲！"林雷无法控制自己，流下了泪水。

此刻，耶鲁、乔治、贝贝等一群人站在远处，微笑着看着这对父子。

## 第714章

# 父与子

霍格双眼湿润，眼睛泛红，激动地看着眼前的青年，哽咽道："林雷，真……真的是你？"

"是我，父亲，真的是我！"林雷急切地说道，"父亲，您还记得当年在祖屋祠堂里，您让我祭拜巴鲁克家族历代先祖的事吗？您还记得检验我龙血战士血脉的事吗？还有我和您提过的，我在恩斯特魔法学院有三个好兄弟。现在，他们当中有两个在这里！"

林雷连忙指向不远处的耶鲁和乔治："您看，那是过去道森商会的耶鲁，还有那个，是玉兰帝国的乔治。"

"还有我！"贝贝飞过来，盯着霍格，"霍格大叔，您还记得我吗？我是那只小影鼠啊。"

说着，贝贝一动，变成黑色影鼠的模样，站在林雷的肩膀上，口吐人言："当年就是老大收养我的！"

霍格喜极而泣，不禁一把抱住林雷，在林雷的背上拍了好几下，说道："对，对，真的是你，真的是你！林雷，太好了，真的太好了！"

霍格激动得有些语无伦次。

过了两千余年的亡灵生活，一日突然恢复记忆，然后被人带到这里，儿子又出现在他的面前，他怎么可能不激动、不兴奋？

"父亲，走，我们别站在外面了，去庭院里慢慢说。"林雷当即拉着父亲朝幽冥酒店后面的庭院飞去。

能再见到父亲，林雷比当时灵魂变异成功还要激动。恍惚间，林雷觉得自己又回到了童年时代。当时，父亲教导他学习，他若做得不好，就会被打手掌。那时候他觉得疼，现在回忆起来却觉得那般温馨。


庭院内。

一群人围着两张桌子坐下。

此刻，霍格心中还有很多问题，便对林雷说道："林雷，这到底是怎么回事？我之前还是圣域级黑骑士，怎么突然就恢复了记忆，然后被人带到这里，还见到了你？"

霍格从来没听说过亡灵能恢复生前的记忆。

"是老大请主神做的。"贝贝笑嘻嘻地说道。

旁边的迪克西赞叹道："霍格大叔，林雷可不仅仅是当年恩斯特魔法学院的天才学员，现在，他可是冥界、地狱等至高位面的巅峰强者。是他请主神恢复了大家的记忆，让主神安排人分别将大家接到这里。我、耶鲁、乔治都是七星使徒接过来的。"

"请主神做的，还安排人接过来？"霍格十分震惊，不禁看向自己的儿子。

在玉兰大陆时，霍格知道林雷会有前途，认为林雷有一天会成为厉害的魔法师，或许还能夺回家族的传承之宝，但是他从没想过林雷能请得动主神办事。他想想就觉得不可思议。

"林雷，你怎么……"霍格不知道该问什么。

问儿子的实力？问儿子这些年做了什么？

"老大可是拥有四个神分身且灵魂变异成功，实力堪比达到了大圆满境界的上位神。"贝贝自豪地说道。

这么些年了，耶鲁等人知道这件事情了，也明白林雷的顾虑，统一口径对外说林雷是达到了大圆满境界的上位神。

"什么叫大圆满境界？"霍格反问道。

贝贝一滞。

当初，耶鲁和贝贝的父母不明白大圆满境界的含义，经过林雷的一番解释他们才清楚。

这时候，贝贝的母亲——紫袍妇女，笑着说道："霍格，达到大圆满境界，表示在神级强者中，你的儿子已经是无敌的存在，就连主神也会热情地请你儿子当主神使者。"

"神级强者中无敌的存在？"霍格眨了眨眼睛，愣愣地看着眼前的林雷。

霍格觉得自从这次见到林雷，自己的所见所闻都超出了原本的认知。

霍格的反应在大家的意料之中。当初耶鲁、乔治等人好奇林雷的能力，在询问清楚后，也震惊了许久。他们知道在冥界、地狱等至高位面，不管是下位神、中位神还是上位神，总之，神级强者有很多，以万亿为单位。能成为这群神级强者中的无敌存在，那就是站在了金字塔的顶端。

在知道了林雷的实力后，霍格感到十分自豪。突然，他眼睛一亮，急切地问道："林雷，你母亲的事呢？当年芬莱王国的帕德森公爵怎么样了？"

"他死了，我解决的。"林雷说道。

"他背后的凶手你查到了吗？"霍格又问道。

霍格当年查到帕德森公爵背后还有黑手，可还没来得及深入调查就被帕德森派的人追杀，最后身死。

"查到了，他背后的黑手是芬莱王国的国王克莱德。"林雷点头说道，"后来，我在赫斯城解决了克莱德。"

"是国王克莱德？"霍格一惊。

"不过，那件事情还没有结束。母亲当初被克莱德献给了光明圣廷，她的身体被毁掉，她的灵魂被光明圣廷献给了光明主宰。"林雷声音低沉，言语中还有很大的怨气，毕竟德林·柯沃特也算死于光明圣廷之手。

霍格听得眉头皱起，沉吟道："光明圣廷？"

"后来，我将光明圣廷连根拔起了。"林雷接着说道。

闻言，霍格怔怔地看了自己儿子一眼。光明圣廷在玉兰大陆的势力很大，竟然被林雷连根拔起了。随即，他恍然大悟，林雷现在这么厉害，当年的确能做到这一点。

"都解决了！"霍格舒了一口气，随即摇头自嘲道，"我太执着了，两千多年了，我对这个还是念念不忘。不过想又有什么用？琳娜早就死了。"

"父亲，母亲没有真正死亡。"林雷说道。

"嗯?!"霍格瞬间充满了活力，眼睛一下子亮了起来，满是期待地看着林雷。

林雷正色道："父亲，母亲只是身体没了，但是灵魂在光明主宰那里。她现在应该成了光明系神位面的天使。作为天使的她，绝对忠诚于光明主神们。要想让母亲恢复自由之身，让她和我们生活在一起，很难。"

"你……你也做不到？"霍格连忙问道。

在霍格看来，以他儿子现在的实力，要让一个天使恢复自由之身，应该不难。

"我没有把握。"林雷摇头说道。

旁边的贝贝苦着脸说道："那冥界最强主神都说了，即使是她亲自去找光明主宰，这件事情也没有把握。冥界最强主神都做不到，更何况是我老大。"

这件事，贝贝对林雷没信心。

林雷也有些不甘心。

"算了。"霍格长叹一口气，说道，"林雷，我们父子两人还能再相见就已经很好了。要和你母亲团聚，那是奢望，你不必多想，自寻烦恼罢了。"

"父亲……"林雷惊讶地看着父亲。

通过父亲当年留下的那封遗书，林雷能感受到父亲对母亲的深厚感情。父亲为母亲殉命都愿意，怎么会轻易放弃？

"别想那么多，世事怎么可能总令人如意？"霍格说道。

之后，霍格和林雷、耶鲁、乔治他们热烈地谈论起来，提到了玉兰大陆上发生过的事情，还提到了各自的生活。霍格谈了在亡灵界的生活，林雷讲述了自己两千多年来的经历。

通过这番交谈，霍格知道了林雷的成长过程，为他当时经历过的危机而担忧，也为他感到骄傲。


幽冥酒店前，林雷他们一行人聚集在一起，准备离开。

"你们等一下，我过会儿就来。"林雷对父亲等人说道，便朝幽冥酒店前方那片草地走去。

草地中央有一汪湖水，一名红发俏丽女子正饶有兴味地钓着鱼。

别人不知道这名红发女子的真正身份，但是林雷知道，她就是性格乖张的冥界最强主神——死亡主宰。

红发俏丽女子回头瞥了一眼林雷："怎么，要走了？"

林雷瞬间察觉到周围的空间扭曲起来。显然，冥界最强主神已然将他们隔离开来，避免两人接下来的谈话内容泄露出去。

林雷一边在心中感慨冥界最强主神实力的可怕，一边说道："是的，主神，我要找的六人都已经来了，感谢主神这些年的照顾。"

红发俏丽女子微微一笑，露出晶莹洁白的牙齿："第一次看到你时，你的实力还只是勉强达到统领的级别，一转眼，你就达到大圆满境界了。"

其实，林雷并没有达到大圆满境界，只是实力堪比达到了大圆满境界的上位神。不过，知道这个消息的只有他身边的那些人。

"主神，有一件事情我想请您帮忙。"林雷迟疑了一下，还是说出了口。

"你的事情还真多，说吧。"红发俏丽女子淡淡地说道。

"主神，我想找一个叫奥丁的七星使徒，不知道主神可有办法？"林雷询问道。

这段日子，耶鲁一直想找奥丁算账，不过冥界无边无际，林雷即使实力强也一时找不到奥丁。

"找七星使徒奥丁？"红发俏丽女子微微蹙眉，不禁哼了一声，说道，"你还真觉得我无所不能了。你说的这个奥丁，我不知道他的灵魂气息。你只是告诉我一个名字，我如何查？他若是亡灵，通过冥界之心能找到；若不是，根本找不到。"

林雷只能尴尬一笑。

"查找一个人，以你如今的身份来说，不是难事。"红发俏丽女子笑道，"你随便找一个使徒城堡发布任务，就说找一个叫奥丁的七星使徒。你林雷发布的任务，恐怕一些统领、府主会抢着去做。"

或许普通的上位神不知道林雷，不过恐怕千年内，冥界的府主、统领就会都知道了。

红发俏丽女子转过头，继续钓鱼："好了，你走吧。"

"谢主神。"林雷略微躬身，转身离去，走向贝贝等人。

片刻后——

"我们走吧，去亡灵圣山。"林雷对父亲等人说道。

随即，一个金属生命出现在半空，一群人飞入了金属生命中。金属生命一闪，在空中留下一道亮光，然后消失不见。

疾速前进的金属生命内笑声一片。

"耶鲁老大，你尽管放心，老三都向你保证了，那这个奥丁绝对逃不了。"乔治在旁边笑着说道。

耶鲁点了点头，向林雷笑了笑："那就麻烦老三了。"

"从幽冥山到亡灵圣山，路程很长。"林雷笑着说道，"途中，我会用神识探察，并且控制金属生命经过一些重要地点，这样做或许就能找到奥丁。"

如今，林雷的灵魂能量比主神之力还强。在冥界，林雷蕴含威势的神识能够覆盖方圆八百万里，被林雷操控的金属生命一天能飞行近千万里，因此，他每天搜索一次即可。

林雷知道沿途搜索和发布任务是两个办法。若是沿途搜索不成，他再去发布任务。以林雷如今的威望，要找到奥丁并非难事。

"如果途中就能发现奥丁，那更好。"耶鲁微笑着说道。

林雷闻言，在心中叹了一口气。当年的耶鲁潇洒不羁，现在的耶鲁却满是心事。

在林雷的控制下，金属生命飞行的速度极快，仅仅三年多，他们便进入了北亥府境内。

"最后一个府了，离亡灵圣山也不远了。"乔治笑呵呵地说道。

贝贝嘀咕道："北亥府是冥界境内最北边的一个府，我们到现在都还没找到奥丁，看来，老大要去使徒城堡发布任务了。哼，就让那奥丁多活一点时间吧。"

林雷注意到耶鲁的脸色不太好。

"奥丁所做的事对耶鲁的影响很大。"林雷在心中暗道。

林雷理解耶鲁，如果他经历了耶鲁经历过的事情——被人控制着解决了身边所有的亲人，估计他也会发疯，也会要找奥丁算账。

林雷拍了拍耶鲁的肩膀，安慰道："放心，他逃不掉的。"

"嗯。"耶鲁挤出一丝笑容，"没事，我能等，至少现在有希望。"


冥界北亥府，海德城外的大草原上。

这里驻扎着大量的士兵，也有一座座城堡。

北亥府主赛因特——北亥府第一强者、冥界主神的使者，居住在这里。赛因特麾下有数名强者，其中便有七星使徒奥丁。

一道黑袍身影从高空飞下。

"大人！"那些士兵立即躬身。

"嗯。"黑袍人淡漠地点头，然后步入内部区域。

片刻后，黑袍人见到了赛因特。

"府主，事情解决了。"黑袍人向赛因特恭敬地说道。

赛因特此刻穿着一件白袍坐在椅子上，正捧着一本书悠闲地看着。听到黑袍人的禀报，他微笑着点头："嗯，很好。对了，奥丁，你在外面有没有听到有关位面战场的消息？上一场位面战场结束后，也差不多过去了近百年。"

赛因特没有参加位面战争，加上北亥府地处偏远，消息传来的速度很慢。

"属下此次碰到的人大多实力一般，没碰到过府主、领主，没有听到有关位面战争的消息。与位面战争有关的消息传到我们这里，要比较长的一段时间吧。不过属下这次出去，查到了另外一个消息。"

"什么消息？"赛因特饶有兴味地抬头看向奥丁。

笼罩在黑袍下的奥丁露出一丝笑容："府主，幽冥山已经公开了第四个得到幽冥果的人。经过属下探查，那人叫伯勒雷。"

"伯勒雷？不是林雷。"赛因特也笑了。

"是的，是伯勒雷。"奥丁笑道，"幽冥山危机重重，我虽然不知道他为什么要找主神，但估计他在那里面凶多吉少。他即使没死，估计也应该离开冥界了。"

"林雷如果知难而退，或许能保住性命。不过，他若执意见主神，十有八九会死在幽冥山上。"赛因特淡笑道，"好了，奥丁，现在你应该完全放心了吧。"

"确实放心多了，那属下不打扰府主了。"奥丁微微躬身，而后退下了。


北亥府高空，一个飞行的金属生命内。

林雷一边用神识探察，一边说道："马上就要到北亥府主赛因特的所在地了。赛因特告诉我幽冥山的位置，说实话，我还得感激他——嗯？"

林雷的表情陡然一变。

"怎么了，老大？"旁边的贝贝疑惑地问道。

"老三，发现奥丁了吗？"耶鲁连忙问道。他只要看到林雷的表情有变化就会这么问，不过之前得到的都是否定的答案。

林雷看向耶鲁，哈哈笑了起来："奥丁，是奥丁！哈哈，奥丁终于现身了，就在赛因特的旁边……"说着，他眼中闪过一丝寒光，"看来，当初赛因特夫妇是故意欺骗我。"

林雷不傻，一发现奥丁就猜出一些事情了。

"奥丁在赛因特那里？"贝贝也反应过来了，不禁怒道，"老大，我当时就说赛因特夫妇说话不对劲，他告诉你幽冥山，估计是要你去送死。"

"不过也得感谢他们。"乔治笑道，"因为他们，你才有这番际遇，才能有现在这个实力。奥丁他们知道后，估计后悔得不得了。"

"对，还真得感谢他们。"林雷看向东北方，低沉地说道，"走，我们去见见赛因特、奥丁他们！"

"奥丁！"耶鲁咬牙切齿，目光冷厉。

顿时，金属生命的飞行速度提升到了极限。


北亥府府主麾下的七星使徒都有自己独立的城堡。

此时，奥丁在城堡顶层的阳台上惬意地沐浴着阳光，俯瞰草原。

"嗯？"奥丁眉毛一扬，发现一个金属生命正朝他这边疾速飞来，速度之快，令他震惊。

"这么快的速度，看来这是一个高等级的金属生命，控制金属生命的是一名超级强者。"奥丁思忖道。

"奥丁！"

一个低沉的声音在空中响起，惊醒了大量的士兵以及北亥府府主赛因特等人。

"什么人？"奥丁脸色一变。

很快，金属生命消失，露出了里面的一群人，为首的正是林雷。

"林雷！"奥丁吓得脸色大变，"怎么……林雷怎么还活着？怎么又回来了？"

嗖！这群人一同飞向奥丁。

"来者止步！"怒喝声响起，近百名府兵立即腾空而起，想阻拦林雷他们一群人。

"滚！"林雷低喝一声。

一道透明的空间波纹弥散开来，凡是碰到它的人都被震飞了。

"这……这是什么手段？"奥丁感到惊骇。

林雷一群人悬浮在半空，冷冷地看着奥丁。

"奥丁，你可还认识我？"耶鲁死死地盯着奥丁，咬牙切齿地说道。

奥丁循声看去，看到耶鲁后冷笑起来："我还以为是哪位，原来是道森商会的会长。没想到，你成为亡灵后能成为神级强者，还能和你的兄弟相遇，真是出乎我的意料。"

奥丁似乎不害怕。

"林雷。"一个温和的声音响起。

林雷转头看去，只见不远处有五道人影飞了过来，为首的便是北亥府府主赛因特及其妻子阿妮塔，赛因特身侧还有三名手下，估计也是七星使徒。

"赛因特。"林雷应了一声。

"林雷，你来我这里应该提前通知我一声，我好去迎接啊。"赛因特笑着说道。

说着，赛因特五人飞到了奥丁的身旁。

此时，半空有两方人马对峙，下方还有大量的府兵。若赛因特一声令下，估计下方的府兵都会一拥而上。

"提前通知一声？"林雷淡然一笑，"赛因特，估计我提前通知你一声，你会先通知奥丁躲藏起来吧。没想到，赛因特你贵为府主，竟然和我玩弄这等手段，未免可笑了些。"

闻言，赛因特脸一沉，林雷的语气令他很不舒服。

"哼，不就是青龙一族的长老！"赛因特在心中暗道，"之前，我还担心林雷是达到了大圆满境界的上位神，但他在幽冥山上没有得到幽冥果，那肯定不是达到了大圆满境界的上位神。"

赛因特之前从八大家族那里得到一些消息，以为林雷是达到了大圆满境界的上位神，有些畏惧林雷，但幽冥山一事让他放心了。若林雷是达到了大圆满境界的上位神，得到幽冥果的就是林雷，而不是那个伯勒雷。

"赛因特，你去一边，这件事情和你没关系。"林雷淡漠地说道，"我的目标只有一个——他，奥丁。"

林雷看向奥丁。

奥丁连忙看向赛因特。

赛因特嗤笑道："林雷，我对你也算以礼相待，你又何必如此猖狂？奥丁是我的手下，如果你在我的面前动手杀他，我赛因特如何当这府主？既然他是我的手下，那我绝对不会让你带走他。林雷，你若识趣，就现在走人。否则，大家撕破脸皮了可不太好看。"

赛因特同样自信十足。

"赛因特！"贝贝愤愤地说道，"上次你故意欺骗我们去幽冥山。我们没找你算账已经是给你面子了。你一个府主在我们面前摆什么谱，你够格吗？"

在经历一场位面战争后，贝贝可没将一个赛因特放在眼里。对他而言，解决赛因特轻而易举。

"放肆！"赛因特脸色难看，低喝了一声。

陡然，赛因特手中出现了一柄黑色长枪，上面弥散出一股可怕的气息。

见状，旁边的奥丁顿时笑了。

嗖！赛因特直接冲向贝贝。显然，贝贝刚才的话激怒了他。

然而，一道幻影瞬间出现在赛因特的身前，一只脚踹在了赛因特的胸口上。

砰的一声，赛因特仿佛一个沙袋一样被踹得朝下方坠落，撞碎了城堡一角，而后重重地落在地上。

原来，那是林雷动手了。

奥丁等几名七星使徒、府主夫人阿妮塔，以及看到这一幕的府兵们都惊呆了。

噗！赛因特吐出一口鲜血，躺在地上，惊恐地看着上方的林雷。

林雷在半空俯视瘫坐在地上的赛因特，淡漠地说道："不是你的事，你就不要管。"

说完，林雷转头看向奥丁，目光冷厉。

奥丁被林雷看得脸色煞白，身体发颤。

## 第716章

# 老三，谢了

奥丁惊恐地低头看向赛因特，神识传音："府主，府主！"

奥丁真的急了，见识过林雷的实力后，他很清楚自己根本没有还手之力。情急之下，他只能祈求赛因特。

"闭嘴！"赛因特神识传音，十分生气。他眼睛泛红，心里尽是怒气。当着这么多府兵的面，他被踢到了地上，这是耻辱。他身份高贵，受了这等耻辱，当然想报复，可他根本没有报复的实力。

周围很多士兵震惊地看着林雷，还时不时看向身上满是血迹的赛因特。

"现在报复只有死路一条，忍住，忍住！"被众人注视着，赛因特愈加感到耻辱，"死了那就真完了。林雷估计真的达到了大圆满境界，我败在他手上这件事就算传出去也不丢脸。"

赛因特安慰自己。

赛因特在担心自己的脸面，奥丁却在担心自己的小命。

"再不逃就没希望了。"奥丁直接朝下方坠落，想潜入地底逃跑。

林雷淡然一笑，身体一晃，瞬间就到了奥丁的下方。

啪！林雷一巴掌打在奥丁的脸上，直接把奥丁打得飞了起来。

奥丁仿佛一个沙袋撞击在城堡的墙壁上，发出低沉的撞击声，把城堡的墙壁撞得龟裂开来。

"这速度太可怕了！"奥丁还没从惊恐中恢复过来，就看到林雷又出现在他的身侧，于是脸色大变。

林雷淡漠地伸出手掌，一百零八道土黄色光芒出现，形成一个光球笼罩住奥丁，奥丁在里面几乎动弹不得。

面对林雷这一招，连黑默斯那等厉害的强者都会受到巨大的影响，更何况奥丁这个七星使徒。

"耶鲁老大，想怎么对付他，你说了算。"林雷转头看向耶鲁。

耶鲁已经飞了过来，眼中有着疯狂之色。

"啊——"奥丁疯狂地怒吼着，好像囚笼中的一只野兽，想抵抗那股强大的空间束缚力，却毫无作用。

看到耶鲁后，奥丁眼睛泛红，愤愤地说道："你要对付我吗？小子，你也配对付我？"

他的眼中满是不屑。随后，他又看向林雷，怒吼道："林雷，有本事你直接杀了我！"

其实事情到了这个份上，奥丁明白自己没有希望了。

这时，赛因特、阿妮塔以及众多府兵只能在远处默默地看着如困兽般的奥丁。之前，他们还想动手击退乃至击杀林雷他们，可林雷出手后，他们便没有反抗的念头了。

"直接杀你？"林雷哼了一声后便不再说话。

突然，一道透明的波纹从奥丁的眼中射出，射向耶鲁。

噗的一声，一道透明的剑形波纹击中了那道透明波纹，奥丁的这招灵魂攻击就这么被破了。

林雷冷漠地瞥了一眼奥丁，说道："奥丁，在我的这个光球内，你别想要花招。"

然后，林雷看向耶鲁。

耶鲁微微点头，手中出现了一柄深青色长枪。

"我的兄弟，我的妻子儿女，我的父母……"耶鲁嘴唇发白，身体微微颤抖，死死地盯着奥丁。随即，他猛地弓起身体，仿佛一张在蓄势的弓，而后爆发，将手中的长枪刺向奥丁。

噗！深青色长枪刺在奥丁的身上，却没有刺进去。

耶鲁一怔。

"哈哈！"奥丁仰头大笑起来，"林雷啊林雷，你让你兄弟对付我，哈哈，他只是一个下位神，我可是上位神中的七星使徒！他那点攻击力，连我的皮肤都刺不破。哈哈，对付我？做梦吧！"

耶鲁的脸一下就白了。

"我……我……"耶鲁的身体发颤，"我要报仇，可我……"

林雷已经控制住奥丁了，可耶鲁自身的实力太弱，以至于他的攻击力也很弱，根本伤不到奥丁。

奥丁仿佛要吃人般恶狠狠地盯着耶鲁："小子，想对付我，做梦去吧！就你这点实力，连我一根汗毛都伤不了！"

"奥丁。"林雷冷漠地看了一眼奥丁。

"林雷，你嚣张什么！"奥丁自知必死，反而不怕了，大声说道，"你不是想让你的兄弟对付我吗？可惜啊，他实力太弱。你这个做兄弟的把我抓住了送到他的面前，他都没有办法对付我，他注定不可能亲手报仇了！啧啧，我还记得他那些亲人死的样子呢，精彩啊。"

"浑蛋！"耶鲁咆哮道。

"你解决不了我的，你也不可能亲手报仇。"奥丁得意地笑道。

闻言，林雷的脸上如同覆盖了一层冰。

片刻后，林雷一翻手，就有一滴黑色液体飘向耶鲁："吸入体内，然后引动它。"

"嗯？"奥丁脸色一变。

"你不是厉害吗？修炼的还是四大规则之一的死亡规则，那就试试这主神之力的攻击吧。"林雷淡漠地说道。

耶鲁的双眼亮了起来。

"老三，谢了。"耶鲁当即将这滴主神之力融入体内，而后轰的一声，耶鲁身上爆发出黑色光芒，弥散开来一股可怕的气息。

耶鲁持着那柄深青色长枪，上面黑色光晕流转，发出一声低吼后，他将其刺向奥丁。

"不——"奥丁惨叫一声。

耶鲁不知道连续刺了多少下，直到没有力气了才停下来，哼哧哼哧地直喘气。

奥丁已经完全没有反应了，一件神器从他的体内掉了出来。

"哈哈，我做到了，我终于做到了，哈哈……"耶鲁仰头大笑起来，却流下了眼泪。

林雷见状，松了一口气。耶鲁终于将心底深处的仇恨发泄出来了，以后就会好多了。

许久后，耶鲁恢复了平静，他转头看向林雷，眼中满是感激。

林雷笑着飞来，拍了拍耶鲁的肩膀："走吧！"

他们是从小玩到大的兄弟，许多事情不必说出来对方就能懂。乔治等一群人也为耶鲁感到开心。

随后，林雷他们一大群人乘着金属生命离开了。

北亥府府主赛因特等人则相互看了看，松了一口气。

"府主，这个林雷实在太强了，那是什么招数？"一名青袍壮汉低声道，"奥丁是七星使徒，竟然毫无反抗能力。还有，林雷的速度简直不可思议。"

"他速度这么快，那么轻易就控制住了七星使徒，还只使用了一般的地属性神力，"赛因特正色道，"林雷估计真的达到大圆满境界了。"

他身旁的几人一怔：大圆满境界？

"走，都回去！"赛因特脸色阴沉，低喝道。


呼——狂风呼啸，如一柄柄利刀刮过。

铁刀峡，一座城堡内。

空旷的场地上有两个巨型传送阵，陡然，其中一个亮起炫目的光芒，周围的血峰军战士不由得转头看过来。

光芒消散，出现了一群人。

一名血峰军战士眼睛一亮，连忙躬身说道："见过大人。"

上次林雷来这里的时候，他见过林雷，知道林雷有血峰主神的令牌。

"嗯。"林雷微微点头，"我们在这里等一会儿，过一会儿再走。"

"大人请便。"这名血峰军战士微笑着说道。

于是，林雷他们一群人便在这个空旷的场地上等待。

贝贝嘀咕道："老大，他们从玉兰大陆位面过来，应该比较快吧，怎么现在还没到？我都快一千年没见妮妮了，还有娜娜……"

"快到了。"林雷笑着说道，"一群人从玉兰大陆飞到北极冰原要一段时间。"

"林雷，小沃顿也会来吧？"霍格心里既激动又忐忑。

"是的，父亲。"林雷笑着点头。

霍格有将近两千多年没见过沃顿了。当初，沃顿早早地被送到了奥布莱恩帝国，所以霍格只记得沃顿孩童时的模样。

林雷笑着说道："父亲，恐怕你见到沃顿，一眼还认不出来呢。"

"我肯定认得出来。"霍格万分肯定地回答。

"哦，他们进入传送阵了，要来了。"林雷说道。

林雷通过自己的火系神分身，知道那一大群人的动向。

闻言，大家都看向传送阵。

只见传送阵再度亮起万千光芒。过了片刻，光芒消失，出现了一大群人。为首的便是林雷的火系神分身和迪莉娅。只见林雷的火系神分身直接飞向本尊，两者融为一体。

此时，在林雷的灵魂海洋内，地系神分身、风系神分身、水系神分身、火系神分身都盘膝悬浮着，在他们的上方，是闪烁着七彩光芒的剑形灵魂。前三大上位神神分身正在向火系中位神神分身传递着一道道灵魂能量。

"父亲！"威迪、泰勒、莎莎朝林雷跑来。

"父亲！"沃顿看着霍格，十分震惊。

霍格盯着眼前壮硕的青年。沃顿的面容与霍格有相似之处，与林雷也有相似之处。看着沃顿那双大眼睛，霍格似乎看到了当初孩童模样的沃顿，不禁轻声道："沃顿？"

"是我，父亲！"沃顿连忙上前紧紧拥抱霍格。

"好，好！"霍格不由得眼睛泛红。

许久后，父子两人才分开。

"父亲，您看，这是您的孙子威迪、泰勒，这是您的孙女莎莎。"林雷走上去笑着介绍道。

沃顿也连忙介绍道："父亲，这是您的孙子西尼，还有，阿诺快过来，见过你太爷爷。父亲，还有那个虎头虎脑的小子，是阿诺的儿子。"

这次，从龙血城堡来的人很多，凡是达到圣域境界的几乎都来了。

"好，好！"霍格不停地点头，脸上满是笑容。

"好了，父亲，我们先去天祭山脉吧。"林雷笑着说道。

随即，这一大群人进入一个金属生命，离开了铁刀峡。

那些血峰军战士看着那个巨大的金属生命，眼中满是羡慕。

"这大人物就是不一样！一口气将一大家子上百口人都接来了地狱。"

"对了，队长，你称呼那名棕发男子'大人'，他是什么人物啊？"

"你们不知道，之前我轮值时碰到了他们。那名棕发男子有主神令牌，可以免费使用传送阵。一般的主神使者是没有主神令牌的，没有一定身份，怎么可能得到这样的宝贝……"

这群血峰军战士就这样聊了起来。

## 第717章
# 家族的变化

血峰大陆，幽蓝府，天祭山脉。

在青龙一族族长盖斯雷森的府邸大厅中，盖斯雷森正在与一名面容消瘦的秃顶老者谈笑着。

"盖斯雷森，你谦虚什么？哈哈，当年在混乱之海的时候，你和我，还有其他几人，一同接下使徒任务去对付瓦伦丁。那时我和其他人都不敌对方，最终还是靠你青龙一族的天赋神通，以及强大的物质攻击解决了瓦伦丁，我对此可是记忆犹新啊。"秃顶老者笑着说道。

"哈哈，拜格雷夫，那是多少年前的事情了。"盖斯雷森说道，脸上满是笑容。

"对，是很久以前了。不过，很久以前你便那么厉害，估计你现在更厉害了。"拜格雷夫话中的奉承意味很明显。

虽然这是奉承话，但也要看是谁说的。若是一名普通的上位神说的，盖斯雷森听了可能会不耐烦。可说这话的是一名统领，其实力和盖斯雷森不相上下，和盖斯雷森也算是旧交。这种人说的奉承话，盖斯雷森听得心里舒坦。

"哈哈，别这么说了。"盖斯雷森咧开嘴笑道。

拜格雷夫叹息道："这次我来拜访老朋友你，顺道也想见见你们青龙一族那位达到了大圆满境界的强者，不过看来我的运气不好啊。"

盖斯雷森立即说道："拜格雷夫，距离上一场位面战争结束才百年，林雷恐怕还在冥界，没有回来。你放心，等林雷回来了，我一定将你介绍给林雷认识。林雷为人不错，也喜欢结交朋友。"

拜格雷夫站了起来，笑道："行，那就等下次有机会了再见见他。打扰你这么久，我也该回去了，以后有时间再找你叙旧。"

"随时欢迎。"盖斯雷森也站了起来，准备送送拜格雷夫。

"不必送了。"拜格雷夫微笑着点头。

于是，盖斯雷森便站在客厅门槛处，看着拜格雷夫飞走。

片刻后，从外面走进来一人，正是青龙一族的加维长老。

"族长，拜格雷夫统领离开了？"加维笑道。

"对。"盖斯雷森微微一笑。

加维忍不住说道："族长，这好像是数十年来第九个超级强者了。"

上一场位面战争结束后不久，便有统领来拜访四神兽家族，他们真正的目的是想见一见林雷。见不到林雷，他们就打算和四神兽家族的族长搞好关系。在他们眼中，四神兽家族如今的地位不同了。

"哼！"盖斯雷森嗤笑道，"九个了！这些统领还不是见我们四神兽家族出了一个达到了大圆满境界的上位神，一个个赶来交好。当初我们四神兽家族陷入困境，被八大家族逼成那样，除了贝鲁特先生，还有谁来帮助我们？"

"就刚才那个拜格雷夫，"盖斯雷森说道，"当年和我交情还不错，父亲（神兽青龙）还在的时候，他经常来我这里。可是自从家族衰败，我就没见过他。现在他又来叙旧情了。"

雪中送炭人间少，锦上添花世上多。如今四神兽家族出了一个达到了大圆满境界的上位神，地位自然不同。

"这能理解。"加维笑着说道，"不过，林雷竟然能达到大圆满境界，我到现在还觉得不可思议。"

闻言，盖斯雷森眼睛一亮，哈哈笑道："何止你觉得不可思议，我也觉得不可思议！我们四神兽家族几乎所有人都不敢相信这个消息。当初林雷离开家族的时候，也就是一名比较厉害的七星使徒，实力接近统领。没承想，这才一千年，他就达到大圆满境界了。若不是来这里说这些话的都是超级强者，我恐怕还不敢相信。"

"大圆满境界啊。"加维感慨道。

林雷达到大圆满境界的消息在统领之间传开后，有不少强者来拜访四神兽家族，令四神兽家族的成员感觉到家族地位明显提升了。

"加维。"盖斯雷森忽然说道。

"族长？"加维疑惑地看向盖斯雷森。

盖斯雷森说道："山脉边缘的信息传递员都安排好了吗？"

"安排好了。"加维笑道，"族长放心，林雷如果从冥界赶回来，只要到山脉边缘，消息就会迅速传到族长你这里以及其他三位族长那里。迎接林雷的各项事宜，包括新建的府邸等，都准备好了。"

"很好，"盖斯雷森笑着点头，"可千万不能出意外。林雷在玉兰大陆位面长大，对家族的归属感比不上一直生活在这里的人，之后又发生了弗尔翰父子的事情。因为巴鲁克等一群人，林雷对家族还算不错，但是我们要做得更好，让他对这里的归属感更强。"

"明白。"加维点头。

在盖斯雷森、大长老等人看来，达到了大圆满境界的林雷的重要性远超贝鲁特。贝鲁特虽然实力强，但毕竟是外人。若四神兽家族再次面临危机，贝鲁特不一定会插手。可林雷不同，他毕竟是同族之人。


幽蓝府境内，一个巨大的金属生命在山林上空疾速飞行，里面其乐融融。

"爷爷！"

"太爷爷！"

一群青年围着霍格，不停地谈论着各自的事情。霍格看着这些子孙，脸上笑开了花。

"哥，你看父亲笑得多开心。"沃顿和林雷在金属生命的中央客厅边上聊着天。

林雷看了一眼正陪着家族子孙谈笑的父亲，点头说道："当年我们小的时候，我们巴鲁克家族已经衰败到了极点。父亲这一生重视的除了母亲以及我们兄弟外，便是家族了。父亲很看重家族传承，如今家族能传承下去，父亲当然开心。"

这时候，远处有三人走来，正是耶鲁、乔治、雷诺。雷诺也是从玉兰大陆过来的。

"老三！"

"耶鲁老大、老二、老四，就在这边坐吧。"林雷笑着指向旁边，耶鲁他们三人便坐了下来。

雷诺瞥了一眼窗外，感慨道："四大至高位面之一的地狱啊，我可是第一次来。这里的元素气息的确浓郁，只是战斗不断。"

透过金属生命的透明部分，他们能看到外面的情况。

"这就是地狱。"林雷说道。

"这一点和亡灵界一样。老四，你看我厉害吧，能在亡灵界存活下来。"耶鲁得意地扬眉。

见到耶鲁这副表情，雷诺、乔治、林雷开心得很，因为他们知道耶鲁已经治好了心病，真正轻松了。

金属生命大厅内，上百人分散在各处闲聊着。

林雷看着这一幕，脸上不由得露出了笑容，他很享受这种其乐融融的氛围。

"在这个世界上，很多时候都要靠实力说话。"林雷看着此刻温馨的场面，在心中暗道，"我努力修炼，将实力提升到了一定程度，能让亲人朋友相聚在一起，甚至能让家族一群人从物质位面一同过来。"

此刻，林雷意识到他这些年的苦修终于有了回报。

一段时间后。

"马上要到四神兽家族领地了，"贝贝朗声说道，"大家都准备一下吧。对了，霍格大叔，"贝贝看向霍格，"你们巴鲁克家族的先辈们都在那里呢，巴鲁克、瑞恩什么的……"

"巴鲁克家族先辈！"霍格激动地站了起来，连忙走到透明金属旁看向前方。

此刻，大家能看到天祭山脉了。

"家族先辈！"

泰勒、莎莎等一大群青年不禁议论纷纷。他们从小就知道自己是"巴鲁克家族"的一员，因此都十分崇拜巴鲁克家族的传说人物。

林雷见状不禁笑了，而后说道："好了，我们过去吧。"

随即，金属生命消失，上百人朝天祭山脉青龙一族所在地的方向飞去。

"好长的雕塑，看不到尽头。"壮硕的阿诺赞叹道。

林雷笑着说道："那不是雕塑，是龙形通道，几乎贯穿了天祭山脉四分之一区域，足有万里长，是家族士兵驻守的主要道路。"

当林雷等人飞来时，那些巡逻的士兵一眼就看到了。信息传递员一看，大喜道："林雷长老回来了！"

他的神分身在信息传递站，而这里还有其他信息传递员。他们得知这个消息后，立即靠神分身将这个消息传到了四神兽家族的各处。

"族长，林雷长老回来了！"

"林雷来了？"盖斯雷森立即飞了出来，前去迎接。

不单单是盖斯雷森，其他三位族长，还有不少长老，收到消息后都飞出去迎接林雷。


看到林雷等上百人时，那些家族战士都连忙行礼。

"林雷长老。"那些战士恭敬得很。

林雷微笑着点头，带着一大群人在龙形通道的上空飞行，同时还为沃顿等人介绍道："家族管理比较严格，你们刚来，过会儿我让人给你们弄身份徽章……嗯？"

林雷疑惑地皱着眉头看向远处。

"怎么了？"贝贝也是一瞪眼。

迪莉娅、妮丝、耶鲁等人看向远处，只见远处半空浩浩荡荡地飞来了一大群人，为首的正是盖斯雷森等四位族长，后面还有大长老等一堆人。

"家族高层怎么都过来了？"林雷心中一惊，"连朱雀族长他们也来了。从他们的住处飞到这里要一段时间才对，怎么这么快？"

四神兽家族的反应太快了。林雷才带着大家在龙形通道上方飞了一会儿，家族就来人了，而且来的都是重要人物。

"哈哈，林雷！"盖斯雷森笑着飞过来。

"族长。"林雷虽然有些不解，但还是迎了上去。

林雷扫了一眼，玄武一族族长、朱雀一族族长……来的人的脸上都是笑容，显得热情亲切。

"我们虽然在幽蓝府，但也听说了你在位面战场的事情。哈哈，我们四神兽家族出了一名达到了大圆满境界的上位神，这是值得庆贺的大喜事啊！"盖斯雷森既开心又激动，"酒宴已经准备好，就等你来了。哈哈，贝贝……哦，这些都是林雷的朋友吧，都来，哈哈……"

## 第718章
# 交换

盖斯雷森说得不错，的确值得庆贺！

不单单是四神兽家族的高层人员，许多普通族人聚集在天祭山脉各处，都在兴高采烈地谈笑着。

家族中出了一名达到了大圆满境界的上位神，也令普通族人感到十分自豪。

当年，四神兽家族的四位老祖宗还在时，家族何等兴旺，然而，老祖宗陨落，家族开始败落，被迫龟缩在天祭山脉。四神兽家族成员出门在外被八大家族截杀不说，还被他们堵在家门口辱骂。对经历过家族辉煌时期的他们而言，这是耻辱。

之后，在贝鲁特的帮助下，他们终于可以自由、安全地在地狱行走，但是他们心中还是感到失落，因为家族中没有真正的强者。这回林雷的崛起，令这些族人心中又有了底气。

深夜，紫月悬挂在高空。

天祭山脉青龙一族区域内的一座高山上，建造了一座占地极广的府邸，比族长的住所还要大。这座府邸看上去很朴素，院墙上的雕刻却精美细致。林雷一眼就看了出来，这是雕刻宗师级别的人物才能做到的。

此刻在这座府邸前，只有林雷、盖斯雷森。

林雷不禁看向旁边的盖斯雷森，在心中暗道："族长为我准备的东西还真不少。"

"族长，我住在这里？"林雷开口问道。

"林雷，"盖斯雷森笑着说道，"你如今是我们四神兽家族的第一强者，外界提到四神兽家族，第一个就会想到你。你的住处应该配得上你的身份，而且这个地方够大，足够让你的亲人朋友住下。"

林雷听了点点头。这座新建的府邸和玉兰大陆上的龙血城堡差不多大，别说是住上百人，就是住上千人也够了。

"那我就收下了。"林雷干脆得很。

盖斯雷森笑着点头说道："明年，你就让你的亲人朋友搬到这里吧。"

"不急。"林雷说道，"他们打算先和玉兰大陆一脉的先辈们多聚聚。"

沃顿等人已经住在大峡谷中了，霍格也去见巴鲁克等家族先辈了。对霍格、沃顿他们而言，见家族先辈是一件很重要的事。

"也对。"盖斯雷森笑着点头，"林雷，你看。"

说着，盖斯雷森的手中出现了一个小玉瓶。

这玉瓶瓶口很小，一般用来存放一些炼制好的颗粒状小物品或是液体之类的东西。

"这是……"林雷说道，"主神之力？"

"对，地系主神之力。"盖斯雷森笑着说道，"林雷，我知道你主要修炼地系元素法则，若使用主神之力，还是用地系主神之力好。所以，我们为你准备了这个。你是我们家族的最强者，当然要用最适合你的主神之力。"

这一瓶主神之力虽然远不及雷斯晶当初给的那一壶主神之力多，但是如果以"滴"为单位计算的话，里面也有上千滴。

"族长，"林雷摇头说道，"这一瓶主神之力太多了。自从四位老祖宗陨落，我们四神兽家族的主神之力就没了来源，用一滴少一滴。这些还是留下来，留给家族的其他长老吧。"

林雷知道自己的实力。虽然他并不是真正达到了大圆满境界，但是因为灵魂变异的特殊性，他的实力堪比达到了大圆满境界的上位神。因此，与达到了大圆满境界的上位神对战，他不畏惧，在变为龙化形态后，他还有可能略占优势。

"哈哈！"盖斯雷森笑了，"林雷，你多虑了。当初我们家族使用主神之力那么节约，一是确实没有了来源，二是当时被八大家族逼得太紧，主神之力消耗得太快。毕竟当时我们都不知道以后会发生什么，因此用得很省。"

"可现在，你达到了大圆满境界，谁还敢惹我们四神兽家族？"盖斯雷森笑得很开心。

林雷被盖斯雷森说服了。确实，有他在，一般不会有人来招惹四神兽家族，那么家族的主神之力就不会用得之前那么快。

"林雷，收下吧。"盖斯雷森催促道。

林雷迟疑了一会儿，然后伸出手，周边的地系元素在他手上聚集，最后形成一个黑色的瓶子。林雷单手一指，一股黑色液体从林雷的手掌冒出，而后流向黑色瓶子。

这股黑色液体正是毁灭主神之力。

很快，这个黑色瓶子便被灌满了，不过也只有那一壶主神之力的一成。

"你这是？"盖斯雷森不解。

"族长，我就用这瓶毁灭主神之力交换你这瓶地系主神之力吧。诚然，在战斗中使用地系主神之力，我施展出的招式威力会更大，但若是就这么接受你给的一瓶主神之力，我心里过意不去。"

林雷笑着递过这个黑色小瓶子。

"林雷，"盖斯雷森连忙说道，"这不行，你——"

"你收下，否则我也不收。"林雷摇头说道。

盖斯雷森点点头："那好吧。"

于是，盖斯雷森接过了这瓶毁灭主神之力，林雷则收下了那瓶地系主神之力。


时间流逝，一转眼便过去了数十年。

其间，林雷感受到了族人们，包括族长等人对他态度的变化。他意识到自己成了四神兽家族的精神领袖，就好像当初在玉兰大陆，武神之于奥布莱恩帝国、大圣司之于玉兰帝国。

如今，林雷居住的这座府邸宛如四神兽家族的圣地。

在府邸内的那片草地上，三三两两地聚集着一群人。林雷、雷诺、耶鲁、乔治正围坐在一起，一边喝着果酒，一边惬意地闲聊着。

当然，在这里的是林雷的水系神分身，他的其他神分身和本尊还在修炼。

"林雷长老。"一名护卫跑过来躬身说道。

"嗯。"林雷看向他。

"林雷长老，族长传来信息，说有一名从碧浮大陆过来的府主想见见长老。"这名护卫说道。

林雷淡笑着点头，同时展开神识瞬间覆盖了天祭山脉，然后他神识传音："族长，你就和这位府主说我在修炼，不方便见客。除非他有重要的事情，不然你就帮我应付一下吧。"

盖斯雷森一惊，没想到林雷的神识的覆盖范围这么广，不禁在心中暗道："不愧是达到了大圆满境界的上位神。"

盖斯雷森清楚林雷的脾气，这种纯粹结交性质的见面，林雷是懒得理会的。

"好，我帮你应付。"盖斯雷森回应道，"那以后这样的人，只要没有有重要的事情，一律不见？"

"对。"林雷神识传音，"除非是我的熟人，像雷斯晶等，其他人若没有重要的事情，一律不见。"

在林雷回到四神兽家族后的一段时间里，总有人来找他。有的人是想和林雷结交，有的是人是想请林雷办事，有的人则是想拜林雷为老师。

总之，找林雷的人数不胜数。幸好他做了这个决定，之后打扰他的人少了很多。


一日，林雷的府邸内。

"大伯，"伊娜疑惑地看着林雷，"刚才那个要拜见你的人，在这封信上把事情说得清清楚楚，他的确有大仇也很可怜。大伯，你就不发发善心，帮帮他吗？"

林雷笑着瞥了一眼伊娜。

"娜娜，"贝贝看向自己的女儿，"这地狱中有冤仇的人不知道有多少。你让你大伯救一个，那其他的呢？在地狱，几乎每时每刻都有人殒命。难道你让你大伯去为他们所有人报仇？"

伊娜一怔。

伊娜、威迪他们生活在林雷、贝贝的庇护下，几乎没经历过磨难，把世界想得很简单，不像林雷他们当初是从生死边缘走过来的。

"若非亲非故的我都帮，那我得有很多神分身才行。"林雷笑呵呵地说道。

伊娜哼了一声，鼻子皱了起来。

"别说帮别人了，我自己还有许多事情没有做好呢。"林雷摇头，叹息了一声。

"嗯？"伊娜疑惑地看向林雷。

林雷笑了笑，没有细说。

虽然日子过得平静、快乐，但林雷还是注意到父亲偶尔会发呆。林雷明白，父亲是想母亲了。于是，林雷想着什么时候去光明系神位面一趟，去求光明主宰恢复母亲的自由。


一眨眼，又过去了数百年。

林雷府邸内，不少人聚集在一起。

"老三他前几天突然闭关，本尊和所有神分身都去修炼了，说是到了关键时刻，怎么现在还不出来呢？"雷诺不禁瞥了一眼远处的走廊。

乔治淡笑道："急什么？你可是有着永恒生命的。"

雷诺听了，不由得笑了。

确实，生命漫长，对神级强者而言，十年、百年算不得什么。

"嗯，老三来了！"耶鲁突然说道。

雷诺等人连忙抬头看去，连草地上一些原本在谈笑的人也注意到了从远处走廊拐角处走出来的人。那人的棕色长发披散开来，正是林雷。

林雷此刻心情很好，在心中暗道："修炼数百年，总算将地系元素法则中的大地脉动奥义和水系元素法则中的圆柔奥义融合了。"

自从灵魂变异成功，林雷开始尝试融合不同属性的奥义。即使他的灵魂在变异后强大了很多，也是花费了数百年才做到这个。

　　"现在只是开始，我的目标是融合四种不同属性的奥义。"林雷很期待。如果他能做到，那他的实力会提升到什么程度呢？

　　"老大。"贝贝跑了过来。

　　"我父亲呢？"林雷询问道。

　　"霍格大叔在屋内吧，我今天没有看到他。"贝贝说道。

　　"嗯，我去找他。"林雷向其他人眼神示意了一下，便朝霍格的住处走去。

　　修炼结束，林雷想到的第一件事就是该去光明系神位面了："不管能不能成，总要去问问光明主宰。"

## 第719章

# 至高神器

"父亲。"林雷步入屋内。

正在看书的霍格抬起头，见到林雷后，不禁笑道："林雷，听说你闭关了。怎么，突破了？"

"嗯。"林雷点了点头，坐在一旁，"父亲，我打算过两天出发前往光明系神位面，去拜见光明主宰，看有没有希望找到母亲并且让母亲恢复自由。"

"嗯？"霍格手一颤，手里的书跌落在了桌上，他震惊地看向林雷，"林雷，你要去光明系神位面？你和我说过你在位面战场上的事情。你解决了奥古斯塔家族之人的最强神分身，那光明主宰不就是奥古斯塔家族的老祖宗吗？你这么去很危险的。"

霍格急了。

林雷这些年经历的事情，霍格现在几乎都知道了。

"父亲，您放心。光明主宰的子女有一百八十二个，这仅仅是第二代成员。我们对付的那个人是奥古斯塔家族第三代成员中的一个。奥古斯塔家族第二代、第三代成员加起来数量上千，光明主宰不会在意这种事情的。"林雷万分肯定。

若光明主宰在意，雷斯晶也不敢让大家动手。

"可他毕竟是光明系神位面最强主神——光明主宰，要解决你，轻而易举。"霍格担忧得很。

"正因为是主宰，他才不会自降身份解决我。"林雷安慰霍格道，"放心吧，父亲，光明主宰和我之间也没有大仇怨。若要解决我，方法有很多，可他没动手。"

"你不是说没希望吗？"霍格问道。

"我是说希望很小。"林雷苦笑道，"不过，不试试肯定没希望，尝试一下或许还有希望。不管怎么说，在主神们看来，我是一名达到了大圆满境界的上位神，他们渴望这样的人当他们的主神使者。以我的身份，或许有那么一线希望，能让光明主宰恢复母亲的自由吧。"

"一线希望……"霍格微微点头。

霍格看着林雷，郑重地说道："林雷，你不是孩子了，做什么事情你自己拿主意，但是我必须提醒你，这件事情若有危险，你最好别去。我不熟悉主神、达到了大圆满境界上位神的一些事情，也不好说什么，一切由你自己拿主意。安全第一！你和沃顿，以及你的母亲，对我而言同样重要。"

"嗯。"林雷听着这话，感觉自己好像回到了少年时代，在听父亲的嘱咐一般。


第二天，林雷去找青龙一族的族长盖斯雷森。

大厅内。

"什么？"刚坐下的盖斯雷森惊得又站了起来，"林雷，你说你要去光明系神位面见光明主宰？"

"对。"林雷淡笑着说道，"我是来和你说一声的。这次出门，快则十年，慢则百年。这件事情我只能去求光明主宰。"

盖斯雷森迟疑了一会儿，说道："林雷，根据我从父亲那里知道的，那光明主宰不是那么好说话的。光明主宰孤傲得很，也非常霸道。你去求他，希望真的很小，我担心他会对付你。"

"孤傲、霸道？"林雷眉头一皱。

盖斯雷森点头说道："对，四大至高位面和七大神位面的十一位主宰中，实力最强的当然是四大至高位面的四名规则主宰，而七大神位面中的最强者是光明主宰。"

林雷当然知道四大至高位面的主宰最厉害，但没想到七大神位面中的最强者是光明主宰。

"光明主宰为什么比其他六大神位面的主宰强？"林雷不解地询问道。

盖斯雷森毕竟是青龙的儿子，知道许多秘密，他笑着说道："这牵扯到一种宝物——至高神器！"

"至高神器？"林雷的眼睛一下子亮了。

从字面上林雷就明白了，神器明显有三个级别：神器、主神器、至高神器。

"这至高神器是至高神创造的。至高神只有四位：生命至高神、毁灭至高神、死亡至高神、命运至高神。因此，至高神器的属性也只有四种。那四名最强的主神——毁灭主宰、死亡主宰、命运主宰、生命主宰，都有各自的至高神器，所以他们是主宰中最强的！"

林雷微微点头：难怪那四大主宰最强，原来是有至高神器。

"十一名主宰，其中五名有至高神器，除了刚才提到的四名主宰，还有光明主宰。虽然光明主宰拥有一件至高神器，但是他的修炼属性与那件至高神器不匹配，所以他发挥不出那件至高神器全部的威力。因此，他比四大规则主宰弱，却比另外六名主宰强！”

“那这至高神器怎么会被五名主宰得到呢？”林雷又问道。

“不清楚。”盖斯雷森摇头说道，“这是很久很久以前的事情了，别说我，就是我父亲他们也不了解。那光明主宰孤傲、霸道，却有实力，毕竟他有一件至高神器。”

“至高神器……”林雷感叹一声，“已经过去这么多年了，难道没有出现一件新的至高神器？”

“没有。若出现了，其他六大神位面的主宰早就疯狂地争夺起来了，他们怎么会放弃这个机会？”盖斯雷森笑着说道。

林雷不禁一笑：“至高神器不知道是什么样子，恐怕到了我们手中，我们也不认识。”

“达到主神境界的强者才能使用至高神器，我们得到了也没用，反而会招来杀身之祸。”盖斯雷森说道，“不提这至高神器了，那太遥远了。林雷，你说你要去光明系神位面，我劝你还是别去，真的，最好别去！”

林雷笑道：“他毕竟是主神，会自降身份对付我吗？”

盖斯雷森低叹一声，陡然神识传音：“林雷，我告诉你一个秘密。”

林雷心底一惊。他们在大厅谈话，盖斯雷森还要神识传音，难道真有什么大秘密？

“族长，什么秘密？”林雷很疑惑。

“林雷，”盖斯雷森神情严肃，“我一直怀疑父亲他们四人死亡的真相！”

“怀疑？”林雷不解。

“我怀疑凶手就是光明主宰！”盖斯雷森神识传音。

林雷吓了一大跳，盖斯雷森继续说道：“我父亲他们四人虽然只是下位主神，但是他们天赋异禀，能融合四大天赋神通，施展极为可怕的绝招，即使是上位主神和主宰也很忌惮这一招。"

四大天赋神通融合为一……

林雷虽然不知道四位老祖宗施展出来的天赋神通是什么样的，但是肯定比他们这些后代施展出来的威力强很多，毕竟他们这些后代只是有神兽血脉，并非真正的神兽。

四大天赋神通融合为一，那威力绝对可怕至极。

"你说凶手有可能是光明主宰，为什么会是他？"林雷追问道。

"首先，能同时解决父亲他们四人的强者很少；其次，四位规则主宰中，命运主宰不问世事，毁灭主宰和父亲的关系不错，至于那死亡主宰，人不犯她，她不犯人。生命主宰据说心最好，很少对付他人，更别说对付主神了。这么算下来，就只有光明主宰了。"盖斯雷森神情严肃地解释道。

林雷眉头一皱。

"光明主宰有至高神器，有足够的实力抵挡我父亲他们四人联手施展的绝招。"盖斯雷森眼中有着愤恨。

一共有十一名主宰，四大规则主宰不可能对四神兽出手，其他六大神位面的主宰没有至高神器，根本对付不了联手的四神兽。

"光明主宰和四位老祖宗有利益纠葛吗？"林雷反问。

"没什么利益纠葛。如果真要说有，那就是当时我们四神兽家族成员遍布各大位面，声势极大，让不少人认为我们四神兽家族是各大位面的第一家族。而在这之前，奥古斯塔家族被许多人认为是第一家族。要说纠葛，我看也就这个第一家族的名声之争吧。"盖斯雷森找不出其他原因。

"第一家族之争？不会吧？"林雷不敢相信，"因为这个，光明主宰就要对付四位老祖宗？"

"我……我也不清楚。但按照推测，凶手只可能是他。"盖斯雷森也觉得自己的理由站不住脚，"林雷，若当初我父亲他们四人真是被光明主宰解决的，那他对我们四神兽家族肯定不怀好心。他过去没对付我们，是因为根本不在乎我们，现在你达到了大圆满境界，我担心他会对你……"

"族长，这最有可能是凶手的往往不是凶手。"林雷神识传音，"你说其他主宰解决不了联手的四位老祖宗，可如果他们各个击破呢？若他们真的要对付老祖宗他们，肯定不会让老祖宗他们有联手的机会。"

盖斯雷森一怔，而后说道："老祖宗他们关系极好，很少分开。"

"很少分开不代表一直在一起。"林雷安慰道，"放心吧，族长，就算光明主宰是凶手，想对我出手，也没有那么容易。"

盖斯雷森听了，只能苦笑道："林雷，看来你是铁了心要去。"

"对，不去一趟我不甘心。"林雷点头说道，毕竟那是他的母亲。不管是他还是沃顿，都很想见母亲，他的父亲也一直牵挂着母亲。

"你若去，最好和贝鲁特大人说一声。贝鲁特大人和血峰主神关系好，知道的事情也多，问问他比较好。"盖斯雷森不想林雷去，可他劝说不了林雷，只能寄希望于贝鲁特了。

林雷一听，觉得有道理。

"那族长你帮我询问一番吧，我知道我们家族和贝鲁特大人是有联系的。"林雷笑道。

"嗯。过去我的神分身在那里，家族危机解除后，我的神分身已经回来了，不过还是有情报人员在那里。"盖斯雷森点头说道，"我去安排一下，估计过一会儿贝鲁特回复的消息就会传过来。"

林雷微微点头，听听贝鲁特的意见也没错。

"那我就先回去了。"林雷笑道，计划明天离开。

"族长。"一名巡逻战士跑了进来。

林雷、盖斯雷森转头看去，只听那名巡逻战士立即躬身禀报道："族长、林雷长老，有一人在山脉外，说要见林雷长老。"

盖斯雷森眉头一皱："一般人就让他直接离开吧。"

要见林雷的人很多，如果是统领，林雷不见，而盖斯雷森会去见见。至于一般人，会被直接拒之门外。

"可族长，那人说是林雷长老的朋友，叫奥利维亚！"那名巡逻战士连忙说道。

"奥利维亚？"林雷有些惊讶，"走，我随你去看看。"

（本册完）
更多精彩尽在《盘龙 典藏版 17》！